落日

湊 かなえ

角川春樹事務所

〈目次〉

落日

エピソード1

思い出すのは、あの子の白い手。

忘れられないのは、その指先の温度、感触、交わした心──。

あれが虐待だったとは、今でも思っていない。

あれはしつけだった。あの頃のわたしはそう思っていたし、母もそう言っていた。順番は逆だったかもしれないけれど。

両親に手をあげられた憶(おぼ)えは一度もない。ただ、母からよく怒られてはいた。コップの水をひっくり返したり、使い終わったクレヨンを箱の中に戻していなかったりすると、ダメでしょ、とか、いい加減にしなさい、と声を荒らげられていた。

しかし、ベランダに出されるのは、そういうことが原因ではなかった。

わたしには幼稚園に入った年から毎日、夕飯後に「勉強の時間」というものがあった。国語と算数と英語の三科目。初めは、遊びの多い幼稚園児用のドリルだったけれど、そんなものは年少組の夏休みが始まるまでで、年長組に上がる前には小学二年生用のドリルを終えていた。

名門私立小学校の受験を目的とした幼稚園に通っていたわけではない。そもそも、あの頃住んでいた町には、名門とか関係なく、私立の小学校などなかったはずだ。覚えた漢字や英単語、九九を披露する場もなかった。

そこで、少しおかしいな、とは感じる。

勉強なんてしたことないよ。九九なんて、小学校で習うんじゃないの？

わたしのささやかな疑問に、周囲の子たちの一〇〇パーセントがそう答えていたら、わたしも自分の家が特別なのではないかと思えたかもしれない。だけど、どこの集団にも、たとえ田舎(いなか)の公立幼稚園であろうと、特別な子の一人二人はいるものだ。九九など幼稚園に入る前にはマスターしていて、一〇〇年先までのカレンダーが頭の中にインプットされているマサタカくんや、一度楽譜を見ただけでそれを暗記し、ピアノを演奏できるチホちゃんのような子が。

自分が特別なわけじゃない。むしろ、そんな子たちと比べたら、自分のやっていることはごく当たり前な勉強で、特別な子にすらなれていない。

お母さんが望むような……。

だから、ベランダに出されても仕方ない。

ちゃんと覚えられないわたしが悪いんだ。バカなわたしが悪いんだ。全部マルだったらお母さんは笑顔で褒めてくれる。ほら、一〇〇点取れたらうれしいでしょう？　そう言って、優しく頭をなでてくれる。

だけど、わたしの頭はなんでもすぐに吸収できるような、柔軟性のあるものではなかった。繰り返し一〇回書けば必ず覚えられるわけではない。まばたきせずに凝視しても、頭の中に焼き付けられるわけでもない。

一〇問中、初めて、三問以上にバツがついてしまった日、母は赤ペンをテーブルに叩きつけるように置き、ハア、と大きくため息をつきながら立ち上がると、情けなさそうに顔をゆがめ、ポツリと言った。

「出ていって」

出るとは、この部屋からということだろうか。2LDKのアパートの居間から、別の部屋へ。子ども部屋なんて作ってもらえていなかった。二つある部屋は、家族で寝る部屋とタンスなどを置いた物置部屋だった。

すぐ行動に移せなくても、母から拒絶されたことはわかる。怒られたことが悲しくて、がっかりさせたことが申し訳なくて、見開いたままの目から涙がこぼれた。すると、母はさっきよりもさらに大きくため息をつき、それにコンマをうつように、舌打ちした。

「お母さん、泣く子が一番きらい。頭の悪い子ほどすぐに泣くのよ。言葉で説明できないから」

涙など、言われてすぐに止められるものではない。それでもどうにかしなければと両手で必死にぬぐっていると、片方の二の腕がぐいと引っ張り上げられた。その勢いで立ち上がると、今度は背中を押され、逆らわずに進んでいくと、目の前のガラス戸が開き、もう一度、背中に強い圧力を感じたかと思ったら、わたしだけがベランダに残されて、ピシャリと戸を閉められた。

ガリン、とすべりの悪い鍵がかけられる音もした。シャッ、とカーテンも閉められた。

ベランダに閉め出された最初だった。

暑くも寒くもない、たとえば、初めから星を見るために出ていたのなら、一晩中でもそこにいられそうな気候だったけれど、自分の意思に反して出された場所というのは、ただそれだけでおそろしく不安定なところのように感じた。

幼稚園の教室の後ろにある本棚の一番端に立てられた、あまり人気のない絵本。その一ページにあった、森の中の薄気味悪い沼に浮かぶ小舟に揺られているような気分になったのは、そのページに添えられていた「つきもほしもない、まっくらなよるでした」という一文と、ベランダ越しに見上げたその夜の空が同じだったからだろうか。

初日、初回がその後の流れを決めるというのは、この時のことにも当てはまりそうで、もし、ベランダに出されたわたしが恐怖を感じたまま、わんわんと声を上げて泣いていたら、その日限りになっていたのではないだろうか。あの田舎町なら、今から約三〇年前となれば、ほどほどにおせっかいな風習はまだ残っていたはずだ。

だけど、わたしはとにかく母にきらわれたくなかった。泣く子が一番きらい、と言われてしまったあとで、それに追い打ちをかけるようなことはできない。人は……、少なくともわたしは、どうして、不安になると身を縮こまらせてしまうのだろう。

少なからず、表現する側となった今では、消えてなくなってしまいたいという願望が投影されるからではないか、と推測してみるのだけれど、単に、みっともない自分を見られたくないからかもしれないし、暑さ寒さといった気候を含む、外敵から少しでも身を守るために、表面積を小さくしたり、気配を消そうとしたりする、潜在的な防衛本能からくるものかもしれない。

初日に抵抗しなかったため、それ以降、正解率が七割未満になると、ベランダに出されるのが習慣となった。週に一度、多くて二度。わたしがベランダに出されるのは大概、夜の八時から九時頃だったため、いつも一〇時を過ぎて帰宅する父が気付くことはしばらくなかった。それでも、母がわたしに熱心に勉強させていることに対して、父なりに思うところはあったようだ。

ある夜、布団に入っていると、襖越しにこんな会話が聞こえてきた。

「今からそんなに勉強させなくても、子どもはもっとのびのびと育てた方がいいんじゃないか?」

「田舎でのびのびと育った結果、出遅れて、競争に負けたらどう責任取るつもり? バカにされるのはわたしなのよ。文句があるなら、こんな暮らしから解放してくれたあとにしてほしいわ」

それ以上、父の声は聞こえてこなかった。

ベランダに出されることが辛くても、父に助けを求めなかったのは、こんな会話を耳にしなくとも、期待できないことは予測していたからだ。

父に怒られたことはない。それを幼稚園の友だちに話すと、優しいね、と返ってきたので、しばらくのあいだ、わたしはお父さんはどんな人かと訊かれると、優しい人、と答えていたけれど、そうではなかったのかもしれない。

ただの平和主義者だ。事を荒立てたくないだけ。でも、悪いことではない。優しい人であることには変わりない。

そう思えるのは、今、生きているからだろうか。あるいは、もっと大変な目に遭っている子を知ったからだろうか。

季節が変わっても、七割マルがつかなかった日はベランダに出された。暑い日も、雨の日も、寒い日も。だけど、初めの頃ほど、辛くはなくなっていた。一時間きっかりで中に入れてもらえることはわかっている。そのあとは、優しくはしてもらえないけれど、怒られることもない。大概は、お風呂に入りなさい、と言われて、何事もなかったかのように一日が終わるだけ。

要は、慣れてしまったのだ。それどころか、ベランダからは普段うかがうことのできない、他の家の生活音も聞こえてくることに気付き、このアパートにはどんな人たちが住んでいるのだろうと、想像を膨らませることが楽しくなってきてさえいた。

各階六部屋かける三階建てのアパートを、母は、こんなボロアパート、としょっちゅう不満そうに愚痴っていたけれど、隣の部屋の音がよく響くわけではなかった。多少の振動は伝わってきても、内容を認識できるほどの話し声やテレビの音が聞こえてきたことはない。

ふた月前に、右隣の部屋の人が引っ越し、ひと月後に、新しい家族がやってきたことも、その部屋の人と玄関ドアの前で顔を合わせるまで、母は気付かなかったくらいに。

だけど、わたしは知っていた。ベランダに出たらいつも聞こえていた洋楽が、ある時から、バラエティー番組特有の笑い声に変わっていたからだ。

そして、あの日が訪れた。

掛け算のひっ算がどうにも理解できないわたしは、またベランダに出されることになってしまった。その日に限り、出ていって、と言った母を疑うように見返したのは、幼稚園からの帰り道に雪がちらついていたからだ。

ガラス戸が開けられると、夜空にまだ雪がちらついているのが見えた。それでも、母が、今日はいいわ、と言ってくれなかったのは、積もっていなかったからか。セーターを着ているので凍死はしないと思い込んでいたからか。

いつもは出された時とほぼ同じ場所、ベランダの真ん中辺りの閉められたガラス戸に背中をつけて体育座りで時間が過ぎるのを待っていたけれど、さすがにその日は寒すぎた。ガラスに背中が触れた途端、氷の壁にもたれかかったかのように、うなじの辺りに冷気が走った。横風もふきつけていた。

こんなところ、こんなところ……。涙が込み上げてくるのなら、そのまま泣き叫びながら戸を叩けばよかったのかもしれない。たとえば、このあいだドラマで見た、くだらないことで口論になってしまい部屋から出ていこうとする恋人を、引き留めようとする女のように。

行かないで、わたしを一人にしないで、わたしをきらいにならないで。そんなふうにストレートな言葉で感情をぶつければ、ドラマの中の恋人のように、母もわたしのところに来てくれただろうか。思いきり抱きしめてくれただろうか。

そんな、何十年も昔のたらればなど何の意味もない。

わたしは声を上げなかった。風を避(よ)けられる場所を探した。エアコンの室外機と隣の部屋との仕切り板のあいだはちょうど一メートルに満たない隙間(すきま)ができていたうえ、稼働中の室外機からは温風がもれていた。

コンクリートの壁にもたれかかるようにして体育座りをした。ガラスよりは冷たくなかったけれど、やはり寒かった。首を縮めると、空を見上げることはできない。目だけを横に動かすと、仕切り板の中央付近に小さく書いてある文字が目に留まった。

『緊急時にはこの板をつきやぶって避難してください』

いくら漢字の勉強をしていたとはいえ、あの頃のわたしに緊急とか避難という字が読めていたのかどうか、今となっては思い出すことができない。ただ、つきやぶるという言葉から意味は理解できていたはずだ。

頑丈そうに見えるクリーム色の板を、どうやればつきやぶれるのだろう。叩く？ 蹴る？ 何か、たとえば椅子をぶつけてみる？ そんなことをすれば、隣の部屋の人はものすごく驚くに違いない。板を壊した、勝手に入ってきた、などと怒られるかもしれない。だから、そうしても仕方がないと思われるような事態でない限り、つきやぶってはいけない。

じゃあ、どんな場合？ うちに強盗が入って、包丁を持って追いかけられた場合だろうか。いや、そんなことが起きるのはテレビの中だけだ。

そうか、火事だ。リビングにいる時に台所から火が上がったら、玄関から逃げることはできない。だから、ベランダに出て、この板をつきやぶって、隣の部屋の人に助けを求める、……のだろうか。ガラス戸を叩き、すみません、と言って開けてもらう。じゃあもし、隣の人が留守だったら？　隣とその隣の仕切り板もつきやぶる？　じゃあ、隣の隣の人も留守にしていたら？　同じ階の人が誰もいなかったら？　一番端はどうなっているのだろう……。

そんなふうに板の向こうに気持ちが向いていたから気付いたのか。見えるはずもない何枚もの板の向こうがどうなっているのか気になりすぎて、すぐ目の前の板の向こう側にある気配を感じ取ることがなかなかできなかったのか。

板を睨みつけていても透視はできない。ならば、下から何か見えないか。そんなことを思いながら視線を下に移して……、息を飲んだ。ベランダの底面と板の隙間は約一〇センチくらい。そこから、手が覗いていたのだから。

ギョッとしたのに声は出なかった。泣かないだけではなく、驚きの声もとっさに出ない。笑うことはあっても、吹き出したことはない。恐怖のあまり叫んだことも。

ただ、怖いとは思わなかった。幽霊の手ではない。板を挟んで誰かいる。自分と同じくらいの大きさの手。いや、指はもっとほそいかもしれない。白い手。だけど、爪は汚れているし、中途半端に伸びている。そして、震えている？

この子も自分と同じように、外に出されているのだろう。親を怒らせたり、がっかりさせたりするようなことをして。もしかすると、今日、初めてそうされたのかもしれない。

だから、怖くて、悲しくて震えているのかも。

仲間がいるよ、と伝えたかったのだろうか。いや、単にわたしがうれしかったのだ。心強い仲間ができて。自分の存在を示したかった。自分の手を伸ばせば、見えている手に触れることは可能だった。それができなかったのは、決して、その手を汚いと感じたからではない。

わたし自身が触れられることが苦手だったから。たとえば先生に、隣の人と手を繋ぎましょう、と言われたら、手を差し出すことはできる。嫌だとも思わない。だけど、突然、手をからめられると、とっさにその手をふりほどき、自分の手を避難させるかのように、ポケットにつっこんでしまう。

そして、きらわれる。お姫様気取りだとか、えらそうだとか、陰口を叩かれてしまう。先生にまで注意されてしまう。少しばかりの心の準備が必要なのだと、その行動に対する自分自身の気持ちの折り合いの付け方を言語化できるようになるには、それから何年の月日を要したことだろう。多分、今でも克服できていない。

根拠はないけれど、その手の持ち主は、自分とよく似ているのではないかと思った。こちらがはげますつもりで手を触れたとしても、相手は逃げてしまうのではないか。

理由はどうであれ、行為自体の選択は間違っていなかったはずだ。たとえ相手が社交的な子であっても、暗闇で突然手に触れられたら、驚いて逃げるに決まっている。

それではどうやってアピールするか。

わたしは座ったまま手を伸ばし、自分の肩より少し高い、ちょうど耳の横くらいの位置の板を、指先でトントントンと三回叩いた。視線は板の下に向けたまま。すると、相手の指先がピクリと動いた。どうやら、気配を伝えることはできたらしい。

次に、膝立ちをして体の向きをかえ、板の下から見えている手のすぐ近くに片手をついた。そして、もう片方の手で板の下の方、ついている片手のすぐ上の辺りを、また指先でトントントンと三回叩いた。

板の向こうにいる子が、わたしの手に気付いてくれるように。誰かいると身を強張らせたあとで、自分と同じくらいの年の子だとホッとしてくれるように。

すると、板の下から見えていた手は少し浮き、中指がベランダの底、冷たいコンクリートをトントントンと三回叩いた。ピアノを弾くように。

きづ、いた、よ。

そんな合図のように思え、自分の指でも同じ動作を返してみた。すると、相手もまたトントントンと叩き、わたしもまた叩き、何度繰り返したあとだっただろう、お互いの指先同士が触れ合ったのは。冷たいとも、温かいとも感じなかったのは、互いの手が同じくらいに冷えていたからではないか。指先はただくすぐったかった。くすぐったいと感じながら指先を触れ合わせているうちに、わたしにはお互いが、笑い合っているように思えてきた。

どんな子なんだろう。話してみたい。だけど、声をかけることにはためらいがあった。母に聞かれたら、あっちの家の人に聞かれたら。

わたしはひらひらと遊ばせていた手を、人差し指を残して握りしめた。そして、仕切り板のちょうど下のコンクリートの上をなぞるように動かした。

『かおり』

自己紹介のつもりだった。相手の手はしばらく止まっていたけれど、やがて静かに動き出した。ギザギザが五つ。文字ではない。星の絵だった。意思の疎通ができていないことにわたしは少しばかり首を捻り、すぐに答えに行き当たった。

板の向こうにいる子はまだ文字が書けないのだ。がっかりはしなかったし、バカにする気も起きなかった。幼稚園にだって、字が書けない子はたくさんいる。読めるけど書けない子。読めも書けもしない子。どちらもいる。そういう子をバカにする子がいたけれど、すぐに先生に見つかって怒られた。

わたしは指を動かした。ギザギザ三つから半円、棒が一本、それを挟むように楕円が二つ。チューリップの絵だ。すると今度は相手の指がすぐに動いた。丸、三角、三角、ネコの顔だ。左右に三本ずつひげ、そして、目、鼻、口。口は下向きの半円で、ニコニコマークみたいな顔だった。もしかすると、板の向こうで相手も同じような顔で笑っているのではないか。

　そんなことを想像しながら、自分もニコニコマークを送り返そうと丸を描いた時だ。ガラス戸の開く音がした。わたしはシュッと手を引き、何もしていませんでしたとでもアピールするかのように、両手を組み合わせて膝の上に載せた。

「そんなところにいたの」

　母はいつもと違う場所に座っているわたしにようやく気付いたようだった。

「もう、入りなさい」

　その言葉を、わたしの前までやってきて口にすれば、もしかすると、板の向こうの気配に気付いたかもしれない。しかし、母はベランダに出てきもしなかった。暖まった部屋に冷気が流れ込むのに眉を顰めながら、早く、と戸口から声をかけるだけ。

　板の向こうの子に、バイバイ、と言う代わりにもう一度指先を触れ合わせたいけれど、もたもたしていると、戸が閉まり、鍵をかけられてしまうかもしれない。わたしは立ち上がりながら白い手に目を遣り、部屋の中に入っていった。

　あの子はいつまであそこにいるのだろう。気にはなったけれど、隣のベランダに子どもがいたことを、母に話そうとは思わなかった。近いうちにまた自分はベランダに出されるだろうし、そんな時、またあの子がいてくれたらいいなと思ったからか。

　過去の記憶は、明確な映像となって頭の中に再現されるものの、そこに映る自分が何を考えていたかは、おそらく五割ほどしか思い出せていない。だから、仕切り板の向こうにいた子に対する思いも、もしかすると後付けされたものかもしれないけれど、それでも、指先に蘇る感覚はあの時感じたままだと信じている。

あの子にまた会いたい。今度は何の絵を描こう。恐竜とかワニとか、難しそうなものを描いたら驚かれるかもしれない。

それからはよく、幼稚園の休憩時間におえかきをした。

「恐竜って、普通みんな、横向きに描くのに、カオリちゃんは正面から描くんだね。かっこいい」

そう言ってくれたのは、誰だったか。ベランダでの出来事以来、わたしは周りの子たちなんて目に入らないほど、板の向こうの子のことばかり考えていた。恐竜の絵も、コンクリートの上をただなぞるだけでなく、きちんと描いたものを見てもらいたかった。あの狭い隙間から、絵や手紙といったものを渡すのは決して難しいことではない。

だけど、子ども心に、あそこではそういうことをしてはいけないと感じていた。二人が交流をした証拠品を残してはいけない、と。

ベランダに出されたくないと願っている時は、二日続けて半分もマルがつかないことがあったのに、ベランダに出てもいいなと思うようになってからは、マルばかりがつくようになった。その頃から、わたしはプレッシャーに弱かったということになる。

賞などまったく意識していなかった頃は、取り付かれたように撮りたいという欲求が溢れていたのに、うっかり大きな賞を受賞してしまい、次はもっと大きな賞を、という声が耳に届いた途端、頭の中は真っ白になってしまった。

そこに流れてきたのが、このベランダの映像だ。

ベランダで会えなくても、別のところ、たとえば玄関先や近くの公園であの子に会えていたら、わたしは決して、わざと間違えるなんてことはしなかったはずだ。掛け算のひっ算で繰り上げぶんをたさなかったり、漢字の横線を一本少なくしたり。不器用なわたしがわざと間違えた解答を書いている様は、カンニングをする子の姿と重なるものがあったのではないか。

しかし、母に気付かれることなく、一〇日ぶりにベランダに出されることになった。その日、雪は降っていなかったものの、やはり寒く、吐く息は白かった。母がカーテンを閉めたのを確認してから、室外機の横に向かうと、仕切り板の向こうに、白い手が見えた。

しゃがみこむと同時に、人差し指の先で板をトントンと叩くと、白い手がピクリと動いた。今度はその甲を伸ばしたままの指先で、ツンツンと触ってみた。爪は前より短くなっていたけれど、爪きりで切ったというよりは、歯で食いちぎったようなガタガタとした切り口になっていた。

幼稚園でいつも自分の親指の爪をかじっている子がいたので、その子もそういうクセがあるのだろうと、あまり深く気に留めなかった。ギザギザ爪の白い手もわたしと同じように人差し指を立てた。そして、コンクリートをトントンと三回叩いた。わたしはなんとなく、げんき？　と訊くような気分で板を三回叩いたけれど、相手も同じなのだろうか。どう返そうかと考えていると、白い指はコンクリートにマルを描いた。そして、トントンと二回タップする。続けて、今度はハートを描き、三回タップする。こういうことかな？　と、わたしは星を描いて二回タップし、首の長いキリンの絵を描いて三回タップした。すると、白い手は親指と人差し指でマルを作ったオッケーサインを返してきた。

わたしたちなりの、モールス信号のようなものだった。形のあるものは絵で描ける。だけど、気持ちを絵で表すのは難しい。だから、タップの回数でそれに該当する言葉を思い浮かべる。三回ならやはり、げんき？　五回なら、ありがとう。四回は……。

わたしは「ともだち」と伝えたくて、四回タップしたあとに、人形（ひとがた）を横並びに二つ描いてみせた。

そんなふうにしてわたしたちが指先を交わし合ったのは全部で六度だった。最後となった六度目、白い手の甲には直径一センチに満たない大きさの赤い水ぶくれができていた。どうしたの？　とこればかりはとっさに言葉が出てしまったけれど、板の向こうから声は聞こえてこなかった。むしろ、そんなことをしてしまったせいで、板の向こうの子は座る向きを変えたのか、ケガをしていない方の手を出してきた。

同じ人物の手なのに、何故か、初対面の人のように感じた。手のみで触れ合うわたしたちには両方の手にそれぞれ人格があって、わたしと仲がいいのはいつもの親指が奥にある左手の方で、右手ははじめまして。それでも、左手同様に、色は白いのに、爪は汚れていた。

わたしもベランダの柵の方に背を向けて座り直し、いつもの右手とは逆の左手を差し出した。初対面の手たちはいつものようにおしゃべりはせず、互いに少しずつ近寄ると、初めは遠慮がちに、次第に強く、結び合った。指の先まで温かさが広がっていくのを感じるくらいに強く。

会いたい、姿を見たい。

絵を描いて持っていこう。ちゃんと、ドアフォンを鳴らして。

そう決意した翌日、わたしは彼女に会うことができた。本当に、偶然に。まるで、星に願いが届いたかのように。

夕方、母と一緒に近所のスーパー〈はるみストア〉に買い物に行った時のことだ。肉売り場の前辺りで、牛乳を忘れていたから持ってきてちょうだい、と母に言われ、わたしは乳製品の棚のところに戻って、いつも母が買っている銘柄の一リットルの牛乳パックを取り、肉のコーナーに向かった。すると、母は正面にいる二人連れに笑顔で頭を軽く下げていた。

母と同年代くらいのちょっと派手目な女の人と、頭に大きなリボンをつけたわたしと同い年くらいの女の子。着ている青いスモックは近くにある保育所のものだった。

母の後ろにかくれるようにしながら、そっとカートに載せたカゴに牛乳パックを入れると、母がわたしを振り向いて、目だけが笑っていない笑顔で言った。

「香、お隣のタテイシさんよ。ちゃんと挨拶しなさい。サラちゃんは香と同い年なのに、ちゃんと自己紹介までしてくれたんだから」

お隣の……。わたしは吸い込んだ息を飲み込むことのないまま、サラちゃんと呼ばれた女の子の方を見た。色白で目がくりくりした、テレビに出ていてもおかしくないようなかわいらしい女の子だった。

サラちゃんはニッコリとわたしに笑いかけた。ずっと前からの友だちのように。わたしたちお互いのこともう知ってるもんね、と言っているような、いたずらっこが浮かべる光を瞳に宿して。

わたしもサラちゃんみたいな笑顔を返したかったけれど、口角を上げるだけの不自然な顔になっていたはずだ。あとで母から、愛想がない、と怒られてしまうような。それが、わたしの笑顔なのだから仕方ない。

とはいえ、母も自分とはタイプの違うお隣さんとそれほど仲良くする気がないのか、わたしが、こんにちは、と言ったのを確認すると、では、とカートを押した。

サラちゃんに、バイバイ、と手を振られ、わたしは同様に返した。手のケガのことを思い出したのは、互いにすれ違ったあとだった。振り返ると、サラちゃんとお母さんの姿はまだ直線の延長上にあった。だけど、手の甲は見えない。

サラちゃんはお母さんと手を繋いでいたからだ。お母さんは片手でカートを押していた。買い物中だから、荷物があるから、忙しいから。手を繋がない理由はそんなところにないことに気付かされた。だからといって、カートを両手で押す母の手に、自分の手を重ねようとは思わなかった。

わたしの手にサラちゃんの手の感触が残っているのは、つらい時にはげましてくれたということ以外に、その後、同じくらい大切に手と手を触れ合わせた相手がいなかったため、上書きされていないからに違いない。

時々手を繋いでくれていた父が自殺をしたのは、サラちゃんと対面した日の週末だった。ベランダに出なくても、サラちゃんに会えることはわかった。だけど、三時に終わる幼稚園に通うわたしと違って、サラちゃんは保育所通いだ。勇気を出してドアフォンを鳴らすとしても、平日は難しい。週末を待った。

土曜日の午後、父は映画を見てくると言って出ていった。よくある週末の光景だ。わたしは午後から勉強をしなければならなかった。それもいつものことだったけれど、その日は母の機嫌が悪くて、いつもの倍以上の課題を出された。

今日はサラちゃんと遊べない。明日なら……。そんな期待は、夜がふけた頃にはそれどころではなくなっていた。父の遺体が海で見つかったからだ。

母とわたしは、母の実家である祖母の家に引っ越すことになった。

サラちゃんにお別れを言うことはできなかった。アパートで過ごす最後の夜、母が風呂に入っている隙にベランダに出たけれど、仕切り板の下に白い手は見えなかった。

できれば、仕切り板やコンクリートの上にではなく、白い手の甲に五回指先をタップしたかった。

さ、よ、う、な、ら。

そうしたら、サラちゃんは少し残念そうに、だけど優しく、バイバイをするように手をひらひらと振ってくれただろう。わたしも手をひらひらと振る。やがて、二人の指先はくすぐり合うように絡み、ギュッとかたい握手を交わす。そして、なごりおしく思いながらもその手を離し、わたしは最後に再び、彼女の手の甲を六回タップする。サラちゃんなら理解してくれるだろうと信じて。

わ、す、れ、な、い、よ。

それらができなかったかわりに短い手紙を、翌朝、出ていく前にサラちゃんの家のポストに入れた。転居先は記していない。それでも、願いをこめて書いてみた。

『また会いたいね』

　それから毎日、サラちゃんのことを思い出していたわけではない。それどころか、ほとんど忘れていた。ところが……。

　体がバラバラになるような死に方をしたいと思った時だ。

　迫りくる電車に向かって飛び込む想像もした。内臓もぐちゃぐちゃに飛び散って。でもそれは、今から思えば想像に堪えうるグロテスクさだ。血の量も、手足の千切れ方も。だから、電車が通り過ぎた線路に、手首からきれいに切れた右手がポトリと取り残されているような画が最後に残るのだ。

　まるで、そこだけがきれいなわたしのままだというように。

　だけど、わたしには電車に飛び込む勇気はなかった。そんな死に方をすれば、残された家族はわたしが死んだことを悲しむよりも、多くの人に迷惑をかけた後始末をさせられることに心を割かなければならなくなるだろう、などと考えて。

　ならばと、剃刀(かみそり)を手首に当てたこともある。ほんの少し力をこめればいいだけだ。そう思いながらギュッと目を閉じると、どういうわけか指先がくすぐったくなった。

　やめて、やめて、サラちゃん。

　指先をなつかしく感じることはあっても、名前まで思い出したのは、あの町を離れて以来だった。一五歳の時だから、一〇年ぶりということになる。

　三年後の一八歳。わたしがまだ時折、自殺願望に取り付かれていた頃、サラちゃんは殺された。

それから一五年経つ——。

第一章

事務所のデスクトップ型パソコンを立ち上げようとしたら、足元に置いてあるバッグの中から、スマホが聞き慣れない着信音を立てた。父からのメールだ。

『神池のおじいさんの十七回忌に帰ってこい』

命令口調とはいえ、その程度の用件のために、羽田から一日二便しか出ていない飛行機に乗り、そこからさらに電車やバスを乗り継いで帰省しろとは、父もまさか本気で思ってはいないだろう。神池家は母の実家で、法事は母の姉の夫である伯父が取り仕切るはずだし、そんなところにわたしが東京土産を片手に恩着せがましく訪れたとしても、親戚中の皆、他に用事があるついでに顔を見せた、くらいにしか思わないのではないか。

父には返信せずに、姉宛にメールを打った。

『おじいちゃんの法事だって。父さんは多分、母さんの三回忌の打ち合わせというか、予行演習をしておきたいのかもしれないね。仕方ない、帰るとするか。お姉ちゃんは無理しなくていいよ。次はパリでのソロリサイタルだよね、がんばって』

もし帰れば、また、あの話になるだろうか。

母の姉の芳江おばさんは妹の葬儀を終えたばかりの食事の席でも、笑顔で快活に皆としゃべり、わたしにも同じ口調で話しかけてきた。

――真尋、見たわよ、「茜色のロマンス」。安西杏奈ちゃん、よかったわ。最後に死んじゃうんじゃないかってドキドキしたけど、手術も成功して、幼馴染との恋も実って、夕日の中でプロポーズ。大ハッピーエンドだったじゃない。しかも、うちの裏山でロケなんて、最高だわ。

わたしは首筋をポリポリと掻きながら、半笑いで訂正した。

――ありがとう、芳江おばさん。「茜色のメロディー」を見てくれて。香西杏奈ちゃん、上手かったよね。来年の朝ドラヒロインに決まったんだって。あっ、発表まだなんだ。

わたしは声を潜めたのに、おばさんは大きく手を打った。

――そうなの？　佳奈子の言った通り！

――母さんが？

――ドラマを見た時から、この子は絶対に売れる、多分、朝ドラのヒロインをやるんじゃないかって。ほら、わたしの言った通りでしょって勝ち誇った顔して、そこで笑ってる。

芳江おばさんはわたしの隣の空席に目を遣った。しかし、おばさんに霊感があるわけではない。むしろ、五人中四人に見えるような強い霊でも、まったく見えない最後の一人になりそうなタイプだ。わたしと同様に。

——それにしても、そんな秘密の情報を知ってるなんて、甲斐千尋先生もエラくなったわね。そうだ、杏奈ちゃんのサイン頼んじゃダメ？　放送からまだ半年くらいだし、大丈夫じゃないの？

——無理言わないでよ。

——だって、真尋は脚本家先生じゃない。杏奈ちゃんも、あんたの次の作品にも出してもらうためなら、サインくらい喜んで書いてくれるでしょうよ。

そこに父がおばさんを呼びにこなければ、どんな会話が続いていたのか。いや、中途半端に途切れてしまうより、最後まで話せた方がよかったのか。

おばさん、わたしはそんなにエラい脚本家じゃない。エラいのはわたしの先生、大畠凜子で、いつもは、わたしが下書きした脚本を、大畠先生が完成させて、先生の名前で出しているけれど、「茜色のメロディー」の時は、たまたま大畠先生がインフルエンザに罹ってしまって、わたしが決定稿まで仕上げることになったので、人気連ドラ最終回裏の期待されていない二時間ドラマ枠だったし、先生も新人がデビューするにはプレッシャーに潰されずにすむいい枠だからと、わたしの名前を出してくれただけなのだ、と。

あらそうなの、と、おばさんはガッカリしただろうか。それとも、そんな奇跡の一作を妹が生きているあいだに放送してもらえてよかった、と、これまでとは違う喜び方をしてくれただろうか。

　母はわたしが大学を中退して、脚本家を目指すことに、唯一、賛成してくれた人だ。

法律の勉強をしたい。両親にそう言って、東京の私大に進学した。学内に地元出身の知り合いは誰もいない。新しい友だちが欲しかった。そして、ガイダンスでたまたま隣の席になって親しくなった子に誘われるまま、映画制作同好会に入った。どこか姉を思わせる美しい彼女は女優志望だったけれど、わたしは制作側に手を挙げた。

　高校の文化祭のクラスの出し物である演劇で、裏方としてセットを作ったり、衣装を選んだりするのが楽しかったので、またそういうことをやってみたいと思ったのだ。

しかし、一年生の夏、制作組として強制参加させられた脚本教室主催の一日セミナーで、わたしのやりたいことは変わった。

二〇字×一〇行の原稿用紙をペラと呼ぶ。ペラ二枚で約一分の場面となる。そこに、登場人物の人生を作ることができる。ありえなかった世界、ありえたかもしれない世界を、描くことができる。遠ざかっていく大切な人への思いを、再現することができる。

　家族全員で過ごす幸せな時間を。

　ペラ六枚、三分のワンシチュエイションドラマとして、わたしは姉が海外の演奏会から帰ってくる場面を書いた。

　真夏なのに、姉の好物のおでんを作った母。エアコンがガンガンに効いた部屋で食べるはずだったのに、どういうわけか温風しか出てこない。それならいっそ、冬に暖房を効かせすぎた気分になれるようにとこたつを出してくる父。あきれるどころか、棚の上に飾っているガラスの熱帯魚の置物を雪だるまのものに替える妹。母まで冬用のタペストリーを出してきて……。そこに、姉が帰ってくる。お正月を一緒に過ごせなかったことが寂しかったのに、こんなふうに迎えてくれるなんて、と姉は涙を流して喜んだ。

この作品で、受講生の中でたった一人のA判定をつけてもらい、講師をしていた大畠凜子先生から、事務所のアルバイトの誘いまで受け、わたしは有頂天になったのだ。

姉のいる広い世界に向かい、自分もこの船でなら大海に漕ぎ出せるのではないかと、生まれて初めて、体の中から熱い何かが込み上げてくるのを感じた。

それが自信だと教えてくれたのは、姉だった。

そして一〇年、わたしの船は湾からも出られないまま、岸から丸見えの哀れな場所で、座礁しかけている……。

あれこれと想像してみたものの、今回はもう、芳江おばさんの口から脚本の話は出ないのではないか。「茜色のメロディー」以降、脚本家としてテレビに名前がクレジットされたことは一度もない。

ついにあきらめて帰ってきたと思われるか。もはや、わたしが脚本を書いていたことさえ忘れられているか。東京でフリーターのようなことをやっているらしい、もう三〇になろうとしているのに、などと入り婿であるおじさんと心配顔でささやき合われるのだろうか。


　その空気を感じながら身を縮めるわたしに、父が言うのだ。帰ってこい、と。

　すでに何か仕事を用意してくれているかもしれない。いや、そこそこ有名な大学の法学部を二年で中退した何の資格も持たないわたしを迎えてくれる職場など、あの町にあるのだろうか。ただの、インテリぶった扱いにくい女だと思われないだろうか。

　国道沿いにある大型スーパーでレジの仕事に雇ってもらえれば御の字だ。

　もしかしたら、芳江おばさんから見合いの話でもあるかもしれない。それもありのような気もする。そもそも、父からメールが来たのも、わたしが先月、二年間付き合った男にフラれたことを、姉がこっそり知らせたからかもしれない。

　それにしても、今時、町が主催する婚活イベントなどは別にして、世話焼きおばさんがセッティングした見合いで結婚する人などいるのだろうか。たとえいい人に出会えたとしても、そういうお膳立てがなければ結婚できなかったと見なされながら、あの町で生活するのはいかがなものか。

　そんなくだらないプライドは捨てた方がいい。大畠先生にも迷惑だ。

　天職にめぐり会えたと後先を考えずに退学を決めたわたしを、事務所の社員として雇い、東京で女一人自活できるくらいの給料を払ってくれているのに、何の結果も出せていないのだから。座礁どころか、沈みかけか。

しかし、そんな船に乗っているのはわたしだけじゃない。むしろ、わたしは自分の船をまだ持たず、他人の大船に乗せてもらっている立場だ。その大船が、危ない。

――大畠先生にプロットを出さなきゃいけないから、本を読むのに忙しくて。

同好会の仲間たちがこの台詞に一目置いてくれていたのは、いつ頃までだっただろう。皆、手堅く就職した。一人で訪れるようになった広いシネコンのロビーの壁に貼られた特大ポスターに、大畠凛子の名前を最後に見たのは、もう二年も前ではないだろうか。

わたしはテレビの人だから、と、こちらが訊いてもいないのに先生が主張するようになったのも同じ時期からだけど、そのテレビでも、もう一年間、大畠凛子のクレジットは一度もされていない。進行中の連ドラの企画もない。

潮時か。いや、これは本来の使い方ではないと大畠先生が教えてくれた。引き際という意味ではない。こんなふうに、これから先、地方の片隅の町でテレビや映画を見ながら、校正者よろしく、間違った用法に胸の内で突っ込んでいく人生を送るのだろうか。

それが、夢の世界のような業界に、片足だけ踏み込めていた証として。

いや、父はずっと帰ってこいと連絡をよこしてきたのではない。法事だ。これは出席でいい。ただ、すぐに返信して、暇人扱いされるのは嫌だ。わたしにだって、やることはある。大畠先生に提出するプロットを仕上げておこう。どうせボツになるものだとわかっていても、これが最後だと思って取り組もう。

スマホをバッグに戻した。

番組改編期の大型特番以外の二時間ドラマなんて書く気がしない。そんなことを言っていた大畠先生も、近頃は、ストレートに口にしないまでも、ミステリで何かおもしろい原作はないか、と仄めかすようになった。「恋愛ドラマの女王」なんて看板にいつまでもすがっていては、本当に過去の人になってしまうということを、先生が一番よくわかっているのだ。

脚本のことは全部、大畠先生から学んだ。社員になる際、事務仕事や資料集めだけでなく、プロットもまかせたいと言ってもらえた。それからは、ラブストーリーばかり読んだり書いたりしていたけれど、わたしもミステリを読んだ方がいいのか。

ミステリは好きではない。世の中には悲しい別れや理不尽な出来事がたくさんあるというのに、何故、わざわざ物語の中でも人が死ななければならないのか。犯人が逮捕されたって、何がめでたいというのか。

それよりは、心から幸せだと感じることができる話を書きたい。たとえ、自分に劇的な恋愛経験がないとしても。そんなわたしが恋愛ドラマの女王から声をかけられたのだから、この世界は不思議なものだ。

大畠先生には、会話のテンポがいいと褒めてもらえた。自分でも納得のできることだった。わたしの頭の中にはいつも姉が奏でる音楽が流れている。

そこで、せつない場面の時にはベートーベンの「月光」を、気分がうきうきしている時にはショパンの「子犬のワルツ」を、と思い浮かべる曲をかえていくことにした。

そのうち、自分はラブストーリーが得意なのだと思えてきた。はたしてそうだったのだろうか。たいした恋愛経験がないからこそ、初めは憧れに基づくことができた。結婚こそしていないけれど、恋人と呼べる男性が常に複数いる大畠先生には理解できない、奥手な女性の気持ちを描くことができ、その部分が、多くの女性から共感を得ているのではないかと自負しているところもあった。

だけど、もう恋愛に対する憧れの気持ちすらない。週に一度のペースで、狭いワンルームマンションにやってきていた佐々木信吾から、もう何カ月も笑顔を見ていないのは俺のせいか、と寂しそうに問われた。そんなことない、と自分では笑ってみせたつもりだった。

大畠先生がまだ夏だというのにマツタケの土瓶蒸しを食べたいと言い出し、お供に連れていってもらった小料理屋で信吾と鉢合わせになった。カウンター席の隣に座っている女は、こんなにおいしいものは生まれて初めて、と小さなおちょこで土瓶蒸しの出汁をすすると、とろけるような笑みを浮かべた。凍りつくような浮気現場を目撃したはずなのに、女の笑顔でほっこりと、わたしの体温まで一度くらい上がりそうになった。

――ゴメン、やっぱり肉の気分だわ。

大畠先生はそう言って、小料理屋の店主に詫び、高層ビルの最上階にある会員制のレストランでわたしに分厚いステーキを食べさせてくれた。

――胸の中には幸せをためこむコップがある。その大きさは人それぞれちがって、コップが小さい人は、すぐに笑いが溢れ出す。コップの大きな人は、幸せを蓄積するタイプなだけ。人より少しばかり大きい真尋ちゃんのコップが、いつかいっぱいになって溢れ出した時の笑顔は、あんな安っぽいもんじゃないって、わたしはその瞬間を待ってる。

そんな言葉をかけてくれた大畠先生に、沈みかけの船とか、少しでも失礼なことを考えた自分が情けない。プロットを書く資格すらないような気がして、やはり、父への返信を先にしておくことにする。

再びスマホを取り出すと、見憶えのないアドレスから、メールが一通届いていた。

『甲斐千尋様
はじめまして、長谷部香と申します。突然のメール、申し訳ございません。このアドレスは制作会社ドラマラスの佐々木信吾さんからうかがいました。

わたしは映画監督をしているのですが、新作の脚本について相談させていただけないかと思い、ご連絡させていただきました。

お忙しいところ、無理を承知で、一度お会いいただきたく思います。

どうか、ご一考くださいませ。

長谷部香より』

一度、目を閉じてから深呼吸をして、またスマホに目を遣った。大畠先生に言付けてください、などとはどこにも書いていない。間違いなく、わたし宛だ。

大畠先生は会食の予定があり、事務所にはわたししかいない。わかっているのに、フロアをぐるりと見渡して、再びスマホに目をおとした。

長谷部香。今更、ウィキペディアを検索しなくても、彼女が映画監督であることくらい知っている。助監督の頃から業界内での評判は高く、初監督作品となる「一時間前」は、世界四大映画祭に次ぐと言われている、ミュンヘン国際映画祭のシネマスターズ・コンペティション部門で二位に相当する特別賞を受賞したと、数週間前のニュースで見かけた。

同一人物だろうか。「一時間前」は見てはいないけれど、脚本家の名前は確認した。長谷部監督の名前がそこにあった。自身が書いた作品が大きな評価を得たというのに、次作は誰かに書いてもらおうと思うものだろうか。しかも、まったくの無名の脚本家に。

何の接点もないのに……。

手にしたままのスマホで長谷部香を検索する。出身地は横浜市と書いてある。大学も同じ横浜にあるお嬢様学校として有名なところだ。短い学生時代にどこかのワークショップで顔を合わせたことがあるのかも、と考えたけれど、四歳上の監督はわたしが大学に入った年には就職している。貿易関係の会社だ。そこに二年勤務したあと、会社をやめて専門学校で学び、ドキュメント番組を多く手掛ける制作会社テンマイルに入り、昨年からフリーになったようだ。

やはり、わたしとの接点は見つからない。

誰かが、長谷部香の名前を使って、わたしに会おうとしている？

何のミステリだ。それが一番ありえない。わたしの書いたドラマ「茜色のメロディー」を気に入ってくれたとか。いや、それもないだろう。

監督はこんなふうに書いてくれているけれど、もしかすると、信吾から、捨てた女への最後の情けとして、仕事のない脚本家にどんなチャンスでもいいので与えてやってくださいと、頭を下げて頼んでくれたのかもしれない。これが一番ありえない。

こんなことをうだうだと考えていても仕方ない。本人に会って訊けばいい。案外、待ち合わせ場所には長谷部監督ではなく、信吾がいるかもしれない。俺が会いたいって言っても無視されるかと思ってさ、などとヘラヘラ笑いながらよりを戻そうと言われるオチが待っているような気もする。

それなら、それでいい。無言で帰ってやるまでだ。

『お姉ちゃん、すごい人から連絡がありました。海外の映画祭で脚本賞をもらっちゃったらどうしよう、なーんてね！』

映画館を出て、そのまま一番近いカフェに入った。コーヒーを飲んだら吐いてしまいそうで、オレンジジュースを注文した。見終えたばかりの映画のパンフレットを開く。長谷部香監督と主演女優の対談ページで、二人の全身像が載っている。映画が賞を取るまではテレビで見たこともなかった女優だけど、凛とした表情は、どうしてこの人が今まで無名だったのかと思わせるほど、貫禄に満ちている。しかし、視線はその横へと行ってしまう。

足の長さが一目瞭然の黒いパンツスーツ姿。薄化粧なのに、スッと伸びた鼻筋と大きな目は、大畠先生に何度か連れていってもらった宝塚のトップスターを連想させる。監督よりも女優をやればいいのに、と、うっとりしてしまうような美しい人だ。

ぜひお会いしたい、とメールを送ると、すぐに感謝の言葉が返ってきた。本当に会うことになってしまった、とドキドキした。学生時代に初めてできた彼氏と二人で出かける約束をした時よりも、心拍数は上がっていたはずだ。

だけど、何だろう、このどんよりした気分は。会うからには作品を見ておかなければと「一時間前」をまだ上映している映画館を探した。大きな賞を取ったこともあり、再上映が始まったところも多く、約束の日までに見ることができたのだけど、ますます監督がわたしに連絡をしてきた理由がわからなくなった。

そもそも、会ったところで、この作品の感想を監督に伝えることができない。すばらしい作品なのかもしれない。一一〇分の作品は三部構成になっていて、それぞれの主人公は皆、これから自殺をしようとしている人たちだった。自殺をする、人生を終えるまでの最後の一時間をドキュメント形式で描いているのだ。

　パンフレットで監督と対談をしている女優は、母親の介護に疲れた独身女性で、鼻歌をうたいながらホットケーキを焼いていた。二話目の主人公は小学校で教師をしていた若い男性で、緑深い山の中の、吸い込まれそうなくらい青いきれいな湖のほとりで、ギターを弾きながら児童唱歌をうたっていた。

　二人とも、これから死ぬのが信じられないほど、安らかな表情を浮かべていた。自殺を選ぶ人は、もっと追い詰められていて、悲しみに満ちた顔で最期を迎えるのではないかと単純な想像しかできないわたしでも、決意を固めたあとは、こんなふうに解放された気分になるのかもしれないと思えた。

　たとえば、身内や友人を自殺で失った人は、自分たちに何かできたかもしれないのに、と後悔の念に駆られているかもしれない。そういう人たちがこの作品を見たら、救われるだろうか。

　そんな思いを三話目は吹き飛ばした。

　いじめを苦に自殺を選んだ少年は、教室の中でたった一人彼に声をかけてくれた女子生徒をレイプしようとしたものの、未遂に終わって逃げ帰り、自室で首をつろうとした。しかし、少年はふと思いとどまり、机に向かうと、真新しいノートを開いた。赤いボールペンを手に取り、母親へのメッセージを綴る。ごめんなさい、ごめんなさい、と書き殴る。大粒の涙をこぼしながら。

そして……、新しいページに女子生徒への謝罪の言葉を残し、涙に濡れた指先で一度だけ彼女の名前をゆっくりとなぞった。

大半の人はそこで心を揺さぶられるのかもしれないけれど、わたしの心にはもやもやとしたものが残っただけだ。

少年はノートを閉じて、最期の瞬間を迎える。

やるせない気分でエンドロールを眺めていると、最後、思いがけないことが起きた。何者かがノートのとある一ページを破り取るのだ。その手が再びペンを握り、終了。それが何を意味するのか、解答は提示されていない。救いだとは思えなかった。

長谷部監督はもしかすると見ないまま去ってしまう人がいるかもしれないラストシーンに、どんなメッセージを込めたのか。この人の見たい世界がわからない。

そんな人とわたしはどんな仕事ができるというのか。

賞を取る前に約束していた恋愛小説が原作の映画を持て余しているところに、何かの席で信吾に出会い、それならちょうどいい脚本家がいるという流れになった。こうでも考えなければ、納得できない。

『お姉ちゃんはどう思う?』

大畠先生の打ち合わせはホテルの会議室でおこなわれることが多い。コーヒー一杯が必ず千円以上する。そういうところを指定されるのかと思っていたのに、世界的に有名になった映画監督がメールで伝えてきたのは、チーズケーキがおいしいと評判のカジュアルなカフェだった。

待ち合わせ時間の午後二時、五分前に店に入ると、一番奥の二人掛けの席に長谷部監督の姿はあった。色が微妙に違うデニムのシャツとパンツという姿は、遠目で見るとダサい男子高生のようだけれど、その上に監督の顔があれば、ニューヨークの最新ファッションだと言われても信じられそうだ。

監督はわたしの顔を認識していなかった。少し離れたところで目が合ったのに、何の反応もないまま逸らされた。そのまま近寄って、こんにちは、と声をかけると、かなり驚いた顔を向けられた。

「甲斐千尋さん?」

訊ねられて頷くと、あたふたとした様子で立ち上がり、長谷部香です、と頭を下げられた。イメージと違う対応にとまどいながら、名刺を交換する。とても、四歳上の世界的に名声を得た、気鋭の映画監督には見えない。

しかし、そこが天才らしいとも感じた。姉もピアノを弾いていない時はかなり抜けているところがあった。きっと、無理して反り返るように立っていなくても、この世の中にまっすぐ背筋を伸ばして立ち向かっていける人なのだ。

向かいの席につくと、メニューを広げて渡された。

「佐々木さんに甲斐さんの好きそうな店を教えてもらったんだけど、こういうおしゃれな店は慣れてなくて。わたしはこのおすすめセットというのを頼むけど、甲斐さんは自分の好きなものを頼んでね」

監督は見るからに落ち着かない様子だ。とはいえ、わたしだってこういう女子高生や女子大生が周りにうようよいるような店に来るのは久しぶりだ。信吾の思い浮かべるわたしはもうわたしの顔をしていないのだろう。明らかに、小料理屋でみかけた彼女に似合いそうな店だ。

わたしは監督に場所替えの提案をした。「茜色のメロディー」の打ち合わせで何度か訪れた喫茶店〈カノン〉が徒歩圏内にある。昭和の純喫茶という雰囲気で、大畠先生がいる時とはまったく格が違う場所ではないかと、当時はみじめな気分になったけれど、静かにジャズが流れる、一〇席以上あるボックス席がいつも三割程度しか埋まっていない店は、まさに打ち合わせをするための場所だと今なら思える。

何も注文しないまま店を出ることに監督は難色を示したため、テイクアウトのチーズケーキを二つ頼んだ。〈カノン〉に一歩足を踏み入れた途端、監督の表情が少しゆるんだのを見て、ホッとする。それでも、本日のおすすめのコーヒーが運ばれてくるまでは、互いに踏み込んだ話はしていない。

ミュンヘン国際映画祭、おめでとうございます。そう言えば、そこから一足飛びに脚本の話になるかもしれないのに。映画の内容に触れるのが嫌で、ジャズなどまったく興味がないのに、この曲なんでしたっけ？　などと、さも喉元まで出かかっているのに思い出せないような顔をして訊ねた。

さあ、と監督も首を傾げた。

「クラシックなら、少しは知ってるんですけどね」

余計なことを言ってしまったかと口を閉じた。監督は、いいわね、と笑っただけだ。そこにコーヒーが運ばれてきたせいでなんとなく流してしまったけれど、会って初めて見る監督の笑顔だった。監督はどんな音楽が好きなのかと訊こうとしたところで、向こうが先に口を開いた。

「このあいだ、『茜色のメロディー』を見たの。佐々木さんにお借りして」

「なんでまた？」

ありがたいことだけど、どうしてそんな展開になるのかわからない。やはり、信吾の温情か。

「世間話をしていたら、そこでロケをした作品があるって言われて。ラストの山の中腹の鉄塔から海に沈む太陽を眺める場面、あれって、笹塚（ささづか）町の神池山（かみいけやま）じゃない？」

県名、市名をすっとばし、いきなり馴染の深い地名を出されて、今度はぽかんと口をあけたまま頷いた。

『綾羽と翔一、手を繋いで、海に沈みゆく太陽を見下ろす』
脚本にはそう書けばいい。だけど、プロデューサーと監督を中心とした撮影側は、そういう状況が成り立つ場所を探さなければならない。頭を抱える信吾に、親戚の家の裏山から少し登ったところにそういう場所がある、と伝えた。神池山は伯父の家の所有地ではない。あのあたりが神池という地名で、神池家は周辺にごろごろとある。

「よくあんな田舎をご存じで。わたしのデビュー記念に出身地でロケをしてもらっただけの、何もないところなのに」

わたしの自虐的な返事などおかまいなしといったふうに、監督は目を輝かせている。

「やっぱり！　甲斐さんはそこの出身だったのね」

それにも黙って頷いた。

「もしかして、甲斐千尋さんという名前は、本名を漢字一文字変えたペンネーム？」

今度は驚きのあまり声を出せずに、やはり黙ったまま頷いた。

「本当は、甲斐千穂（ちほ）ちゃん？」

「違います」

間髪を入れずに声が出た。不快感はない。こういう誤解だったのかと、むしろおかしくなってくる。

「千穂はわたしの姉です。わたしの本名は真尋で、ペンネームを使っていいなら、姉の才能にあやかろうと一字もらって、千尋にしたんです」

わたしの声が弾むのと反比例するように、監督は残念そうな表情を浮かべた。多分、わたしではなく姉に会えることを期待していたのだ。

「監督は姉をどこで?」

「わたし、三年ほど笹塚町に住んでいたことがあるの。千穂ちゃんとは幼稚園の同級生よ」

監督のウィキペディアにあの町の名前など載っていなかった。載せる必要もないほどの通過点ということか。そもそも、あれは本人が書くものではない。ということは、監督にとって公表する必要のない情報ということだ。

「姉じゃなくて申し訳ございません。だけど、幼稚園の時の同級生なんてよく憶えてますね。わたしなんて高校を卒業するまであの町にいたのに、幼稚園の時に誰と一緒だったかなんて、まったく憶えてませんよ」

「千穂ちゃんはピアノがものすごく上手だったから。それに記憶力もよかった。楽譜なんて一度で丸暗記。だから、脚本家になったのかも、って」

二人のあいだにあるのが角ばった広いテーブルではなく、さっきのカフェのような小さな丸テーブルなら、わたしは身を乗り出して監督の手を握りしめていたかもしれない。ピアノが上手いことは多くの人が知っている。だけど、姉のもう一つの特技、初見で楽譜の丸暗記を憶えてくれている人がいるなんて。

しかも、幼稚園の頃に一緒に過ごしただけなのに。こういう人だからこそ、映画監督として成功しているのだろう。登場人物がたとえ何百人、何千人いたとしても、誰一人同じではない。個を描くことができる人。

「撮影場所になったあの鉄塔は、姉のお気に入りの場所だったんです」

「そうなのね。千穂ちゃんは今どこに？」

「ピアニストとして世界中を飛び回っています」

監督はまたもやがっかりした顔になった。脚本家としてではなく、姉個人に会いたかったのだろうか。才能豊かな昔の知り合いに、何か頼みたいことでも。

「あの、わたしじゃ力になれませんか？」

監督はハッとしたようにこちらを見た。

「ごめんなさい。わたしが勘違いしていたのに、不愉快な思いをさせて。脚本家の甲斐千尋さんとして、今から相談させてもらっていい？」

監督が姿勢を正したのにつられて、わたしも背筋を伸ばして頷いた。監督は脇に置いていたバッグから無地の透明なクリアファイルを取り出すと、わたしの方に向けて置いた。中身を取り出さなくても、表紙に書かれたタイトルを読むことができる。

『笹塚町一家殺害事件』

数秒考えて、あれか、と思い至った。

「次の作品はこの事件を取り上げたいと思っているの」

「はあ……」

申し訳ないほどにヤル気のない声がもれてしまう。ようやく、監督が何故、脚本家の甲斐千尋に声をかけてきたのかわかった。姉でもわたしでも誰でもいい、笹塚町を知る人間に会いたかったのだ。それで、映像関係者に笹塚町の話題を振っているうちに、そこで撮影がおこなわれた作品に行きついた。その脚本家がたまたま、昔の同級生の名前に似ていたというだけ。

それにしても、どうして一五年も前の事件を、今更取り上げたいと思うのだろう。未解決ならまだしも、事件後すぐに犯人は逮捕され、裁判の判決も出たはずなのに。

そういえば、もう死刑は執行されたのか？

マスコミ受けする話題がなかったわけじゃない。だけどあれも、その直後に起きた大事件によって、いつのまにか誰も口にしなくなっていた。

本当にわたしが想像している事件のことなのだろうか。笹塚町は山と海に挟まれたさやえんどうのような地形の、人口一万五千人程度の町だけど、事件と名のつくものがこれだけだとは限らない。

ファイルを確認するために手を伸ばした。

「待って!」

キレのいい声に、ピシャリと叩かれたように手が止まる。

「ごめんなさい。こちらが資料を渡しておいて、こんな言い方もおかしいのだけど。これは当時の新聞や週刊誌の記事をまとめたものなの。当然、真尋さんもそれらを目にしているとは思うけど、まずは、笹塚町の人として、あの事件をどんなふうに捉えているか、教えてもらえないかしら」

監督の言いたいことはわかる。だけど、目や口調が真剣な分、申し訳ないという気持ちの方が勝る。

「これって、立石さん、いや、立道さんだったかな、の妹さんと両親が、お兄さんに殺された事件のことでいいんでしょうか」

「ええ、そうよ。立石さん」

ゆっくりと苗字を言われたのが、どこか咎められているような気分になる。やはり、想像していた事件のことだったけれど、わたしの頭の中にはすでに監督が失望していく顔が浮かび上がっている。

「わたしは当時、中二で、あの町に住んでいたけど、正直、よくわからないんです。クリスマスイブの夜に、引きこもりのお兄さんが、高校三年生だった妹を刺し殺したあと、家に火をつけて、両親も死んでしまった。というのを、テレビのニュースで知りました」

「テレビって。だけど、それと前後して、町中も大騒ぎになったんじゃないの？」

ほら、思っていた反応じゃない、ってムキになり出した。

「騒いでいたのは、マスコミの人たちばかりで、町の人たちは全然。でも、学校で話題にはなったかな。沙良さんのことで」

「そう、沙良さん。わたしは彼女のことを知りたいの。真尋さんは立石沙良さんを知っていたの？」

監督は前のめりになった体勢のまま、まだほとんど手を付けていないコーヒーには目もくれず、氷の浮いた水を一気飲みした。

「会ったことはありません。同じ高校にきょうだいがいる子から、沙良さんが亡くなる少し前に、沙良さんはエンジェルガールズっていうアイドルグループのオーディションに合格していて、高校卒業と同時に東京に出ていくんだって、と聞いていたので、残念だったね、って」

「残念？　それだけ？　身近な人が殺されたのに？」

監督は人でなしを見るような視線をわたしに向けた。なんだろうこの温度差は。わたしの方が事件をタイムリーに見聞きしているはずなのに。

タイムリー、それだ。

「監督、質問に質問で返すようなことをして申し訳ないのですが、もし、沙良さんが事故で亡くなっていたら、同じような感じで質問していますか？」

「事故、じゃないでしょ？」

「そうか。笹塚町、いや、少なくとも笹塚高校の人たちは一報の入り方が違うんです」

頭の中の錆(さ)びついた扉を無理やりこじ開けるようにしながら、当時のことを思い出し、監督に説明していった。

中学生にもなれば、死はまるきり別世界のものというわけではない。祖父母と同居している子もいるから、もしかすると、都会の子よりも身近に捉えられていたかもしれない。それでも、仕方のないことだと割り切ることができるのは、自分よりうんと年上の人の死だけだ。

仲の良かった人たちのことは知らない。近所に住んでいた人たちのことも知らない。新聞を読む習慣のなかったわたしは、父からクリスマスイブの夜に同じ町内で火事があったことを知らされた。それほど広くない町とはいえ、火事のあった家と我が家とでは、サイレンの音が聞こえてこないだけの距離があった。

　その日の記事には火事があったことしか書かれていなかった。クリスマスケーキにともしたキャンドルの火が引火してしまったのだろうと勝手に解釈した。冬休みの初日だというのにいつも通りの時間に起きてしまったことを後悔して、もうひと寝入りしようと踵(きびす)を返した背中に、この時期は火事が多いものね、と母の同情はするけれどまるで他人事(ひとごと)といった声が届いた。わたしが相槌(あいづち)を打つことではないと、足を止めずに自室に向かった。

　続報も気にしなかった。毎朝、新聞を読んでいる父からの新情報もなかったし、割といろいろなところから噂(うわさ)を拾ってくる母からも、火事の話は聞いていない。あの頃の母は、国立の医学部を受けるという、芳江おばさんの息子である正隆(まさたか)くんの話ばかりしていた。

　正隆くんは笹塚高校の三年生だった。

　全国模試で三位だったとか、A判定しか見たことないとか。お姉ちゃんはピアノばかり弾いていたのにちゃんと笹高に受かった、と、まだ受験には一年もあるのに姉と比べられることにうんざりしていたうえ、そこに従兄(いとこ)まで加わるのは勘弁してほしいと、あの頃のわたしは冬休みのあいだじゅう、自室に籠城(ろうじょう)していたようなものだ。

　友だちと遊びに出ることもなかった。学校の教室で話したり弁当を一緒に食べたりする子はいても、休みの日まで会うような友だちが、わたしにはいなかった。

この町で友だちはいらない。高校も校区外の私立を考えていた。いずれ出ていく場所に親友なんかいても仕方ない。姉のことを知らない人たちに囲まれて過ごしたかった。
だからだろうか。立石沙良さんのことをうらやましいと思っていた。オーディションに受かったというのは嘘だと噂する子たちもいたけど、わたしにはその子たちがやっかんでいるだけのように感じられた。

確かに、学校で見せてもらった沙良さんの写真は、美人だけど、テレビを点けている限り見かけない日がないくらいの人気アイドルグループ、エンジェルガールズに選ばれるほどではないとは、わたしでも思った。でも、アイドルになる人なんて素材はその程度で、東京に行って、テレビに出るようになってから別人のようにきれいになるのではないかと、誰かが言っていた言葉に一度大きく頷けばもう、その後気に留めることはなかった。

中学生から見た高校生なんて、そんなものだ。

沙良さんが亡くなったのを知ったのは、三学期の始業式の翌日だ。

笹高にきょうだいのいる子が大ニュースだと言って教えてくれた。

昨日の始業式で、クリスマスイブの夜に沙良さんの家から火が上がり、沙良さんとご両親が亡くなった、と校長先生が全校生徒の前で神妙な顔で話したあと、全員で黙とうがおこなわれたというのだ。その後、学校は大騒ぎになったけれど、泣いている人はいなかったらしい。笹高は一応進学校でもあったから、センター試験を目前に、悲しむどころではない人がたくさんいたからだろうか、と考えた。

父が教えてくれた火事のニュースは、沙良さんの家のことだったのか。わたし自身の思いもその程度。

——あーあ、残念。知り合いがエンジェルガールズに入るって、自慢したかったのに。

わたしに教えてくれた子もそんながっかりした声を上げていただけだ。

ところが、三月に入ったばかりのある日、自転車で駅前の本屋に行くと、入り口前で見知らぬ女性に呼び止められた。

——立石沙良さんについて伺いたいのですが。

はあ？　と首を傾げたところで、やめてください！　と大きな声が響いた。おとなたちが五、六人、こちらに向かって走ってきていた。落ち着いて辺りを見回すと、足止めされているのはわたしだけではなかった。近くにいた笹高の制服を着た女子生徒は、大きなカメラを向けられていた。

——子どもたちに取材をするのはやめてください。

やってきたおとなたちは、どうやら笹高の先生のようだ。わたしと女性のあいだに入ってくると、わたしをかばうようにして本屋の中に促した。その時、手のひらの中に何かが押し込められた。

小さく折りたたまれた紙には、ワープロ文字が書かれていた。

『立石沙良さんご一家の事件についてお話をきかせてください。東西ホテル三〇三号室でお待ちしています。複数名での参加を歓迎します。顔にはモザイクをかけ、音声も変えます。謝礼三万円』

怪しげな文面の下には、わたしが好きなドラマを放送しているテレビ局の名前と何度か見たことのある夕方の情報番組のタイトルが書かれていた。ふざけた印象はなかった。

事件って、何だろう。

本屋の中は笹高生のシェルターと化していた。マスコミの人はこっそりとこの中にまぎれこんでいればよかったのではないかと思うほどに、ひそひそと噂話が飛び交っていた。

この日の笹高の一時間目の授業は臨時の全校集会へと変わったらしい。三年生は登校しなくていい時期に入っていた。そこで、沙良さんは火事で死んだのではなく、殺されたことが公表されたのだという。

お兄さんが犯人だって、と自慢げに話している人もいた。

集会では、殺したのはお兄さんだとまでは明かさず、何者かに、と言いかえられていたそうだ。その後、マスコミの取材を受けることは禁止された。マスコミの話を鵜呑みにしないようにと釘も刺された。

わたしは驚きが顔に出ないように必死で取り繕いながら聞いていた。しかし、笹高生の人たちに、それほど興奮した様子は見られなかった。

犯人がお兄さんで、もう逮捕されていて、そのうえ、ちょっと危ない人だったらしいよ、という個人情報まで流れ、たとえ今日知ったことでも、出来事自体は過去のものとして捉えられていたのかもしれない。

しかも、学校は去年の段階で事件性があることを知っていたらしい。事件について公表することを、警察に待ってもらっていたそうだ。しかし、マスコミにバレてしまった。

皆さんを不安にさせないために、などと恩着せがましいことを言うのなら、卒業式や入試が終わるまで隠し通せばいいのに。そんな愚痴をこぼしている人もいた。

真相を時系列に沿って発表していたら、事件直後は大騒ぎになったかもしれないけれど、年が改まり、学校が始まる頃には落ち着いていたのではないか、とも。

笹高生の人たちは沙良さんが殺されていたことを驚くよりも、学校側の対応に不満を表す人の方が多かったような気がする。

沙良さんに対する冒瀆だ、と、よくわからない怒り方をしている男子生徒もいた。

本屋に行く前に母から、芳江おばさんが注文している本をもらって届けるようにと言付かっていたため、自分が定期購読している漫画雑誌を買って、その本（人気シェフが出した料理本だった）を受け取り、店を出た。先生たちが警備員のように立っているせいか、マスコミの人たちの姿は見えなくなっていた。

神池の家に行くと、おばさんはよそいきの恰好でわたしを迎えてくれた。学校で緊急保護者会が開かれるのだという。

──何かは言えないけど、大変なことが起きたのよ。

笹高生の人たちよりも、おばさんの方が落ち着きがない様子だった。正隆くんは隣町の塾に行っているらしい。こんな大変な時に、と、おばさんは深いため息をついたけれど、正隆くんはケロリとしているのだろうなと思った。

神池の家には贈答品が多く、おいしいお菓子を出してもらえることを期待しておつかいを引き受けたのに、家に上がらず帰ることになった。母は夕飯の買い物に出ていた。

一人でリビングに寝転がってテレビを見ていると、情報番組が始まった。ズボンのポケットに入れたままの紙を思い出し、さすがにわざわざホテルまで行った人はいないだろうと寝返りをうとうとしたら、テレビ画面に見たことのある景色が映し出された。

笹高だ。わたしに声をかけてきた女性がマイクを片手に「現在、緊急保護者会が開かれています」と神妙な面持ちで話している。

それにしても、芳江おばさんは今、何のために学校に呼び出されているのだろう。

沙良さんは学校で殺されたわけではない。

学校関係者に殺されたのでもない。

多分、沙良さんのことより、マスコミへの対応や残りの授業や入試、卒業式についてがメインになっているのではないかと考えた。

画面が室内に切り替わった。壁紙などの様子から、ホテルの一室ではないかと想像できた。そこに、モザイクがかけられてはいるものの、笹高の制服だとわかる女子生徒の後ろ姿が二人分映し出された。

――ずっと火事で亡くなったと思っていたので、ホント、びっくりしました。

甲高い音声が流れた。

――お兄さんに包丁で刺されただなんて……。

包丁？　新情報だ。取材などと言いながら、マスコミは情報を提供しにきていたのではないか。子どもたちの反応をテレビで流したいだけ。

――あたし、沙良さんの家の近くに住んでいるんですけど、お兄さんがヤバい人だっていう噂は前からありました。

――あたしはお姉ちゃんが沙良さんと同じ学年だけど、あいつとは縁を切りたい、って言ってたみたいです。三つ年上だからもう二十歳過ぎてるのに、中学生になった頃からずっと引きこもりで、バイトもすぐにクビになるって。

――えーっ、ヤバいよ、それ。人格に問題アリって、バレてたってことでしょう？　沙良さんかわいそう。せっかくエンジェルガールズに受かって、あとちょっとで卒業して、東京に行けてたのに。

他の番組でも、男子生徒がインタビューを受けていた。インタビューを受けた人たちは皆、沙良さんに同情的なことを言っていたけど、翌週発売された週刊誌を機に、逆風が吹き始めた。

沙良さんがエンジェルガールズのオーディションに受かったという事実はなかったからだ。

以降、沙良さんに虚言癖があったとか、殺されても仕方ないヤツだ、などと誹謗中傷の声が上がるようになったものの、日本中を揺るがすような無差別大量殺傷事件が起こり、たとえ地元で起きた事件であっても、この話をする人はいなくなった——。

わたしはぬるくなったコーヒーを飲み干した。

「こんなふうに、二段階で知ったものだから、事件とわかっても衝撃が緩む感じで、最初から家庭内殺人事件としてこのことを知った人たちより、反応が鈍くなってるのかもしれません」

もう一杯頼みたいところだけど、監督はまだわたしに訊きたいことや、相談したいことがあるだろうか。それでも驚いたのは、監督がわたしの話をメモしていたことだ。まだ新しい大学ノートに黒のボールペンでびっしりと、メモというよりは聞いたままを書き取っているような、真っ黒になったページをじっと見下ろしている。

「沙良さんは、アイドルグループのオーディションに受かったこと以外にも、嘘をついていたの？」

監督が顔を上げてわたしを見た。睨まれているわけではないのだろうけど、大きな目をまっすぐ向けられると、どこか、咎められているように感じる。

わたしが悪いの？　と、つい訊いてしまいたくなるような。

「わかりません。春休みが明けたら、噂なんて入ってきませんでした」

「千穂ちゃん、お姉さんとはこの事件の話をしなかったの？」

「姉は笹高に進学したけど、一年生の夏前に、海外留学することになったので」

「小学校や中学校は一緒じゃなかったの？　わたしは……、沙良ちゃんと同じアパートに住んでいたの」

「えっ……」

なるほど、だから興味を持ったのか。

「沙良ちゃんは保育所に通っていたけど、わたしと千穂ちゃんは同じ幼稚園だった。ということは、校区は同じで、小学校から二人は一緒だったんじゃないの？」

「事件が起きた立石家は、多分、同じ小学校の校区じゃなかったはずなので、あちらが引っ越したんじゃないですか？　戸建てに住んでいたようですし」

「いつ！」

いやいやいや、と、わたしは椅子の背もたれに背中がつくまで下がった。視界に入った男性店員に片手を上げて、アイスコーヒーを二杯頼む。

「わたしは、もう」

監督が断ろうとするのを片手で制して、お願いします、と言った。

「落ち着いてください。小学校が同じだったとしても、姉の同級生がいつ引っ越したかなんて、普通、わかりませんよ」

「わたしは落ち着いて……。そういう口調になっていたのね。ごめんなさい」

監督は申し訳なさそうに頭を下げた。それも含めて、一つ一つのしぐさが大きくて鬱陶（うっとう）しいのだ、とはさすがに言えない。

「いや、そんな……。なんか、えらそうなこと言って、すみません」

なんとなく、こうやってこちらが頭を下げてしまうことになる。大勢の人の上に立つ人というのは、自然と相手をひれ伏させるオーラを醸（かも）し出しているものなのだと改めて感じる。

この人は映画監督なのだ。事件について訊かれたものだから、マスコミ記者のような気分になりかけていたけれど。

「監督はこの事件を元にした映画を作ろうとお考えなんですよね」

「ええ、そうよ」

「今の時代、それほど珍しい事件じゃないと思うんですけど。おまけに、裁判も終わっているし、掘り下げるようなところがありますか？」

監督は唇をまっすぐ結ぶようにして、視線をテーブルの上に移した。

アイスコーヒーが運ばれてくる。店の名前が入ったコルクのコースターが敷かれ、その上にグラスが置かれた。空になったカップが下げられる。と、テーブルの上にスプーンが落ちた。しかし、監督はそれにはまったく目もくれない。

おそらく、質問の答えに窮しているのではなく、監督にはもう撮りたいものが決まっているけれど、それをわたしに話すかどうかを迷っているのではないか。

監督はテーブルの一点、水を注ぎ足してもらった時に少しこぼれたしずくの辺りに目を遣ったまま、口を開いた。

「わたしは沙良ちゃんを知ってる。二人だけで過ごした大事な時間がある。まだ、小学生にもなっていない、人間形成のまるで途上の段階で、その後、大きく変化していくとしても、この事件で語られる沙良ちゃんは、わたしの知っている沙良ちゃんじゃない」

監督はテーブルの端に寄せていたクリアファイルを手に取った。そして、わたしを見る。

「わたしはこの事件の真相に疑いを持っているんじゃない。ただ、彼女がどう生きたかを知りたいの。死んだあとの、周囲の人たちの身勝手な発言だけで、立石沙良という人が作られて、そういう人だったと決め付けられるのはおかしいでしょう。わたしは本当の彼女がどんな人だったか、彼女を殺すに至ったお兄さんはどんな人だったか、何故彼女は殺されなければならなかったのかを知って、それを世間に伝えたい」

「……受け取りたいと思ってる人なんて、いるんでしょうか」

映画館に足を運んでまで。お金を払ってまで。

監督は大きな目をさらに大きく見開いた。

「あなたは、知りたくないの？」

「沙良さんや、あの事件に興味がないのではなく、知るということがそれほど大事だとは思っていません」

「脚本家、なのに。知りたいという気持ちが原動力になることはないの？」

「……ありません」

監督が小さく息をついた。クリアファイルをバッグに仕舞っている。監督が次にわたしに言う台詞が予測できた。

「今日は、お時間を作っていただきありがとうございました。今回の件は、忘れてください」

忘れてください、までは思い至ってなかった。

『お姉ちゃん、大きなチャンスを逃してしまいました。引き受けていても、わたしには無理だったような気がします。やる前に逃げちゃダメ、なんて怒らないでね』

わたしはパスタとワインがおいしいイタリアンレストランよりも、焼き鳥屋でプハーッとビールを飲む方が好きだし、似合ってると思うんだよね。

こういう言い方をする女子が苦手だった。女子同士でおしゃれな店で食事をしている時にそういう言い方をする子は大きらいだった。自分をカラッとしているとか、サバサバしているように見せたいだけの、無神経女子。自分も女のくせに女を否定する、何様女子。だけど、今日はそういう自分が否定していた人たちに、ゴメンと謝りたい気分だ。チーズケーキがおいしいカフェよりもコーヒーの香りが沁みついた純喫茶の方が落ち着く。そして、煙がもうもうと立ち上がる焼き鳥屋のカウンターで、砂肝のみぞれ和えをつまみに大ジョッキでビールをあおるのは、尚、自分を解放することができる。

そろそろ焼いてもらおうか、とメニューを広げた。

「先に飲むとか、あり？」

頭の上から声がした。振り返らなくても、誰だかわかる。

「ちゃんと、約束の時間を過ぎてから注文しました」

メニューから目を外さずに答えた。

「何、丁寧語？　今日はそれがずっと続くわけ？　そもそも会おうと言ったのはこっちなんだから、ちゃんと奢るし、もうちょっといい店指定してくれてもよかったのに」

言いながら、佐々木信吾がわたしの隣の席に座った。

「カウンター席でそういう言い方ができる人に、奢ってもらおうなんて思ってません」

「俺がえらそうだって？　それくらい、この店の店主と俺が気心しれた仲だっていう解釈しようとは思わない？　あっ、俺も生、大ジョッキで」

信吾の前に生ビールの中ジョッキが置かれた。どうやら、本当に仲がいいらしい。この店は大畠事務所から徒歩圏内の、わたしのテリトリーだと思っていたのに。初めて二人で来た時も、わたしが案内したのに。

乾杯しようと迫ってくるジョッキを無視して、砂肝と皮を塩で、レバーをタレで、と注文した。目の前の大ジョッキに泡がせりあがった中ジョッキがガツンとぶつかる。

「ささみの梅しそ巻きじゃないんだ」

「はい」

「アスパラのベーコン巻きじゃないんだ」

「はい」

「チーズケーキは楽しめた？」

「はい？」

初めて、信吾と目を合わせた。大事な仕事の話があるなどと言って、わざわざ大畠事務所の電話に連絡をよこしてきたものの、長谷部監督とどんな話をしたのか聞き出したかっただけか。

「長谷部監督とは、次の約束をせずに別れました」

「何それ、もったいない。残念ついでにこれだけ教えてくれ。彼女は次、何を撮ろうとしてるんだ?」

こっちか。わたしが監督とどんな仕事をするのかではなく、監督の次回作の構想について。あわよくば、自分の会社をからませたい。監督は笹塚町の話は信吾にしたものの、深くは触れなかったようだ。

「言いません」

「ヒントだけでも」

「ミステリ?　これ以上は言わないからね」

「やっと普通のしゃべり方に戻った。ミステリか。なら、実在した事件だな。やっぱりそっちか。彼女は助監時代はずっと、ノンフィクション撮ってたし、『一時間前』も長谷部監督はノンフィクションとして撮りたかったけど、そっちじゃ金がつかないし、テーマがテーマなだけに、圧力かかってもやっかいだろうって、フィクションにしたって聞いたことがあるし」

「圧力?」

つい、こちらから質問してしまった。

「ホットケーキ焼いて死んだ女性は生活保護の申請が通らなかった。学校の先生は明らかに過労死。この国はどうなってるんだという矛先がお役所に向かう前に、上映やめにしない？　的な」

　簡単に頷ける話だ。かわりに砂肝を頬張る。あげるとも言っていないのに、信吾は皮に手を伸ばした。

「まあ、フィクションにしたから、最後のエピソードもくっつけられて、賞も取れたし、話題にもなったんだろうけどな」

「三話目は実話じゃないの？」

「そりゃ無理だろう。いじめを苦に自殺した少年の、自殺するまでの一時間の話を誰かに訊くとしたら、遺族だろ。自分の部屋でノート書いて、首つってるし。じゃあさ、遺族が、息子はクラスメイトの女子を待ち伏せして襲いました、とか言う？　たとえば、女子が被害届出していたとして、遺族以外の人に取材をしたとしても、最終的に遺族がそれを映画にすることなんか、許可する？」

　話を聞けば、これも納得できる。今度はレバーを頬張った。貧血気味というわけではないけれど、臓物系を食べていると、自分に欠けているものが補われているような感覚になる。最近、そう感じるようになった。信吾がいくつか注文を始めた。ハツはわたしも食べたくて、ピースサインをするように、横で手を伸ばした。

「で、監督が撮りたい事件に、真尋はどう関わってんの？」

「言わない」

「もしかして、あの」

「違う！　わたしの出身地で殺人事件があっただけ。わたしにはまったく関係ない」

「だけ、のわけないじゃん」

「はあ？　あんたに何がわかんの。どんな事件かも知らないくせに」

「知ってる。長谷部香が撮りたい事件だ。おまえの方こそ、何にもわかっちゃいない。長谷部香と仕事をしたい人間は、今、この業界にゴマンといる。俺もその一人だ。どうしてかわかるか？」

　有名な映画賞を取ったからではないのか、とは言ってはいけないような気がして、少し首を傾げてみせた。

「人間の本当の姿、一皮剝いだ顔を撮れるからだ。真尋も見たんだろう、『一時間前』を。三話目の首つり少年のあの表情、どう指示を出せば、役者はあの顔になれるんだ」

　確かに、ト書きで表せと言われたら難しい。懺悔、解放、後悔、無……。どの要素も少しずつ含まれた表情だった。

「その監督が撮りたい事件が、だけ、なはずがない。絶対に何かある。監督が、俺におまえを紹介してくれと言ってきたってことは、俺も、その作品に関われるチャンスがあるということだ。頼む」

　信吾がいきなり、狭いカウンターに斜めに手をついた。

「土下座が必要なら俺も同行していいから、監督にもう一度、頭を下げて、一緒に仕事をさせてくださいと頼め。地元の親とか友だちが、事件のことをもっと知っているとか、監督の気を引けるネタを用意するんだ」

「何で、わたしが信吾のためにそんなことしなきゃいけないの」

あきれたようにため息をついたのはわたしの方なのに、信吾がその倍の息をはいた。

「バカか。おまえのチャンスだろ。主人公が全部同じ人間に見えてしまうワンパターンな作品しか書けないヤツが、この先、どうやって脚本家を続けていけるっていうんだ？　大畠先生が同時に何本も仕事を抱えていた頃なら、そのおこぼれを拾ってりゃよかったんだろうけど、もうこぼれてくるものもないんだろう？　自分の見たい世界だけ書いてんじゃねえよ。大勢の人たちが目を背けている世界を書いて、目の前につきつけてやれよ。俺はそういう作品に挑みたい。おまえならそういう作品が書けると思ってた」

「何を根拠に？」

「……忘れたよ」

「チーズケーキ、彼女はどんな顔して食べたの？」

「おまえに教えることじゃない」

「フニャフニャ安っぽい笑い方する女に乗り換えたヤツが、大勢の人たちが目を背けている世界か。そういうこと言ってるとカッコいいとか、奥が深いとか言ってもらえるんでしょう」

　バン、と音が響いた。立ち上がるためにカウンターに手をついたにしては、強く叩きすぎだ。

「こいつの勘定も俺につけといて」

　人の好さそうな顔で店主に笑いかけている。でも、その顔をわたしの方には向けないのだろう。いや、向けた。

「お姉さん、元気？」

「元気だよ」

「それは何より」

　そう言い残すと、信吾は下手くそな口笛を吹いて背中を向けた。ごちそうさん、と後ろ手でカウンターの中に向かって手を振り、店を出ていく。

　残ったわたしは店主にどんな顔を向ければいいのか。

　背中の後ろに置いていたハンドバッグの中でスマホが振動した。マナーモードにしたままだった。これで目の遣り場ができる。メールが一件届いていた。

『法事の返事はまだか』

　父からだ。その場で返信する。

『帰ります。お茶菓子とか、何か必要なものがあれば、連絡してください』

事件のことを調べるために帰るのではない。姉にもメッセージを、と思いながらも何も思い浮かばず、もう一杯飲もうと、大ジョッキを注文した。

わたしは、決して、逃げているわけではない。

エピソード 2

山と海に挟まれた細長く小さな町、笹塚町を母と二人で出ていって、母の実家がある山間の温泉町に引っ越したものの、その生活は一年ともたなかった。

こちらがふれてまわったわけではないのに、周囲の皆が、父が死んだことを知っていた。それでも、わたしが直接何か言われることはなかった。母は、みんなが自分の悪口を言っている、と、よく泣いていた。わたしに向かってではない。母の母、おばあちゃんに向かってだ。分厚い座布団を折り曲げたものを抱えて泣いていることもあれば、おばあちゃんの膝につっぷして泣いていることもあった。

おばあちゃんは、はいはい、と、あやすような、相槌を打つような、少し適当な感じで、母が泣きやむか、もういい、と言って寝室に入っていくかするまで、母の背中をポンポンと叩いていた。

わたしはそれを隣の部屋から、閉まりの悪い襖の隙間越しに見ていたり、見ていなかったり。絵などを描いて、寝るまでの時間をつぶしていた。

おばあちゃんの家はかつて、土産物屋を営んでいた。温泉街の目抜き通りの一角にあるその家は、一戸建てではあるけれど、隣家との距離が数十センチしか空いてなく、長い電車の一両に住んでいるような感覚だった。

前に住んでいたアパートとそれほど変わらない。木造なのと、ベランダがないということくらい。新しい暮らしは、ベランダがあろうとなかろうと大きな違いはなかった。母はわたしにドリルをやるよう、言わなくなったからだ。

ベランダに出される理由がない。

母は引っ越して二カ月後から、パートに出るようになった。土産物のまんじゅうを箱に詰める仕事だ。衛生管理が徹底しているから私語厳禁で、それがかえって心地よいと、おばあちゃんに話していた。

おばあちゃんも日中は、駅前の食堂兼弁当屋で働いていた。

怒られたり、厳しいことを言われたりはしなかったけれど、特別に優しい言葉をかけてくれることはなかった。おはよう、とか、いってきます、いってらっしゃい。そういう日常的な挨拶を交わすだけ。それでも、日々の中に何かしらの会話はあった。

幼稚園には転入せず、春から町にたった一つの公立小学校に通うことになった。

ランドセルや学習机も買ってもらったし、入学式も正門の看板前で母と二人で並んだ写真があるので、日々、わたしと母のあいだで何かしら会話が交わされていたはずなのに、その内容をまったく思い出すことができない。

おばあちゃんとの会話は、たとえ隣室から流れてくるものでも、割と正確にインプットされているのに。

もしかして、憶えていないのではなく、本当に話をしないまま物事が進んでいたのだろうか。それなら、ランドセルの色がくすんだ濃いピンクだったことにも納得できる。これがいい、と自分の意思を伝えていたなら、真っ赤だったはずなのだから。

とはいえ、静かな生活を送っていたのではない。あの町の人は大概がおしゃべりだった。おとなも子どもも。だから、小学校に入るとすぐに友だちができたし、家にも招待され、ついでに、昔の母のことなども知ることができた。

あれは、旅館の子の家に遊びにいった時か。広い和室で、おやつに庭でとれたといういちじくとちらし寿司を出されて驚いた。そこで、広げたままの宿題のノートを見ながら、その子のお母さんが、やたらと明るい声で話し出したのだ。

「香ちゃんはよく勉強ができるのね。さすが、真理(まり)さんの子」

母はドリルの答え合わせをする時も、お母さんはちゃんとできていたわよ、などと自分の子どもの頃と比べることはなかったので、そうだったのか、と少し驚いた。頭がいいのは父の方で、母はそれほどでもないと子ども心に勝手に決めつけていたようなところもあった。

「とにかく大学に入って、こんな田舎を出ていって、二度と帰ってこない。なんて、毎日言ってたのに。うふふ……」

最後の笑いは、バカにしているのだとわかった。帰ってきたじゃない、と。母の言っていた悪口とはこういうことだったのかと、泣いている姿にも納得できた。母がかわいそうだとも思った。だけど、おばさんに、悪口を言わないで、と怒る気にはならなかった。

自分がこの先ずっとこの土地にいるような気がしなかったからだ。いや、小学一年生の子どもがそんなことを考えるだろうか。ただ、理不尽なことに抗う気力を当時から持っていなかっただけなのかもしれない。

あの町には、勉強ができる子も、ピアノが弾ける子も、足が速い子もいたけれど、特別だと感じる子はいなかった。それは、わたしが笹塚町に色をつけて思い返しているからか。ドリルをやらなくてよくなった場所では、誰かと自分を比べる必要もなくなったという解釈が妥当なところか。

笹塚町と温泉町は、温泉町の方が人口は半分ほどだけれど、どちらも田舎であることには変わりない。なのに、笹塚町で毎日ドリルをやらされていたのは、いつか都会に引っ越した時のためだったのだろう。あの町に住んでいたのは、八島重工という会社の造船部門に勤務していた父の仕事の都合でだ。だから、出ていくのも父次第だった。

なのに、父が死んでしまっては、母は生まれ故郷に戻るしかない。

どうして？ それほどまでに都会暮らしを夢見ていたなら、温泉町になど帰ってこず、わたしを連れて、あこがれの街に出ていけばよかったのに。

そういうことを考えていたわたしは、やはり、世間知らずな庇護（ひご）される立場の子どもだったのだ。

場所だけの問題ではない。そこでどんな暮らしをするか。母は自分が理想とする暮らしを、自分自身の力では作り上げられないとあきらめた。

だから、温泉町に帰ってきてからは、もう都会に出るための準備は必要なくなったのだ。毎晩泣きながら、この町で生きていくことを自分に納得させようとしていたかもしれないのに……。

わたしは母を傷つけてしまった。

温泉町の休日は、笹塚町の倍以上の活気があった。観光客で賑（にぎ）わうからだ。温泉町の人にとっては休日ではない。母もおばあちゃんも仕事に出ていたし、学校の友だちも、家の手伝いがあるからと、遊ぶ約束を交わそうとしなかった。

わたしは家の前の賑やかな声を聞きながら、部屋の中にポツリと一人で過ごしていた。絵を描いて、本を読んで、テレビを見て。

退屈だな、と感じた。ならば、母に買い与えられなくても、ドリルでもしておけばよかったのだ。書店が近所になかったのなら、教科書の先取りをしていればいい。

だけど、そんな考えにはまったく及ばなかった。きっと勉強がきらいだったのだ。学校で借りてきた『ロビンソン漂流記』を読んでいると、頭の中にいろいろな絵が浮かんできた。海の色、島の風景、空高く羽ばたく見たこともない鳥は、どのような翼を持っているのだろう。

三〇ページに一枚ずつついている挿絵だけでは物足りなかった。木の上に作った家は、洞窟(どうくつ)は、嵐(あらし)がくるといったいどうなる?

頭の中に浮かぶ絵を、白いページばかりの自由帳に見開き一ページずつ描いていった。もし、わたしにデッサン力があれば、それはマンガのようになっていただろうか。それなら、何の問題もなかったかもしれない。

わたしが作ってしまったのは、絵コンテだ。しかし、当時はそんな言葉は知らず、紙芝居のようだなと思った。ならば、そう言えばよかったのだ。

見せるタイミングも悪かった。母がヘトヘトに疲れていることくらい、見ればすぐにわかったのに。その日は、おばあちゃんの帰りの方が遅かった。夕飯はおばあちゃんがもらってきた弁当を食べることになっていたから、それを待つあいだ、何をしていいのかわからない時間ができてしまった。

「見て、お母さん」

わたしは母にノートを渡した。温泉町で唯一記憶にある母との会話だ。母は畳敷きの居間にある木製の広いテーブルに片肘をついたまま、ノートを受け取ると、テーブルの上でパラパラとめくり始めた。時折、じっと眺めるページもあった。そこは、自分でもなかなか上手に描けたと思っていたところなので、褒めてもらえなくても、ゆっくり見てもらえていることがうれしかった。

そのせいで、得意げに、いや、えらそうな顔になっていたのかもしれない。

母は最後のページまで見て、ノートを閉じると、テーブルを挟んで座るわたしの方を向いた。

「これは、何?」

決して、怒っている様子ではなかった。たくさんの後悔を繰り返した今となってはベストな答えがわかっている。『ロビンソン漂流記』よ。母は何を描いたのかと訊ねていたのではないか。

だけど、当時のわたしはそこに思い至らない。わたしにとってのその絵は『ロビンソン漂流記』以外の何ものでもなかったのだから、それが答えになる質問がくるという発想がなかった。

自分でも、これは何だろう、と思っていたのは、その形態だ。マンガなのか、紙芝居なのか。紙芝居のようだけど、字はどこにも書いていないし、一枚ずつめくることもできない。

何だと思う？　と質問で返せばよかったのか。わからない、と素直に言えばよかったのか。わたしは最悪な答えを選んでしまった。

「映画みたいでしょう？　この町には……」

映画館がないから、と続ける前に言葉を切ったのは、母の形相が一気に険(けわ)しくなったからか、父のことをようやく思い出したからか。

ただ、わたしは父が自殺したことをその時まで、知らなかった。映画を見てくる、と言って出ていった父は、その夜、海で遺体となって釣り人に発見された。知っているのはそのくらいで、だから、映画の帰りに海辺を散歩していて、海に落ちてしまったのだと思っていた。

一度だけ、父と二人で町のシネコンで映画を見た帰りに、海に連れていってもらったことがある。ただの空き地のような無料の駐車場に車を停(と)めて、営業しているのかどうかわからない釣り具店の前にある自動販売機で、父は温かい缶コーヒーを、わたしにはオレンジジュースを買って、二人で堤防の上を歩き、視界に民家が入らなくなった辺りで海の方に向いて座った。

そこで話したのは、映画の感想だ。

――よく、映画館を出たと同時に感想を言い出す人がいるけど、あれはダメだね。これから見る人もいるし、自分はおもしろくなかったと思っても、すぐ隣で、感動して胸がいっぱいになっている人がいるかもしれないのに、その人の感動に水を差してしまうことになる。だけど、ここなら、どんな悪口も、最後のオチも、言いたい放題だぞ。

それから、父は子ども向けのアニメ作品を褒めまくった。そしてまた、海を見つめて、こうも言った。

――あと二時間くらいで、海に太陽が沈むんだ。ジュワって音が聞こえてきそうなほど大きくて真っ赤な太陽が。ここからだと、造船所がちょっとジャマするかな。でも、いい景色だろ。お父さんは、この町が好きなんだけどな。

結局、その日は夕日を見ていない。少し雲があったし、夕飯までに帰ると、母に伝えて出てきていたからだ。

最後の日は、それがなかった。だから、日が沈むのを見ていたんだろうと思った。たとえ自分では、父は最後に好きな場所に行けた、と好意的に捉えていたとしても、映画の延長に父の死があるのだから、母にとっては映画は禁句かもしれないと、察しなければならなかったのだ。

ノートがヒュッと音を立てて、耳の横を飛んでいった。紙が少し頬に触れたような気がした。バサッと音が聞こえたけれど、振り向くことはできなかった。母がじっとわたしを睨みつけていたから。

その日に、涙が盛り上がり、一気に溢れ出した。

「何よ、映画って！　映画って！」

叫びながら体外に放出されるはずの息は、しゃくりあげる喉によって塞がれてしまい、母は首を絞められたあとのようにぜいぜい喘ぎながら、胸に手を当てた。母が倒れてしまうんじゃないかと心配になった。しかし……。

「その目で見ないで！　あんたまで、わたしを責めるの？　お父さんが自殺したのはわたしのせいだって言いたいの？」

ただ、首を横に振るしかできなかった。自殺、という言葉が頭の中を一気に埋め尽くした。

「あの人が言ったんじゃない。きみの理想をかなえられるようにがんばるって。がんばるって。がんばるって。その目で！」

えっ、と身構えた時には母はもう立ち上がって、テーブルを踏み越え、わたしの横に立っていた。

「そんな目で言うから、信じちゃったんじゃない」

母はわたしを押し倒して、馬乗りになった。恐ろしくて声が出ず、見開いたままの目で、やめて、と母に訴えるしかなかった。しかし、母にはその思いが通じない。

「がんばれって言っちゃいけなかったの？　わたしががんばれって言ったから、自殺しようと思ったの？」

母の目にわたしの顔が映っていた。だけど、その時にはもう、母が見ているのはわたしではなく、父、いや、父の亡霊だったのだろう。

「がんばるのが嫌なら、嫌って言えばよかったんじゃない。黙って逃げればよかったんじゃない。当て付けのように死ぬなんて、そんなにわたしが憎かったの？」

母が拳を振り上げた。

「ねえ？」

拳が胸の真ん中あたりに振り下ろされた。

「ねえ？」

また、同じ場所へ。息がつまり、ゴフッと咳き込んだ。

「黙ってないで、何とか言いなさいよ。ほら、ここから声を振り絞って、言いなさいよ！」

母の両手がわたしの首にからみつき、じわじわと絞められた。母の涙がわたしの右目に落ちてきて、ギュッと両目を閉じた。

「何をやってるんだ！」

おばあちゃんの声だった。と、母の手がゆるみ、体がふわっと軽くなった。母はテーブルの角に膝をぶつけながらおばあちゃんに駆け寄り、抱き付いてわんわんと泣き出した。

「わたしのせいじゃない。わたしのせいじゃないのよ」

おばあちゃんの耳元でそう叫んでいた。

「真理のせいじゃない。真理は何も悪くない」

おばあちゃんはそう言いながら、母の背中をポンポンと叩いていた。少なくとも、わたしの首を絞めたことは知っているくせに、母を咎める言葉はひと言も口にしなかった。母をなだめながら寝室に連れていき、どうすればいいのかわからず居間の片隅で体育座りをしているわたしのところに戻ってきた。

おばあちゃんはわたしにどう声をかけようかと迷っているようだった。ふと、畳の上にバランと広がったままのノートに目を留め、取り上げた。パラパラとめくり、そっとテーブルの上に置いて、わたしの方を見た。

「上手に、海の絵を描いたんだね。だけど、お母さんはそれが気に入らなかったのかもしれないね。大学生になって、この町を出ていくまで、海を見たことがなかったから、子どもの頃のことを思い出して、腹が立ったのかもしれないね」

おばあちゃんはわかっていない。そんなふうに、見当違いなことを話しているおばあちゃんにがっかりしたけれど、母に怒りの原因を確認したわけではないので、おばあちゃんの言い分もまた、正しかったのかもしれない。

「香ちゃん、お母さんを責めないでおくれ。お母さんがああなったのは、おばあちゃんのせいなんだ。休みの日が忙しいからって、どこにも連れていってやったことがなかった。それなら、友だちと遊びにいくっていうのを許可してやればいいのに、反対して、手伝いばかりさせていた。だから、初めて海に連れていってくれた男に、夢中になってしまったんだよ。性格や趣味が合うとか合わないとか、そういうことをまったく考えずに、運命の人だなんて熱に浮かされたまま、結婚してしまったんだ。この町には二度と帰ってこないなんて言ってね」

あの町にも海はあったんだよ、とは言わなかった。

おばあちゃんがもらってきた弁当はちらし寿司で、食欲はまったくなかったものの、おばあちゃんに、さあさあ、と促されると箸を取らないわけにはいかず、ちびちびと口に運んだ。同じ町内だと味付けも似ているのか、友だちの家でちらし寿司を食べた時のことを思い出した。

お母さんはもうこの町を出たいと思っていないのだろうか。わたしがしっかり勉強をして、都会の大きな会社に就職すれば、またこの町から出してあげられるんじゃないだろうか。ドリルを買ってもらおうか。

そんな誓いは、母が亡霊を見る度に潰えていった。初めの頃はまだ、日中は大丈夫だったし、毎日でもなかった。夜、暗い部屋でわたしを見ると、父に見えてしまうようだった。だけど、あの日のようにつかみかかってくるわけではない。来ないで、来ないで、と頭を抱えて蹲るのだ。

寝室を別にしても、効果は長続きしなかった。電気が点いていても、ふとした瞬間にわたしが父に見えるようになっていた。特に、わたしがテレビを見ている姿が、父のそれ、映画のビデオを見ていた姿と重なるらしく、おばあちゃんとわたしで居間から母の寝室にテレビを移動させ、わたしはテレビを見ない日が続いた。

おばあちゃんは母を電車で三駅離れた大きな病院の心療内科にも通わせた。

それでも、母の症状は改善されず、昼夜を問わず、わたしが視界に入れば父の亡霊が出たと騒ぎ出すようになった頃、わたしは家を出ていくことになった。

父方の祖父母と暮らすことになったのだ。もともと、父が死んだ時から、祖父母はわたしを引き取りたいと言っていたらしく、それを母が断って、連絡も突っぱねていたとおばあちゃんから聞いた。

しかし、心療内科の医師と相談した結果、母とわたしは一時的にでも離れて暮らした方がいいということになり、おばあちゃんは母に内緒で、父方の祖父母に連絡を取った。先方は、明日にでも迎えにいく、と言ってくれたけれど、母を父の両親と会わせるのは危険だという話し合いも持たれ、おばあちゃんの職場である食堂兼弁当屋のおばさんに、新幹線の駅まで連れていってもらうことになった。

電車を二本乗り継ぎ、三時間かかる。

学校へ行くわけでもないのに、家を出る際、わたしはランドセルを背負わされた。わたしの少ない持ち物は数日前に宅配便で送っていた。その荷造りの際、おばあちゃんが、これは形が崩れちゃいけないからね、と脇に寄せていたけれど、新聞でも詰めて別の箱に入れてくれているのかと思っていた。

おばあちゃんがわたしの移動用に残していた、一番見栄えのする服は、まだ父が生きていた頃に母が買った高級ブランドのワンピースで、それを着た姿を母に見られた時のことを考えると、心臓が止まりそうになるくらい鼓動が速まった。だから、母には寝室のドア越しに声をかけることにした。母からドアを開けてくれることを期待しながら。

また帰ってきます、という思いを込めて、いってきます、と言いたかったけれど、これでは父と同じだということに気付いた。

「元気でね」

そう声をかけたけれど、返事はなかった。ドアも開かなかった。玄関で待っていたおばあちゃんの洟（はな）をすする音が聞こえただけだ。

新幹線の駅まで送ってくれたおばさんは、ずっと、自分の好きな韓流（ハンりゅう）アイドルの話をしていた。おばさんなりに、辛気（しんき）臭くならないよう、気遣ってくれていたのだろう。韓国にも三回行ったことがあると言っていた。垢（あか）すりでこんなにいっぱい垢が取れたとか、身ぶり手ぶりを加えながら。

目的地のアナウンスが流れる頃、おばさんはこんなふうにも言ってくれた。

「韓国通いのあたしにしてみりゃ、横浜なんて、近い、近い」

それでも、あの日以来、温泉町に帰ったことは一度もない。もはや、帰るという表現もおかしいのかもしれないけれど。

第二章

同じ距離でも、移動を繰り返すごとに近いと感じるようになる。

大学入試の前日に初めて行った東京は、もし受かってもここに来られるだろうか、と不安になるほど遠く感じた。出ていったあとは、この距離を移動するからには、実家に最低でも五泊はしなければ元が取れない、などと考えるようになった。

それがだんだん、三泊になり、二泊になり、友人や仕事関係者にも、皆さんが思うほど遠くないですよ、などと笑いながら言えていたのに、この度の帰省はまたしても、今日中に本当に家に辿り着けるのだろうかと不安が込み上げてくるほど、遠く感じる。

チケットを取り、到着時刻もわかってはいるものの、それまでに倒れてしまいそうな気がするのだ。そりゃあ、両親も入学式の時に一度来ただけで、もう満足した、と言うだろう。空港バスに乗る前に、コンビニで栄養ドリンクを買って、その場で飲んでいたのにも納得できる。

それでも、家に着いて三時間もゴロゴロしていれば、ずっとここで過ごしてきたような感覚になる。前回の母の法事を思い出し、前日から料理の仕込みの手伝いに神池の家に行かなければならないと、ヤル気をアピールするためのエプロンまで買ったというのに、当日の昼前に行けばいいと、電話で芳江おばさんに言われた。

最近できた和食店に法要コースというのがあり、お寺に行ったあとは、ご住職さんもいっしょにそこで食事をして、解散するのだとか。まんじゅうなどの手土産までそこの店が準備してくれるらしく、至れり尽くせりなのだと、おばさんは上機嫌そうだった。

おかげで、一夜分、父とじっくり二人で過ごす時間ができたけれど、仕事についてはひと言も訊かれなかった。お父さんが好きな焼売(シューマイ)を買ってきたから、ビールでも飲もうよ。そう言うと、冷蔵庫からタッパーを取り出して、きゅうりを切り始めた。なんと、自分で糠漬(ぬかづ)けを作っているらしい。

二人で乾杯する前に、父は、きゅうりを三切れ載せた小皿と母の気に入っていた切子グラスに注いだビールを仏壇に供え、リンを鳴らした。もうすぐ夏が終わるな、などと季節を意識したのはいつ以来だろう。

「千穂は今、どうしてるんだ?」

手を合わせて前を向いたまま、斜め後ろに座ったわたしに訊ねてきた。

「お姉ちゃんは今、イタリアだよ」

「そりゃあ、いい。あいつはスパゲティが好きだったからな。ガルボなんとかを毎日腹いっぱい食ってるんだろう」

「カルボナーラね。相変わらず、食べても太らないのかな」

「おまえの腹は少し危ないいんじゃないか?」

「はあ?」

話題がわたしのことになったところで、父は立ち上がり、テーブルに移動した。わたしも立ち上がるついでにお腹(なか)をつまんでみたけれど、太った自覚はない。親として何かしら一つは言いたい嫌味がこれなら、がまんしておいてやろうと、きゅうりを口に運んだ。ここで嫌味返しをしてやろうと思っていたのに、おいしい、としか出てこなかった。

「明日の朝はなすを切ってやるぞ」

父は満足そうにそう言って、焼売に手を伸ばした。

父が当てずっぽうの嫌味を言ったのではないと知ったのは、翌朝だ。前回の法事以来となるワンピースはこんなにピチピチしていたかと、お腹の辺りの生地を伸ばしてみた。人前に出られないほどではないかと、そのままお寺に行ったけれど、着圧のインナーでも買えばよかったのだ。

芳江おばさんはわたしを見るなり、「あらあら、まあまあ」と口を押さえた。近寄って耳元でささやけばいいのに、その場にいる全員に聞こえるのではないかと思うような大声でわたしに訊ねた。

「おめでた？」

「違うよ」

「いや、真尋、このお腹の膨らみ方はおめでたよ」

どんな膨らみ方をしていようと、そうであるはずがない。佐々木信吾はどんなに酔っている時でも、避妊だけは徹底していた。しかし、それを言うのもいかがなものか。

「ただの、暴飲暴食、ストレス太り」

そこまで言ってもおばさんは、納得できない様子で首を捻っている。

「まあ、デリケートなことだから、みんなの前で公表するのもねえ。おばさんは真尋の母親代わりだと思ってるんだから、何でも相談してよ」

バシッと背中を叩かれ、ああ田舎に帰ってきたな、と感じた。ついでに、もう少し東京で踏ん張ってみようかとも考える。

その後も、おばさんは本当に妊娠ではないのか、どういう食べ方をしていたら、全体的には細いのにお腹だけがぽっこり出るのか、などとしつこく訊いてきた。脚本のこともドラマのこともまったく触れず、とにかくお腹のことばかりで、虚しさが募っていった。

せめて食事の席ではお腹のことは言われないようにと、和食店では、親族席の一番端を陣取り、隣におばさんを座らせないように、近くにいた従兄の正隆くんを手招きして呼んだ。

外科医をしている正隆くんも、久々に帰ってきたと思ったら、結婚しろの大合唱で避難場所を探していたのだと、わたしの横に腰を下ろした。一〇年以上会っていない。もっと、シャープで近寄りがたいイメージがあったのに、横幅が広がって、親しみやすい雰囲気になっている。母のお悔やみを言われた。今、どこに住んでいるのかと訊ねると、ボストンだという。

「アメリカ？　イギリス？」

「アメリカ。何それ、最新のジョーク？　それとも、ただの無知？」

正隆くんは早口だ。しかも、一度しゃべり始めたら、バトンをなかなかこちらに渡してくれない。

「東京で学会があるって言ったら、母さんが、帰国するならついでに帰ってこいってさ。ついでの距離じゃないだろう、って言いながらも帰ってきた俺って、めちゃくちゃ親孝行だと思うのに、昨日からずっと、親が元気なうちに孫の顔を見せようという気のない親不孝者だって、さんざん罵られてさ」

「予定はないの？」

ビールが回ってきた隙に、ようやく言葉を挟んだ。

「二〇代の時から楽しいことを全部返上してやっと医者になったのに、遊ばないまま結婚してどうすんの？　まあ、相手がモデルや女優なら今すぐ考えてもいいけど。そうだ、真尋、脚本家やってるなら、俺が日本にいるあいだに、合コンのセッティングしてくれよ。できたら、香西杏奈ちゃん呼んで」

おばさんの横に座っていた方がまだマシだったかもしれない。おじさんが挨拶をしているというのに、架空の合コンメンバーを選ぶのに必死だ。

正隆くんを無視して、料理に箸を伸ばす。法要コースというだけあって、皿にも蓮の花の模様が入っており、味も薄口で上品な仕上がりになっている。

「そうだ、真尋なら、あの子、知ってるだろ」

「知らないよ」

「まだ名前言ってないんだけど。ミュンヘン国際映画祭で特別賞を取った、映画監督の長谷部香」

もし、法事に正隆くんが来ていたら、さりげなく訊いてみようかと思っていたのに、まさか、先に名前を出されるとは。しかし、先日会ったばかりだ、と答えるのも性急な気がする。

「へえ、女優以外にも興味あるんだ」

「だって、彼女、昔、笹塚町に住んでたんだぜ。俺、幼稚園の時に同じ組だったもん。それに、女優になってもいいくらいの美人じゃん。あの頃からかわいくてさ、突然引っ越して、けっこうショックだったんだけど、まあ、仕方ないよな」

仕方ない？　正隆くんは予想以上に、長谷部監督のことを知っているようだ。監督にしろ、正隆くんにしろ、幼稚園の頃のことを、よくもまあそんなに憶えているものだ。それが、天才と凡人の違いなのだろうか。

「監督って、どうして引っ越したの？　笹塚町に住んでたことも公表してないし」

「親の噂レベルだけどさ、父親が自殺したらしいよ。笹浜海岸で。八島重工に勤務していたらしいんだけど、嫁がさ、こんな田舎に何年住まなきゃいけないのー、しっかり働いて東京勤務になりなさいよー、とか、かなりせっついていたのが重圧になってたらしいな。ホント、田舎もんの東京崇拝はおそろしいよ。別に、能力が高い順に東京に配置されるわけじゃないし、ここの工場で必要とされていたから任期が延びたかもしれないのに、自分じゃどうにもできないことを、家に帰ってギャーギャー言われたんじゃ、ストレスもたまるよな」

そんな話を、お迎えの母親たちがしていた光景が安易に浮かび上がる。この町は、監督がただ通過しただけの場所ではなさそうだ。

「正隆くんって、今晩もこっちにいる？」

「明日の午前中までいるけど、真尋のこっちの友だちとの合コンなら、断る」

「わたしと二人で、ゆっくり話そうよ」

「従妹は結婚できるけど、真尋とはお断りだ」

もういいや、と心が折れる寸前だ。だけど、わたしの中の何かが、食い下がれ、と応援してくれている。

「おばさんたちにはまだ内緒だけど、わたし、長谷部監督の次回作を一緒にやることになったの」

　声を潜めて、正隆くんの耳元で言った。

「またまた。おまえの名前は俺のところまで轟（とどろ）いてきてないぞ」

「依頼のメール、見せようか？」

　監督からのメールはまだスマホに保存してある。

「いや、いい。で、俺はおまえに何の話をしたらいいわけ？　『笹塚町一家殺害事件』とそれにまつわる立石沙良の虚言癖の噂についてか？」

　一瞬、金縛りの術でもかけられたように凍りついてしまった。それがすぐに解けたのは、離れた席からおじさんたちのバカ笑いが聞こえてきたからだ。

「どうしてそれを？」

「一流の監督が、五流の脚本家に仕事を依頼するなら、何か付加価値があるってことだろう。それくらい、想像力を働かせるまでもなくわかることだ。じゃあ、真尋の付加価値とは何か。おまえ自身に特別な知識があるとは思えない。香ちゃんとおまえの共通点はこの町だ。何もないこの田舎町のどこに香ちゃんは興味を持つか。いや、待てよ。真尋って、ペンネームは千尋なんだよな。単純に千穂ちゃんと間違えられたとか……」

それ以上しゃべるな、と言わんばかりに、ほとんど空になっている正隆くんのグラスにビールを注いだ。

「その両方！」

互いの座布団のあいだに瓶をドンと置く。語気を荒らげても、正隆くんは顔色一つ変えない。むしろ、クイズに正解したかのような満足げな笑みを浮かべて、おいしそうにビールを飲んでいる。

「でもさあ、正隆くん。そこまでは正解だとして、その先を想像してみてよ。あの事件に映画化すべき要素なんてある？」

あんたの想像力もその程度だよ、と暗に仄めかしたつもりだ。医者だからといって、えらそうな態度を取っていいわけではない。わたしは正隆くんが医者であることに何の恩恵も受けていないのだから。

正隆くんは少しばかり、お膳のなますの小鉢の辺りを凝視して、あっ、というように顔を上げた。

「香ちゃんは、あのことを知ったんだな」

わたしに言ったのではない。つぶやくような声だった。

「あのこと、って……」

正隆くんの顔を覗き込もうとしたところで、肩を叩かれた。神池のおじさん、正隆くんのお父さんが片手にグラスを持ったまま、わたしと正隆くんのあいだに割ってきた。

「二人とも、仲いいじゃないか。何の話をしていたんだ？　真尋ちゃんがうちの嫁になってくれるなら、大歓迎だぞ」

そう言って、膝元にグラスを置いて、目の前にある瓶を手に取った。わたしのお膳の方に手を伸ばそうとするので、あわてて自分のグラスを取り、三分の一ほど残っていたウーロン茶を飲み干した。

「ダメよ、お父さん！」

ロの字型に並べられたお膳の、向かいの席から声が飛んできた。芳江おばさんだ。

「真尋は飲めないの」

おじさんにキツくそう言ったあとで、ねえ、とおばさんはわたしに笑いかけてきた。正座で座った状態のお腹をポンポンと叩きながら。いや、だから、妊娠してないって、と否定するためには、おばさんと同じくらい大きな声を出さなければならない。そうすると、全員の注目を浴びることになる。

「そうか、そうか。そりゃあ、悪かった」

おじさんは笑顔でそう言って、通りかかった仲居さんにウーロン茶を頼み、正隆くんのグラスにビールが満たされているのを確認すると、自分の席へと戻っていった。

ようやく顔を上げた正隆くんと目が合う。

「何で、飲んじゃダメなんだ?」

「お父さんを乗せて、車で来てるから」

「そうか、なるほど。っていうか、うちはみんな飲んでるじゃないか」

頭を抱える正隆くんのズボンのポケットにキーホルダーが引っかかっているのが見えた。

そういえば、ここの駐車場に着いた時、正隆くんが運転席から降りていたことを思い出した。

たいした想像力ではないことが確認できたものの、あのこと、は気にかかる。

長谷部監督と会ったあと、自分なりに過去の週刊誌の記事など手に入るものはすべて調べてみたけれど、沙良さんのオーディション合格についての虚言をおもしろおかしく書いているものばかりで、新しい発見は何もなかったのだから。

運転代行業者を呼ぶだの、昼間はやっていないだのと、正隆くんの一家がもめていたため、結局、あのこと、を訊くことはできなかったけれど、夕方、正隆くんから連絡が入り、駅前商店街にある〈だるま〉という店で会うことになった。

飲まないのなら迎えにきてくれ。飲むのなら現地集合。迎えにいけば、裏山から、夕日がきれいに見える頃だろうかと少し心が動いたものの、周囲に飲んでいる人がいるのに自分だけガマンしなければならない状況が一日に二度もあるのは、精神的にもよくないと、自転車で行くことを伝えた。

自転車でも酒気帯び運転にはなるのだけど、そこをつっこんでくる人はこの町にはいないだろう。

店の名前からして、炉端でいぶされるような居酒屋のイメージがあり、化粧も直さず部屋着の延長のような恰好で来たら、入り口の佇(たたず)まいにひるんでしまった。そもそも、この店を探すのに、同じ通りを三往復した。鱗(うろこ)塗りの白壁に個人宅の表札くらいのプレートが埋まっていて、さらにその右下四分の一ほどのスペースに、小さく〈だるま〉と書いてあるだけなのだから。

ワインバー、のような佇まいだ。

本当にここなのかとおそるおそるドアを開けると、長いカウンターの中にいる男性から、割と威勢よく、いらっしゃいませ、と声をかけられた。このギャップが田舎っぽいとホッとしながら、正隆くんのフルネームを伝えると、千穂ちゃんの妹か、と笑顔で目を細められながら、カウンターの奥にある個室に案内された。

古い教会の懺悔室を思わせるようなドアを開け、再びかたまってしまう。四人掛けのテーブルの手前奥に正隆くん、そして、向かいには見知らぬ女性がいたからだ。

「なんだその、ナメきった恰好は。どうせ田舎の居酒屋くらいに思ってたんだろ。おまえが思ってるほど、地方は進化を止めちゃいないんだよ」

「はあ、すみません」

正隆くんの向かいの女性に頭を下げた。スラッと細長い体型に、白シャツと黒パンツというシンプルな出で立ちながら、耳元で揺れるイヤリングや小さな青い石のついたペンダントなどのアクセサリー使いが上手くて、かっこいい。

「何気取ったこと言ってるの。マサみたいに全身海外ブランドで固めている方が嫌味っぽい。あたしだって、これ、上下しまむらよ」

女性は優しくわたしに笑いかけてくれた。いったい誰なのだろうと気になりながらも、バツが悪そうな正隆くんに、まあ座れ、と促されて隣に座った。

従妹の真尋だと、わたしのことを紹介する。

「で、こっちが元カノの」

「笹高の同級生、橘イツカです」

イツカさんは正隆くんの言葉を速攻で遮った。彼女だったかどうかは置いといて、この場に来てくれているのだから、仲はいいのだろう。というより、わたしが割り込んだ？

「もしかして、二人で会う約束をしていたのに、邪魔しちゃった？」

「まさか」

イツカさんが否定して、ねえ、というように正隆くんを見た。

「真尋は長谷部香の新作のために、『笹塚町一家殺害事件』の取材がしたい。俺は被害者の一人、立石沙良と高校の同級生ではあったけど、特進科だったため同じクラスになったことは一度もなく、口を利いたこともない。火事ではなく兄に殺されたということを知っても、まったく関心は持たなかった。自分の受験のことで頭がいっぱいだったからな。そのうえ、めでたく合格した俺は、その後すぐにこの町を出て、ほとんど帰ってきていない。多分、おまえもそんなに帰省していないだろうが、俺の方が少ないはずだ。そんな二人が話すより、もっと立石沙良を知っていて、今でもこの町に住んでいるヤツに同席してもらう方が、香ちゃんのためにも得るものは大きいだろう」

「じゃあ、法事のあとでイッカさんに連絡を取ってくれたの？」

「俺が声かけりゃ、な。……ってえ」

どうやら、イッカさんにテーブルの下で足を蹴られたようだ。

「あたしだって、マサにデートに誘われたのなら断ったけど、あの『一時間前』の監督、長谷部香が、マサと同じ幼稚園の香ちゃんで、それに関して相談がある、なんて言われたら、来ないわけにはいかないでしょ。本当に、あの作品は何度も繰り返し見てる」

「まあ、イッカは仕事柄、考えることが多いだろうな」

首を傾げると、高校の教師をしているのだとイッカさんが答えてくれた。残念ながら、現在の職場は笹高ではないのだけれど、と。

「どうしてあのテーマの作品を撮ろうと思ったのか知りたくて、映画雑誌を買ったり、ネットで検索したりしたけど、企画を通したり、取材をするのが大変だったっていう苦労話が大半で、監督の思いはほとんど掘り下げられていない記事ばかり。そりゃあ、遺族に取材の申し込みに行ったら水かけられた、なんてエピソードの方が、マスコミ的にはおもしろいのかもしれないけど、あたしが知りたいのはそういうことじゃない。だからこれをきっかけに、監督がこの町に取材に来て、ついでに講演会でもしてくれるといいのに、なんて期待してる。それに、千穂ちゃんの妹にも会いたかったし。二人とも、法事で帰ってきたんだよね。……誰の、何回忌？」

「えっと……」

「じいさんの十七回忌だ」

正隆くんが答えた。メニューを広げている。イッカさんの長谷部監督に対する思いを知り、すでに二人のあいだで、メールか電話でやり取りされていることがわかった。正隆くんはテーブルのすみに置かれたベルを取り、チリンチリンと鳴らした。こちらはまだメニューを見てもいないのに。

「どうした真尋。おまえはワインバーの店主よりワインに詳しいのか？」

「そうじゃないけど」

ほとんどが大畠先生からの受け売りであっても、好みの銘柄をいくつか挙げることができるし、イッカさんのリクエストを聞いて、それに合ったものを自分で選べる自信はある。

「何でも、その道のプロに訊くのが一番の近道なんだよ」

正隆くんの言うことはもっともだ。でも、この人を主人公にした物語を作ったとしたら、まったくつまらないものになるに違いない。何の挫折も回り道もなさそうだから。

ほどなくして、テーブルの上にワインと料理が運ばれた。料理も、店の人にみつくろってもらったものばかりだ。白イカのアボカド和えとか、おいしすぎる。

「腹が落ち着いてきたところで、イッカ、立石沙良のことを教えてくれよ」

正隆くんがイッカさんのグラスにワインを注ぎながら言った。事件のことではなく、いきなり、沙良さんのことを訊くのか。

「イッカさんは沙良さんと親しかったんですか?」

「まあ……」

口ごもるイッカさんに向かって正隆くんがニヤニヤした顔を向けた。

「親友、だよな」

「ああ、もう。亡くなった人のことを悪く言いたくないけれど、誤解は解いておかないとね。あたしの人生最大の汚点は、マサとたった三日とはいえ付き合ってしまったことと、沙良の嘘を見抜けなかったことだから」

イッカさんは意を決したように、ガブリとワインを飲み干した。正隆くんとのことにも興味はあるけれど、沙良の嘘、という言葉の方が何倍も気にかかる。とはいえ、沙良さんの虚言癖については、マスコミにも取り上げられているくらいだ。わたしとしてはむしろ、沙良さんは嘘つきではなかった、というような、これまでの説を覆すような話を期待していたのに。

「オーディションに合格していた、って話ですか？」

「ううん。それについては、あたし、よく知らないの。その頃には、沙良と距離をおいていたから。あたしとあの子が親友だったのは、もっと前。だから、事件とは関係ない話になってしまうかもしれない。近道じゃないけど、それでもいい？」

「近道か遠回りかわかるのは、ゴールに着いてからだろ。ちなみに、ワインと料理は最短コースだったな」

正隆くんが満足そうに頷いた。イツカさんはそれを軽くいなすようにテーブルの端に置いてあるメニューを手に取った。

「一緒に選んで、これ正解、ハズレ、って言い合う楽しみ方もあると思うけど。だから、あたしはこの、お時間少しいただきます、って書かれたラザニアを今から注文する。それを待ってるあいだに話すことなら、無駄にはならないでしょう？」

ニッコリ笑うイツカさんを見ていると、この人に見抜けない嘘があったことが信じられなくなってくる。ゆっくり話を聞きたくてわたしも、オーダー後に火を入れるというスペアリブを注文した。

正隆くんはやれやれといった様子で、赤ワインをボトルで頼んだ。メニューも広げず、店の人にも訊ねなかったその銘柄は、決してよく知られたものではないけれど、大畠先生が一番好きなものだった。

イツカさんの話が始まる——。


あたしが沙良の存在を知ったのは、東中の三年生で同じクラスになってから。狭い町に東と西の二つしかない中学とはいえ、小学校が別だった子のほとんどは、クラスか部活が同じでない限り、認識していなかった。

他人に興味がないとか、お高くとまっていたんじゃなくて、とにかく部活で精一杯だったの。新しい友だちもいらなかった。中一の夏には、県内の陸上の強豪校から声をかけられていたし、遅かれ早かれ、自分はこの町を出ていくと思っていた。

もちろん、陸上で。

沙良と話すようになったきっかけは、出席番号が前後だったから。

——橘さん、棒高跳びやってるんだよね。うらやましいな。

それが沙良の第一声。かっこいいって言われることはあっても、うらやましいは初めてだった。だから、なんで？　みたいな顔をしていたんだと思う。

──わたし、心臓が弱くて、激しい運動を医者から禁止されているの。

言われてその顔をじっくり見返すと、透けて向こうが見えそうなくらい色が白いことに気が付いた。おまけに、やせているのに、骨ばったところがなくて、全身がマシュマロでできているんじゃないかと思うほど、ふわふわぷよぷよして見えた。

だから、ちょっと、かわいそうって思ってしまったのかもしれない。

お弁当一緒に食べよう、って言われて、同じクラスに陸上部の子もいなかったから、いいよ、って返事した。それからは、休み時間、ずっと二人で過ごした。トイレに行く時も、教室移動の時も、沙良は腕をからめてくるか、手を繋ごうとした。

あたしはそういうのが苦手で、さりげなく振り払おうとしたんだけど、そうすると彼女が倒れてしまうんじゃないかと心配になって、すんでのところでがまんした。沙良の手はポカポカと温かかったから、少し気持ち悪いとも思った。

周りの目も気になった。あたしはこういう体型だし、当時は髪も短くしていたから、年に数回の割合で、女子から手紙や手作りのお菓子をもらうことがあった。中には、付き合ってください、なんて言ってくる子もいて、自分が同性の子から、友だちではなく恋人として求められることに抵抗を感じていた。

沙良とそんな関係だと思われたくなかった。

だけど、その心配はすぐに払拭(ふっしょく)された。沙良に彼氏ができたから。同じクラスで、生徒会長をしている、森下広哉くんって子。成績優秀でスポーツ万能、顔もそこそこかっこいい人気者。内緒なんだけど、って打ち明けられたけど、すぐにみんなの噂になった。

どうしてあんな子と？　そんな声が聞こえてきた。沙良は森下くんと会う時、あたしを誘うことも多かったから、必然的に森下くんとも仲良くなった。森下くんはいつも、沙良を守りたいんだ、って言っていた。沙良が席を外した時に、橘も協力してほしい、と頼まれたこともある。

――何から？

あたしはそう答えた。悪口は聞こえていても、やっかみだとわかるくだらないものだったし、無視や嫌がらせといった、それ以上のことに発展する気配もなかったのに。すると、沙良が戻ってきて、うるんだ瞳であたしを見ながら言ったの。

――迷惑をかけたくなかったから、部活を引退するまでイツカには黙っておこうと思っていたんだけど、もしよかったら、聞いてもらっていい？

できれば、あたしは余計な雑念を入れたくなかったから、引退するまで待って、と喉元まで出かかっていたんだけど、森下くんにも、俺だけじゃ抱えきれるか自信がなくて、なんて頭を下げられたら、頷かざるをえなくなった。

沙良が語り始めたのは、家族の話だった。

まず、両親は共に、実の親ではない、ということから。沙良の実の父親は沙良がまだ母親のお腹にいる時に、交通事故で死んだ。結婚するつもりだったけど、まだ二人は東京の大学に通う学生だったから、籍は入れていなかったらしく、母親は退学して一人で沙良を産んだ。

それから、二人は東京で暮らしていたのだけど、沙良が小三の時に、沙良の心臓の左心房の弁に異常があることがわかり、生死をかけた大手術がおこなわれて、なんとか成功したものの、完治したわけではなく、入退院を繰り返していた。

そうするうちに、今度は母親の癌が発覚した。乳癌だって。年齢が若いから進行が早く、沙良が小学校を卒業するのを待たずに、母親は死んでしまった。

そこで、沙良を引き取ることになったのが、母親の妹、沙良にとっては叔母さんに当たる人、沙良がママと呼んでいる人だった。ママは明るくて、沙良のことをかわいがってはくれるけど、男を見る目はあまりなく、夫、沙良がパパと呼んでいる人は暴力的で、怒鳴るのは日常茶飯事、機嫌が悪いと手まであげる人だった。

しかし、それよりたちが悪いのが、パパの連れ子である、兄だった。沙良より三つ年上の兄は、中学の頃から引きこもりになり、高校には行っていない。普段は無口でおとなしいのだけど、一度キレたら、手が付けられないほど暴れるうえ、何が引き金になるのかわからないので、事前に避難することもできない。

そんなことを言いながら、沙良はブラウスの袖をまくり上げた。あたしはとっさに目を覆ってしまった。大きな青痣も痛々しかったけど、それよりも目についたのは、手首に走るまだ新しそうな傷だった。自殺未遂をしたような。

こんなの、あたしにどうにかできることじゃない。そう思って、あたしは訊ねてみた。

――警察に相談した方がいいんじゃない？

沙良は静かに首を横に振った。

――絶対にダメ。あいつを逮捕してくれるならありがたいけど、もし、忠告とかで終わってしまったらどうするの？　わたしがあいつに殺されちゃうじゃない。ううん、それならいい。あいつはパパにとっては本当の息子なんだから、わたしがあいつのことを警察にチクったと知られたら、ママがパパにボコボコにされちゃうよ、きっと。

――じゃあ、学校は？

沙良はさらに勢いよく首を横に振った。

――無駄だよ。何もしてくれない。

――どうして？　相談してみなきゃ、わからないじゃない。

――ううん。イツカ、三年になるまで、わたしのこと知らなかったでしょう？

あたしはバツが悪い思いで頷いた。

――責めてるんじゃない。それが当然だと思うから。だって、わたし、二年の時、ほとんど学校に行ってないから。

——病気のせいで？

——ううん、いじめられてたの。わたしは東京に住んでいたことを自慢したことなんて一度もないし、こっちのイントネーションで話せていると思ってるんだけど、やっぱり鼻につくのかな。友理奈ちゃんたちのグループに睨まれて。あそこにきらわれたら、おしまいでしょ。

——そんな、酷い。

——でも、今は幸せだよ。イツカが友だちになってくれたし、広哉もいる。友理奈ちゃんとクラスが離れたのもラッキー。ううん、たとえ同じクラスでも、二人がいれば毎日学校にだって来られる。本当に、わたしなんかと仲良くしてくれてありがとう。

沙良は涙ぐみながら頭を深く下げた。

——なんか、じゃないよ。俺も橘も沙良に同情して一緒にいるんじゃない。沙良の純粋で素直なところが好きなんだ。俺が沙良の境遇なら、たとえ親友や彼女にでも打ち明けることができない。変なプライドが邪魔してさ。それって、お互いのあいだに壁を作ってるってことだろ。クラスの中だけじゃない、家族を含むおとなだって、自分以外の相手とのあいだに、大なり小なり壁を築くと思うんだ。だけど、沙良と俺とのあいだにはそれがない。だから、いつでも手を取り合うことができる。

そう言って、森下くんが沙良の手を握りしめた時は、あたしがいない方がいいんじゃないかと思ったけど、それでも、自分なりに沙良を助けてあげようって心の中で決意した。

何だろう？　罪悪感なのかな。同じ年で同じ教室にいるのに、背負っているものがまるで違う。

自分は小学校の時からずっと陸上をやってきて、ケガもしたし、記録が伸び悩んだ時期もあって、他の同級生たちの何倍も努力して、困難を乗り越えて、強い人間になったと思ってた。だから、他の子たちが、失恋したとか、テストの点が悪かったとか、それこそ、部活の試合で負けたとか嘆いているのを聞いても、くだらないと思ってた。

だけど、沙良の話を聞いてしまうと、自分の悩みもくだらないものだったんだって気付いて、多分、あたしは沙良のためじゃなく、不幸な子を助けてあげる強い自分になろうとしていたんだと、今になって思ってる。

とはいえ、話を聞いた翌日から何か変わったのかというと、そうでもなかった。あたしに気を遣ってくれたのか、森下くんが同じクラスの佐倉俊平くんというバスケ部の友だちも誘って、四人でお昼ご飯を食べたり、入院中で空き家状態になっている佐倉くんのおばあちゃんの家に行ったりして、普通に楽しく過ごしてた。テスト前には勉強会なんかもやったりして。

仲良し四人グループ？

それがおかしくなったのは、恋愛ドラマやマンガではよくあることなのかな。

森下くんが佐倉くんのおばあちゃんの家に辞書を忘れてしまったの。おばあちゃんの家はこの町じゃめずらしくない、古い家で、裏の勝手口に鍵がついていなかった。

居間に入ると、佐倉くんと沙良がいた。ただの友だち同士とは言えない状態で。

森下くんはカッとなって怒鳴りそうになったけど、その前に沙良が泣きながら謝ったみたい。あいつから逃げるために家を出たけど、ここしか来る場所がなかったんだ、って。震えが止まらないから押さえてもらっていただけで、決して、後ろめたいことはしていない、とか。

あたしはその場にいたわけじゃないから、あとからそれぞれに聞いた話をつなぎ合わせるしかないんだけど、その時は、森下くんと佐倉くんもほとんどもめることなく、次から沙良が家出をする時は、全員でここに集まろうとか、そんな話し合いまで持たれたみたい。

だけど、翌日から四人でお弁当を食べることはなくなった。森下くんは生徒会の仕事が忙しいから生徒会室で食べる、佐倉くんはバスケ部の部室で食べる、互いにあたしのところにそう報告に来て出ていった。

二人でお弁当を食べながら、こちらが何も訊いていないのに、沙良が佐倉くんのおばあちゃんの家でのことを話し出した。

——親友同士の二人を、傷つけちゃった。

そりゃあ、あんたが悪いよ。そう思っても、目の前で泣かれると、何も言えなかった。

あたしは家出したいと思ったことはないけど、家で身の危険を感じるまで追い詰められて飛び出したら、やっぱり佐倉くんのおばあちゃんの家を一番に思い出すかな、と思ったから。

なんか、居心地のいい場所だったんだよね。畳の上にゴロゴロ寝転がって、マンガ読んだり、ゲームしたり、くだらない話をしたり。ちゃぶ台の上にお菓子を広げて、寝たまま手を伸ばしたら、顔の上にポテトチップスがふってきたとか。家では確実に怒られることを、あそこでは笑いながらできた。

まあ、ほとんど行かなくなったんだけどね。沙良は佐倉くんと付き合うようになって、二人で何度もそこで会ってるって話を、沙良から聞くだけ。あたしを誘ってくれることもあったけど、三人で会っても、あたしが気まずいだけでしょう。

森下くんは自分から身を引いた。沙良があたしに森下くんからの手紙を見せてきたんだけど、初めは森下くんに同情した。

『きみに今必要なのは、心のシェルターではなく、実質的なシェルターだと思うので、俺は潔く、きみをあきらめることにします。俊平は頼れるヤツだから。だけど、沙良のことは、恋人ではなくなっても心配しているので、俺にできることがあれば、いつでも遠慮なく頼ってください』

そんなことが書いてあったから。でも、少しずつ、内容が重くなっていって。

『きみの地獄と俺の地獄、深いのはどっちの方かな。俺を地獄に落としたのは、きみだけど』

みたいな手紙が毎朝、教室の机の中に届いていた。沙良が気味悪がっていたから、あたしから森下くんに話をしようかって提案したけど、佐倉くんから、あまり刺激しない方がいいって止められた。もう少し落ち着いたら、俺が説得してみるからって。

そのうち、学年中で、森下くんがストーカー化しているという噂がたつようになった。実際の手紙を見て気持ち悪いと思っても、森下くんにはまだ少し同情していたのか、もしかして、沙良があたしや佐倉くん以外にも手紙を見せてまわっているんじゃないかと思って、沙良を責める気持ちが湧いてきた。

――二人の問題なのに、森下くんばかりかわいそう。

沙良と二人でお昼を食べている時、ふと言ってしまった。

――わたしじゃねーよ。

そうつぶやいた、沙良の顔……。守ってあげなきゃならないような気の弱さも儚さもまったく感じることができない、冷淡な顔だった。だけど、それはほんの一秒にも満たないことで、沙良はすぐに顔を歪めて泣きそうな顔をした。

――違うよぉ、広哉は自業自得っていうの？　自分で言いふらしているんだから。俺は沙良のことを心から愛していて、守ってやりたいと思っていたのに、沙良は単に、家に泊めてくれるヤツなら誰でもよかったし、宿泊代は体で払えばいいとも思ってる。最低なヤツだよ。だけど、そんなヤツでも、俺は見捨てない。沙良はまだ気付いていないだけで、沙良を受け止められるのは、俺しかいないんだ。とか、自分の友だちだけじゃなく、男子でも女子でも、電話番号知ってる子たちに片っ端からかけてるんだよ。

それは酷いな、と、あたしはすぐに沙良に同情した。さっきのゾクッとする表情にも納得できた。沙良だって、怒りの感情を持っているんだって、申し訳ない気分にもなった。

——愛してるとか、キモくない？　それに、わたし、俊平とはエッチしてないし。むしろ、やりたがってたのは広哉の方で、俊平のおばあちゃんちは勝手口の鍵がないらしいから二人で行こう、なんてしつこく誘われてたんだから。仕方ないから、キスだけしてやったけど。ホント、気持ち悪かった。

背ばかり高くても、あたしは男女交際とか本当に縁のない中学生だったし、周囲の子たちが付き合ってるとか聞いても、二人で出かけたり、せいぜい手を繋ぐぐらいだと思ってたから、沙良の話を聞いていると、頭がぐわんぐわんとしてきた。同じ教室にいて、一緒にお昼ご飯を食べたりしてた子たちが、そういうことまでしていたなんて。

思考停止しかけたあたしの手を、沙良がギュッと握って言った。

——イッカ、助けて。わたしは今、お兄ちゃんより、広哉の方が怖い。そりゃあ、俊平もいるけど、広哉と俊平は親友同士だし、これ以上、わたしのせいでこじれてほしくないから、広哉が悪者になるようなこと、相談できない。だから、お願い、ね。

あたしは具体的に何をしていいのかわからなかったけど、とりあえず、強く頷いた。手と首の筋が連動しているように、ギュッと握られるのに合わせて首を深く下げたような感じで。

それからしばらくして、森下くんは不登校になった。

同時期に、沙良は下校もあたしとしたいと言い出した。ジュニアオリンピック予選になる県大会まであとひと月くらいだったから、遅くなるよって何度も言ったけど、待ってる、って。

——このあいだ、一人で帰っていたら、後ろから誰かの視線を感じて、振り返ったらフードをかぶった人が逃げていくのが見えたんだけど、その服、広哉も持っていたような気がするの。

そう言われると、断るわけにはいかなかった。

陸上部は学校のグラウンドじゃなくて、町民広場で練習をしていたんだけど、放課後、沙良もそこまでやってきて、端っこにあるベンチに座っていた。町民広場って、坂の上にあるじゃない？　だから、到着してからしばらくは、ぐったりしてるの。それを見て、同学年の他の陸上部の子が心配してた。

——あの子、確か、心臓が悪いんじゃなかったっけ？

沙良と中一で同じクラスだったらしく、病気のことは他にも知っている子がいるんだなって、その時に知った。それほど仲良くなかったけど、その子は体育委員で、体育祭の出場種目を決める前に、沙良から言われていたみたい。

――あと、いつものあのメンバーに目を付けられていじめられて、不登校になってた時期もあったし、いろいろかわいそうだよね。

そういうことを言われると、尚更、突き放すことはできなかったし、沙良が待っていることはそれほど負担でもなかった。いや、むしろ、うれしかったかな。

帰る道中、沙良はいつも、あたしに向かって、すごいとか、かっこいいとか、跳んでいる時はどんな気分？　とか、空はどんなふうに見えているの？　とか、自分にしか見えない景色を知っているのがうらやましいとか、言ってくれていたから。

記録が伸び悩んでいた時期でもあったんだけど、空の見え方なんて意識したこともなかったから、ちゃんと説明できるようにしっかり目を開けて跳んだら、自己ベストを出すことができた。踏切の時に少し頭が下がっていたのが、改善されたみたい。沙良にお礼を言うと、少しでも役に立てたことがうれしいって、ものすごく喜んでくれた。

お互いの家はそれほど近くなかったから、話す時間は少しなんだけど、一度、それをジェットコースターにたとえてしまったことがある。そうしたら、沙良は寂しそうに首を横に振って俯(うつむ)いた。自分の迂闊(うかつ)さに気付いたのは、その直後だった。

心臓が弱いのに、ジェットコースターに乗れるわけがない。あわててあやまると、沙良は泣き笑いみたいな顔で、遊園地は好きだから、と言ってくれた。

——本当のお母さんとの最後の楽しかった思い出がとしまえんだから。特に、観覧車。また乗りたいな……。

だから、あたしは沙良と約束した。

——あたしはジュニアオリンピックに必ず出るから、沙良も試合を見にきてよ。そのあと、一緒にとしまえんに行って、観覧車に乗ろう。

その約束が果たされることはなかったんだけど。

ここからは、悪夢の話……。

県大会の三日前だった。調整に入っていた時期だから、練習も二時間くらいで切り上げて、まだ明るいうちに沙良と帰っていたら、少し寄り道しようと言われた。遊びにいくのは断ろうと思ったら、それを察したのかあわてて、佐倉くんとささやかな壮行会を計画しているのだと打ち明けられた。

佐倉くんのおばあちゃんの家で、前日に二人でお菓子を作ってくれたみたい。何かは着いてのお楽しみ、って言われて。そんなの、断れるはずがないでしょう？

クッキー？　マドレーヌ？　チーズケーキ？　なんて、手作りできそうなお菓子の名前をいろいろ挙げながら、あたしは幸せな気分で、あの家に向かった。

家に着くと、まだ、佐倉くんは来ていなかった。普通に部活の時間だから、少し考えたら想像できたことなんだけど。あたしたちは玄関前に荷物を置いて、並んで座った。まだ梅雨は明けていなかったけど、その日は天気も良くて、少し風も吹いていて、室内よりも屋外の方が気持ちいいくらいだった。

そのうえ……、高台にあるおばあちゃんの家からは、これから沈もうとしている夕日をまっすぐ眺めることができた。太陽ってこんなに赤くて、丸くて、大きかったっけ？　と目を奪われてしまうような夕日を。

だけど、日はまだ沈みきっていなかった。最後まで見届けたいけれど、下の段にある家の大きな銀杏の木が邪魔をして難しそうだった。残念な気持ちが顔に出てしまったのかもしれない。もしくは、沙良も以前、同じような思いになったことがあるのか。

沙良があたしの耳元に口を寄せてきて、ささやいた。

――もっと、高いところから見よう。

耳たぶに息がかかってぞわっとしたのを振り払うように、あたしは体を離しながら辺りを見回した。庭木はあるものの、それほど背の高いものはなかった。すると、こっちよ、と沙良があたしの手を引いて、家の横手にまわった。

――ここから、屋根に登ろう！

沙良は古い雨どいに手をかけた。怪訝な顔になっていたはずのあたしに、このあいだ佐倉くんと登ったのだと説明すると、沙良は雨どいを抱えるように手をかけて、家の壁とのつなぎ目に足をかけながら、屋根の上まで行って、勝ち誇ったような顔であたしを見下ろした。

体育の授業をいつも見学している沙良からは想像できない身軽さに、あたしは少し驚いていた。

——イツカも早く！　それとも怖い？

あたしはムッとした。あたしが心配しているのは、雨どいを壊してしまわないかということで、登れるかどうかじゃない。体を動かすことに関して、沙良にできてあたしにできないことなどないのだから。それに、佐倉くんが登ったのなら、あたしが気にすることではない。

あたしは沙良のように全体重を雨どいにかけるようなつかまり方をせず、手足をバランスよくひっかけて、スルスルと登りはじめた。すると、あと一歩のところで、沙良があたしに片手を差し出してきた。

佐倉くんと登った時にそうやって引き上げてもらったのかもしれないけれど、あたしにとっては邪魔なだけだった。沙良があたしの体を引き上げられるとは到底思えない。だけど……。

——さあ、つかまって！

冒険マンガのワンシーンのように、夕日を横から浴びながら目をキラキラさせてそう言われると、手を取らないわけにはいかないような気がした。あたしは片手を沙良の手に乗せて、彼女がギュッと握ったのを確認すると、もう片方の手を屋根瓦(やねがわら)の上に乗せた。屋根を押さえて弾みをつけて、片足を屋根にかけようとしたのだけど、バランスが崩れて、もう一方の手で沙良を引っ張るような感じになってしまった。

とっさの出来事に、沙良はあたしの手をはなして、あたしはそのまま背中から地面に落下。しばらくしてからやってきた佐倉くんが呼んでくれた救急車に運ばれて、そのまま入院……。

ジュニアオリンピックどころか、県大会にも出場できず、あたしは部活を引退することになった。

沙良は一度だけ、見舞いに来てくれた。ごめんね、ごめんね、って病院の人たちやあたしの親の前でもわんわん泣いて。一〇〇パーセント沙良が悪いわけじゃないってわかっていても、あたしにはそれを口にする気力も余裕もなかった。

だから、沙良はその後、あたしのところに来なくなったんだろうけど、その時はまだ、あたしは沙良のことをきらいになってはいなかった。

佐倉くんが見舞いに来てくれたのは、夏休みがあと数日で終わるって日の午後だった。ちょうど、母が夕飯の支度のために家に帰ったあとだった。

初めの頃は、陸上部の子たちが毎日のように来てくれていたけど、試合の話になるとあたしの顔がくもって気まずくなるのか、だんだんとみんなの足が遠のいていった。他に来てくれる友だちはいなくて、あたしから陸上を引くと、何も残らないんだって思い知らされた。

だから、佐倉くんでもうれしかった。本当は沙良が来たがっているけど、勇気を出せなくて、佐倉くんが様子見にくることになったのかも、なんて期待していた。

佐倉くんはハンバーガーを買ってきてくれていた。病院の食事は薄味でまずいだろうから、って。

新作が出ていて、佐倉くんは自分用にも買っていたから、病室で食べながら話すことにした。このバーベキューソースおいしいな、とか途切れなくしゃべっているのに違和感を持った頃、案の定、沙良のことなんだけど、って切り出された。だけど、そのあと続いたのは、思ってもいなかった言葉。

――あいつの話していたこと、ほとんどが嘘だって、知ってた？

キョトン顔を返すしかなかった。嘘？　何が？　どの話が？

――まず、両親は本物。お兄さんとは父親が違うきょうだい。

もうこの段階でパニックだった。交通事故は？　癌は？　死に別れたんじゃないの？

――本人が心臓病というのも嘘。せいぜい、風邪をひきやすいくらい？　動きがドンくさいのは、単に運動神経が悪いだけ。

手術は？　そういえば、夏休み中に、東京の大きな病院で難しい手術を受けるんじゃなかったの？　訊き返したいことがありすぎて、言葉にならなかった。

——あと、東京になんか一度も住んでない。それどころか、生まれた時から、ずっとこの町に住んでいる。

——そんな……。

ようやく口から出たのは、これだけだった。そんなことって、ある？　この狭い町でそんな嘘がつけるものなの？

——第四小の知り合いに訊いてみるといい。同じ学校だった、って当たり前の顔して答えるはずだから。そもそも、俺が嘘に気付いたのも、あっけないことからだったんだ。

佐倉くんは部活の試合のあとで、仲良くなった西中学の子たちと一緒に駅前のファミリーレストランに入った。そこで、ちょうど会計を終えて出ていこうとする、沙良と両親らしき三人とすれ違った。佐倉くんは沙良に、よっ、という感じで片手を上げたけど、沙良は気まずそうな顔でそれを無視して、足早に店を出ていった。

佐倉くんは、両親といるところで声をかけてしまったからだと反省したものの、席についた直後から、西中の子たちがおかしなことを言い出した。

——さっきの、立石じゃね？　東京の中学行くとか言ってたけど、こっちにいんの？

——何言ってんだよ、あいつ東中だよ。家も引っ越してないし。いじめられてたから、越境入学許可されたって聞いたけど。なあ、佐倉。おまえ、同じ学校だから、さっき、声かけてたんだろ。

佐倉くんは状況が飲み込めないまま頷いた。すると、さらに追い打ちをかけるような言葉が飛んできた。

——でも、あいつとあまり関わらない方がいいよ。立石沙良は嘘つきだから。まあ、今更、俺が忠告することじゃないか。中学になっても性格はかわんないだろうし、あいつの嘘はわかりやすいから、東中のヤツらにはとっくにバレてるよな。

あたしが言葉を発せないように、その時の佐倉くんも何をどう口にしていいのかわからなかった。その代わりというように、東中の他の子たちが、彼の気持ちを代弁する質問をしてくれた。

——いや、きらわれてる感じはあるけど、嘘つきとは知らなかった。心臓が悪いとか、聞いたことがあるけど。

——ああ、それ嘘。左心房とか右心房とか、話す度に違ってるから。

——俺は、両親とも本当の親じゃないって聞いたことがあるけど。

——それ、まだ言ってんのか。

佐倉くんはそんな会話を聞きながら、嘘が暴かれていくことに呆然(ぼうぜん)としていたけど、沙良とそれほど親しくないと思っていた子たちが、自分と森下くんとあたしとでしか共有していないはずの沙良の秘密を知っていたことに驚いた。

頭の中のもやもやを払拭したくて、佐倉くんはその日のうちに沙良を呼び出した。あたしたちが食べているハンバーガーを買ったのと同じファストフード店に。時間より少し遅れてやってきた沙良は開口一番、こう言った。

——バレちゃった？

そうして、悪びれた顔ひとつせずに、自分がついた嘘を全部暴露して、席をたった。捨て台詞を残してね。

——わたしのことをきらいになったでしょ。これからは、無視してくれていいから。ていうか、こっちから無視するけど。

佐倉くんはそこまで話すと、泣き出した。あたしに会いにきたのも、沙良が嘘つきだったことをバラすよりも、そんな沙良をまだ好きで、この先どうすればいいか相談したかったからみたい。

だけど、あたしの耳にはそんな話はもう入ってこなかった。佐倉くんと同じように洟をすすって、ベッドサイドの棚からティッシュを取って鼻をぬぐって、自分が鼻血を出していることに気が付いた。

沙良の嘘をバカみたいに信じきって、友情ごっこみたいなことをして、大切なものを失ったあたしって、いったい何なの。

怒りで真っ白になったあたしの頭の中に、それでも沙良の笑顔の残像があったのは、本人の口からはまだ何も聞いていなかったからだと思う。嘘も一〇〇パーセントではなかった。中二の時にいじめられて不登校になっていたのは事実だった。いじめた子たちは、本当にそれを楽しみに登校しているような子たちで、沙良は新しい学年になったのを機に、友だちがほしくて、仕方なく嘘をついたのだと自分に言い聞かせてみた。

それならまだ、あたしが救われるから。

あたしは、佐倉くんが帰ってすぐ、病院の公衆電話から沙良に電話をした。出たのは沙良で、名乗るより前にため息をつかれて……、こちらが何も言わないうちに、佐倉くんへの捨て台詞と同じことを言われて、電話を切られた。

受話器を叩きつけて、電話の上に鼻血がぼたぼた落ちて、偶然通りかかった看護師さんがあわててかけよってきて、あたしは大声で叫ぶように泣いて、あたしと沙良の物語はそこで終了——。


テーブルの上には、ほとんど手つかずの冷めてしまった料理と、空になったワインのボトルが並んでいる。飲んだのはほとんど、イツカさんと正隆くんだけど、わたしが一番ぼんやりした顔になっているはずだ。

虚言癖の人のエピソードは、ドラマや小説で何度か触れたことがある。偉人の末裔であるとか、家の金庫に何億も入っているとか、そういう大袈裟な嘘は、フィクションの世界でデフォルメされたものだと思っていた。さすがに、現実でこんな大それた嘘をつかれたら、すぐにおかしいと思うだろう、と。

だけど、イツカさんが立石沙良につかれた嘘は、それよりもさらに単純なもので、目の前で事実として話されても、まだ騙されたことが信じがたい気分でいる。

「中学なんて、小さな町のさらに限られた地区の子たちが、幼稚園の頃からメンバーほぼかわらずに集まっているじゃない。だから、東京から越してこようが、隣の校区から越境入学しようが、同じことなんだろうけど、つくづく狭い世界で生きていたんだってことを思い知らされた」

イツカさんはそう言って、空の取り皿に、殻つきの牡蠣を載せてレモンをしぼった。

「でもさ、まだ二学期じゃん。その後、教室で毎日顔合わせたわけだよな」

正隆くんがイツカさんのグラスにワインを注ぎながら訊ねた。少しずつ減っている料理はみな、イツカさんの話の最中に正隆くんが食べていて、冷めてもおいしそうなものだけ、手つかずで残してある。

「沙良は二学期から、保健室登校。ジュニアオリンピックへの道を閉ざしてしまった罪悪感で、あたしの顔を見たら過呼吸を起こしてしまうとかなんとかで。あたしがそういうトラウマ植え付けるくらい、沙良に激怒したって噂まで流れて、なんだかこっちが悪者扱い。それなら、本当に怒ってやればよかった。ケガをさせられたことじゃなくて、嘘をつかれたことに対して。まあ、まさか同じ高校になるとは思わなかったんだけどね」

イッカさんの口調は怒っているふうではない。ただ、懐かしい昔話をしている様子だ。

「田舎の進学校なんてそんなもんだ。五〇〇点満点の入試の点数が、笹高じゃトップと最下位で一五〇点も違うんだから。なのに、森下はそんな学校にも入れず、願書さえ出せば受かるようなところに入ったもののひと月も通わず……」

「どうなったの？」

つい、口を挟んでしまった。

「どうしてるんだろうな。俺、あいつと同じ塾に通ってて、唯一ライバル視していたヤツだったから、途中で来なくなっておかしいなと思って、入学早々、同じ中学だったヤツに訊ねてみたのが……」

「あたしだったわけ。森下くんのその後は、ここで詳しく語るつもりはない。だけど、幸せな人生を送っていると断定できないことは言っておく。あたしは言い訳とか、人のせいにするのとかが大きらいだけど、それでも、沙良に関わらなければ別の人生があったんじゃないかと考えることは何度もある。そんな中で、あたし自身が森下くんに寄り添えることもあったんじゃないかとも」

イッカさんは唇をかみしめた。

「自分を立て直すだけで精いっぱいだった時期に、他人を救うのなんて無理だろ」

正隆くんの言葉にわたしも頷いた。だけど、イッカさんはやるせなさそうに首を横に振った。

「難しいことなんかしなくていい。無理やりカラオケボックスにでも連れ出して、ノリのいい曲を大音量で歌って、間奏中は、沙良の悪口言いあってりゃよかった。あの子に出会ってしまったことなど、顔にハエがとまった程度の出来事だと、喉が嗄れるまで叫べばよかった」

イッカさんはワインを一気に呷った。そうして、わたしの方を見た。

「長谷部監督がどんな映画を撮ろうとしているのか、あたしにはわからない。でも、ちょっぴり夢見がちで嘘つきな女の子が引きこもりのお兄さんに殺されたなんていう、マスコミの報道のような薄っぺらいものにはしてほしくない。沙良はもっと大きな嘘をついていたんじゃないかと思う。そこをできれば掘り下げてほしい、なーんてね。偉大な映画監督に庶民がリクエストすることじゃないか」

イッカさんはヘヘッと笑うと、お手洗い、と言って……、壁に立てかけてあった杖を片手に立ち上がった。

「そうだ、知ってる？　としまえんって観覧車ないんだって」

そう言って、杖はまるで飾り物であるかのように軽くつきながら、足取り良く隠れ家のような部屋から出ていった。

「イッカさん、足……」

正隆くんに確認するようにつぶやいた。

「顔にハエがとまった程度のこと、じゃないよな」

「わたし、ずっと、杖には気付かなくて、体育の先生をしているんだと思ってた」

「英語の先生だよ。今よりずっと歩きにくかった頃から、交換留学生に申し込んだり、海外アーティストのライブを見に一人で東京に行ったり……。なあ、真尋。乗り越えたからこそ得られる人生も、あるんじゃないか」

「えらいね、イッカさんは」

わたしはテーブルの中央に置かれたラザニアを、添えられた大匙(おおさじ)ですくって、自分の皿によそった。姉はカルボナーラだけでなく、ラザニアも好きだったことを思い出す。猫舌だからと何度も息をふきかけて。でも、これだけ冷めていたら、さすがにそれはしないだろう。

翌日の午後。東京土産を渡していなかったことを思い出し、神池の家に向かった。行先を父に告げると、タッパーに入れたきゅうりとなすの糠漬けを持たされた。野菜は主に芳江おばさんが裏の畑で育てたものをもらい、こういった物々交換をしているらしい。おばさんは皮膚と唐辛子の相性が悪く、糠床（ぬかどこ）をかきまぜることができないため、父の糠漬けは重宝されているのだとか。

　父が少し盛り気味に自慢したのかと思っていたら、おばさんは本当にうれしそうにタッパーを受け取った。立ったまま蓋（ふた）をあけて、きゅうりをパクリとかじったほどだ。わたしが渡したお菓子はそのまま仏壇のお供え物となった。祖父やご先祖様たちはニューヨーク発のバタークリームが挟まったクッキーなど、喜んでくれるだろうか。

　正隆くんは東京での学会に出席するため、午前中に家を出たという。正隆くんから聞きたい話もあったけれど、昨夜は無理だった。イツカさんがトイレに立ったあと、しばらく経っても帰ってこなかったからだ。洗面所で眠りこけているのを店の人が見つけ、そのまま正隆くんがタクシーで送り届けることになった。

　普段のイツカさんを知らないものの、あの話をするには、もしかするとかなりのアルコールの力が必要だったのかもしれない。

　ボストンまで連れてかえるぞ。イツカさんを背負った正隆くんがそうつぶやいたのは、聞こえなかったことにした。

　おばさんに野菜を持ってかえってほしいと言われ、家の裏にある小さな畑に一緒に向かった。夕日を見下ろせる高台にあるこの古い家は、昨日聞いた、佐倉くんのおばあちゃんの家と重なってしまい、つい、一階と二階のつぎ目の屋根に目が行ってしまう。

後ろ向きに落ちて、背中にかかる衝撃を想像し、目を閉じた。ゆっくりと目を開けて、気持ちを落ち着かせるために、海側に目を遣ると、裾野(すその)に広がる景色の端に少しだけ海が見えた。

もう少し上に行けば、と今度は山側に視線を移したところで、おばさんがやってきた。プラスティックのザルいっぱいに、なすとピーマンが入っている。

「裏山に行くの?」

おばさんも山側に視線を遣った。

「久しぶりに鉄塔まで行ってみようかな。ロケの時はバタバタしていたから、写真も撮れなくて。お姉ちゃんも恋しがっているかもしれない」

「千穂のお気に入りの場所だったからね。そういえば……」

おばさんは眉根を少し寄せた。

「何?」

何故か、胸がドキリと大きく鳴った。

「ああ、去年の大雨でかなり道が崩れてるらしいから気を付けて」

「じゃあ、今日はやめとく」

足元はパンプスだ。きれいな紫だね、と言いながら、おばさんからザルを受け取った。

おばさんも裏山に行くことをわたしに勧めない。ピーマンも糠漬けにできるのかしら、などと野菜のことに話がうつる。

庭に停めた車に乗る前に、もう一度、町を見下ろした。立石沙良の家は海辺の方だったはずだ。マスコミが報じなかった彼女のエピソードを知ることはできたけど、どういうわけか、それは長谷部監督が求めているものではないような気がした。

エピソード 3

横浜の祖父母の家は海を見下ろす高台にあった。祖父母の家も、周辺の家も、和洋問わず高い塀に囲まれていて、通りから表札のかかった門は確認できても、玄関ドアを見ることはできなかった。

祖父母の家は周辺の家に比べると小ぢんまりとしていたけれど、鱗模様の壁面の白い洋館は、あの温泉町に建っていれば、お城と呼ばれていたのではないか。その二階の角部屋がわたしの部屋として、すでに必要なものが整えられていた。

白い木製のベッドには、白雪姫の物語を六つの場面で再現したパッチワークキルトのカバーがかけられていた。祖母の手作りらしく、昨年の市が主催する秋の芸術展で特別賞をもらった作品だと、誇らしげに教えてくれた。

「使っていいの?」

「大切な孫娘を思いながら作ったのよ。本当に使ってもらえる日がくるなんて、夢みたいだわ」

祖母はわたしの頭をなでながらそう言った。ベッドと同じ白い洋服ダンスも本棚もすべて新品だったけれど、大きな出窓のある壁際に置かれた勉強机は、古くからあるものに見えた。どっしりとした茶色い木製の机はところどころに小さな傷が見られるものの、部屋中のどの家具よりもしっかりと磨かれて、静かな光沢を放っていた。

「あれは、裕貴（ひろたか）、あなたのお父さんが使っていた机。その前はおじいちゃんが使っていた、言うなれば、我が家に代々伝わっている勉強机よ。おじいちゃんもお父さんもあそこで勉強をして、えらくなったの。香さんも頭はいいんでしょうけど、あの机で勉強すれば、もっともっとかしこくなれるはずよ」

父が使っていたものを目の当たりにし、胸が弾んだのに、パシャリと氷の入った冷たい水を顔にかけられた気分になった。母のように押し付けがましく勉強しろと言われたわけではない。笑顔で、柔らかい口調で、それなのに、母の声よりも重くのしかかってくる何かが、祖母の中からにじみ出ているように感じた。

身内から「さん」付けで呼ばれるのも初めてだった。

温泉町のおばあちゃんからサイズを聞いていたのか、洋服ダンスの中にはすでに新品の洋服や下着が用意されていた。ハンガーラックには制服らしきものがかかっていた。紺色のブレザーと白いブラウスに、紺色のキュロットスカート。ブラウスの首回りには緑色のネクタイがかけられていた。タンスの扉の内側のフックにかかっている帽子も紺色だった。

私立のお嬢様学校のような制服だけれど、わたしが通うのは家から一番近い公立小学校だ。

公立とは、日本全国一律ではない。そう文言化できる年齢ではなかったけれど、その制服が、ここが笹塚町や温泉町より豊かな町だということを表しているように感じた。ハンガーラックの上には、黒光りする革製品が見えた。ランドセルではなく、リュックサックだった。

「心配しないで。この地域の小学校では男子も女子もみんな学校指定のこれなの。全国的にそうだと思っていたから、駅で香さんがピンクのランドセルを背負っているのを見た時には驚いたわ。遠目で見ても小学生の女の子だってわかるじゃない。変質者に居場所を教えているようなものよ」

祖母は大袈裟に身震いすると、タンスの扉を閉めて、今度は、勉強机の引き出しを開けた。文房具も一通りそろっていた。かわいい模様どころか、華やかな色味もない、茶色を基調としたペンケースや鉛筆はおとなの持ち物に思えた。

これも、学校指定だろうかと、地味な文房具が机の上に並ぶ教室を想像してみたものの、登校した初日に祖母の趣味だということがわかった。ただ、それを地味だと揶揄したり、からかってくる子はいなかった。それより、これ××のだよね、と聞いたことのない外国のブランド名を挙げ、うらやましがる子がいたほどだ。

結局、温泉町から送った少ない荷物は数冊の本をのぞき、ほとんど処分されることになった。思い出の品を、と気を遣ってくれたのは祖母の方で、ランドセルなども部屋の飾りとして置いておく分には女の子の部屋としてかわいいのではないか、などと提案してくれたけれど、わたしは首を横に振った。

荷造りをしていた時は何とも思わなかったのに、新しい場所にやってきた途端、あの町に繋がるものがここにあるかぎり、自分は母のことを考え続けるだろうと、不安が込み上げてきたのだ。決して、母を忘れたいと思っていたわけではないのに。むしろ、母がわたしを恋しく思ってくれないかと、ほんの少し期待していたというのに。

それでもまだ、ゴミ捨て場に持っていかれた方がすっきりしたのかもしれない。祖母が箱の中を見ながら、恵まれない子に寄付してもいいわね、と目を輝かせながら言った時、わたしの頭に、薄い板の向こうにいるあの子の手がくっきりと浮かんできた。そんな自分がたまらなく嫌だった。

だけど、あの頃のわたしに、優越感とか、人を見下すという感覚はあったのだろうか。ただ、あの子との距離が開いてしまったように感じて、寂しくなっただけなんじゃないだろうか。

現在の自分を否定するのは、自分の本当の姿と向き合うためではあるけれど、どうやらわたしは、過去の自分の姿も卑しいものに書き換えているのではないか。それでいいのかもしれない。自分では純粋だと思っていた姿も、誰かの目には卑しく映っていたかもしれないのだから。

むしろ、あの頃から、わたしの目は、同情という名のベールをかぶった蔑(さげす)みの色を湛(たた)えていたということに、気付かなければならない。

いかにもお手伝いさんがいそうな家だったけれど、定期的にハウスクリーニングの業者が訪れるくらいで、基本的な家事はすべて祖母がやっていた。

わたしがやって来た日の夕食はビーフストロガノフだった。父の好物で、笹塚町にいた頃は時々、母が作っていたけれど、祖母が作ったそれは、見た目は良く似ているものの、味はまったく違っていた。貿易会社に勤務している祖父の影響で、外国人の知人が多く、世界中のおもだった料理は作れるのだと祖母は自慢げに話していたので、きっと、こちらの祖母の味の方が本物なのだろう。

だけど、父もわたしも、母の作るビーフストロガノフを喜んで食べていた。母は祖母のビーフストロガノフを食べたことがあったのだろうか。この家を訪れたことがあるのだろうか。

ふと、そんな疑問が浮かび上がったけれど、祖母に訊くことはできなかった。

祖母は、母のせいで父が死んだと思っていたから。実際に祖母がそう口にしているのを聞いたのは、父の葬儀の時だったか。海の事故なのに、お母さんに聞こえていなければいいな、と思いながら、少し先にいた母の顔色をうかがったものの、それ以前から青ざめていた顔が変化したのかどうかは見て取ることができなかった。

普通の子どもなら、母親の悪口を言う祖母に対して、嫌悪感を抱くものかもしれない。もちろん、嫌な気分にはなった。だけど、それ以上に、父も母から難しい課題を与えられて、それができなかったら怒られていたのかもしれない、などと冷静に考える自分もいた。父はベランダに出されることはなかったけれど、もしかすると、それ以上のペナルティがあったのかもしれない、と。

それに堪えられなくなったのではないか。そう思い至った時、ふと、手の甲にあたたかいものを感じた。わたしだって、あの子がいなければ心が折れていたかもしれない。そう考えると、彼女は命の恩人のように思え、時を経て、父の生まれ育った家で父に改めて思いを馳(は)せるようになってからは、その思いがますます強くなっていった。

祖父は定年退職後も関連会社の役員として嘱託で勤務していたため、家にいる時間は短かった。週末もゴルフなどに出かけていたので、ゆっくりと話をしたのは、一緒に暮らし始めて半月ほど経ってからだ。あまりおしゃべり好きではないのか、わたしと話さないだけなのかはよくわからなかったけど、祖母が言うには、祖父は照れ屋でわたしにどう接していいのかとまどっているということだった。

そんな祖父が、祖母のいないところで声をかけてくれたのは、雨が降る週末の午後のこと。祖母はわたしが来る前からチケットを買っていたという演劇の鑑賞に、友だちと約束しているから、とわたしに申し訳なさそうに出ていった。

ちゃんと、祖父とわたしの昼食用にサンドイッチを作って。祖父は自分でコーヒーを沸かす準備をしながら、わたしにも飲むかと訊いてくれ、牛乳がたっぷり入ったカフェオレを作ってくれた。顔は祖母の方が父に似ていたけれど、カップを目の前に置いてくれた手は、ふと、お父さんだ、と感じるものがあり、少し涙ぐんでしまった。

それを、祖父はホームシックだと勘違いしたのかもしれない。

「香ちゃんは、映画は好きかな?」

祖父は「ちゃん」付けだった。食事のあとでそう訊かれ、はい、と答えると、ついてきなさいと、二階の、わたしの部屋とは反対側にある角部屋に案内された。家に着いた日に一通り家の中は祖母に案内してもらったけれど、この部屋は物置のようなものだから、と素通りされた部屋だった。とはいえ、鍵がかかっていたわけではない。

祖父に続いて部屋の中に入ったわたしは、あっ、と息を吸い込んだまま、はくのを忘れて壁沿いをグルリと見渡してしまった。四面のうちの一面には、大きなテレビがあり、そこに向いて座れるように、部屋の中央には革張りの三人掛けのソファが置かれていた。残り三面には天井まで届きそうな高さの扉付きの木製の棚があり、ビデオテープがびっしりと並べられていた。パンフレットや映画雑誌もあった。

「我が家の映画館だ。テレビを端に寄せて、映写機で壁に映し出すこともできるんだが、そっちの操作はきみのお父さんにまかせっぱなしだったから、僕はいまいち憶えていなくてね。今度、説明書を確認しておくから、今日はテレビで見よう」

祖父は少し申し訳なさそうだったけれど、テレビだって、リビングに置いてあるものでさえ、これまでの人生で一番大きなものだったのに、そこにあったのは家電量販店でも見たことがないような大画面の、もはやテレビと呼んでいいのかどうかわからないものだった。

「子ども向けのアニメ作品もあるから、どれでも好きなのを選ぶといい」

「お父さんが好きだったのは？」

祖父はほとんど迷う様子もなく、「スター・ウォーズ」のビデオを取り出した。父が生まれて初めて映画館で見た作品だと言う。

「じゃあ、これにする」

「アニメじゃなくていいのかい？」

その問いに、首を横に振って返すと、祖父は、自分でできるように見ていなさい、と言って、テレビ台の蓋をあけ、ビデオテープをセットしてリモコンの操作を始めた。

開始早々、物語の中に吸い込まれてしまうかのように夢中になって見てしまったのは、それが父の好きだった作品だと聞いていたからだろうか。いや、そのような前情報がなくても、同じように夢中になっていたはずだ。

それでも、隣に座って一緒に見ていた祖父が涙ぐんでいたことには気付いた。それが物語からくるものではないことはすぐにわかった。

その日以降、わたしは学校から帰ると、映画を一本見るようになった。祖母は、目が悪くなるから部屋の電気を点けるように、とは言ってきたけれど、毎日見るな、とは言わなかった。見終わってから夕飯の席についても、宿題や学校での出来事はわりとこまかく訊いてくるのに、映画についてはまったく口にしなかった。感動の涙を流したまま居間に入った時でさえ。

祖母の前では映画という言葉を口にしてはいけない。そう思い、映画に連れていってほしいと頼むことはなかったけれど、代わりになのか、もともとそちらの方が好きなのか、祖母は演劇やミュージカルにはよく連れていってくれた。祖父が行ける時は、三人で出かけた。

いつもより少しきれいな服を着て、迎えのタクシーに乗り、坂道を下りていく。劇場では幕間（まくあい）に祖父母はコーヒーを飲み、わたしにはココアを注文してくれた。その後は、いつも決まった洋食店で少し早めの夕飯を食べる。祖父も祖母もハンバーグを注文するけれど、祖父の分にはデミグラスソースが、祖母の分にはホワイトソースが、頼んだ様子はないのに、かけわけられていた。

わたしは祖母に勧められたハンバーグオムライスを、毎回注文するようになった。それにはデミグラスソースがかかっているので、祖母は自分のハンバーグを一切れ、わたしのオムライスの横に添えてくれた。わたしもお返しに、自分のハンバーグを一切れ、祖母の皿に載せる。

デザートにクレープを一皿注文すると、四つ折りになったクレープが三枚並んだ皿が運ばれてくる。特製のカスタードクリームのはさまったそれは、そのままでも充分においしかったけれど、香さんがおとなになったらフランベしてもらいましょうね、と祖母はお楽しみをとっておくような顔で笑った。

そして、タクシーに乗って家に帰る。日が暮れている時は、家の門の前で三人で星空を見上げ、まだ日が暮れきっていない時は、海を見下ろした。いつもは大概、海の上に雲が出ていて、沈みゆく太陽を最後まで見届けることはできなかった。

笹塚町の方が、空気がきれいなのかもしれない。そんなふうにあの町の価値が少し上がった気になれたのに、それからひと月も経たないうちに、見事な夕日を見ることができた。その時初めて、目の前に見えている海と笹塚町の海がつながっていることを実感した。そして、思った。

父が最後に求めたのはここから見た景色だったのではないか、と。

立派な制服を着て通う小学校は、学校の設備も温泉町の小学校とは比べものにならないくらい整っていた。履修科目や教科書はあまり変わらないものの、授業の中身はまるで違う。特に、コンピューターを使うことに力を入れていて、児童は皆、一人一台使えるようにパソコンが用意されていたし、休み時間や放課後も、図書室にあるコンピューターを自由に使うことができた。

とはいえ、わたしは積極的にコンピューターを使うことはなかった。ゲームにも興味がなかったし、ブラインドタッチができるようになりたいと思ったこともない。小さな画面を覗いているヒマがあるのなら、家の大画面で、物語の世界に浸っていたい。

学年が上がっていっても、その気持ちも、日々の過ごし方もそれほど変わらなかった。インターネットの検索も、先生に指定された言葉しか打ち込んだことがない。二期作だとか、豊臣秀吉だとか。

ところが、あれは四年生の時だっただろうか。コンピューター室で、一人一人がデスクトップ型パソコンの前に座り、画面を起動させた。すると、先生が言ったのだ。

「今日は、それぞれ、自分が一番知りたいことを調べて、ノートにまとめて提出してください」

途端に、好きなアイドルグループの名前を口にする子もいたし、スポーツ選手の名前を挙げる子もいた。人物だけではない。シュークリームの作り方、声優になる方法、足が速くなるにはどうしたらいいか……。

口を閉じているのは、自分だけのように感じた。引っ込み思案だった、というわけではない。この頃には友だちもいたし、学級委員とはいかないまでも、校内整美委員など、時折人前に立たなければならない係に選ばれたりもしていた。

好きなものだってある。だけど、知りたいもの、はなかった。父の死因、母の気持ち、そういったことから目を背けなければ心穏やかに生きていくことができない。そんな自己防衛機能が自然に働いて、わたしの頭の中では、知りたいという欲求にバリアが張られていたのだろうか。

自由にその場で発表するだけなら、無理に知りたいことを考える必要はなかったけれど、ノートに書かなければならないとなると、話は別だ。

わたしの知りたいことは何だろう。パソコンの中に答えがある、知りたいこと。

考えれば考えるほど、頭の中は真っ白になっていった。好きなことでいいのではないかと思い直し、ならば映画で、ディズニーアニメの新作について調べてみようと思った時だ。鉛筆を動かす音が聞こえて、ふと隣を見ると、いつもは漢字を書くのも計算をするのもわたしより遅い男の子が、画面を見ながら、早速、ノートにメモをとっていた。

「何を調べているの？」

「人生最後の晩餐（ばんさん）。父さんが時々買ってくる雑誌にあるコーナーなんだけど、芸能人や有名人が死ぬ前に食べたい一品が載っていて、それが手作りのものだと材料や作り方が書いてあるんだ。先月、うまそうなカレーが載ってたから、家で作ってもらおうと思ったのに、父さんが仕事に持って出たまま捨てちゃってさ」

画面上のカレーライスの写真は、じゃがいもやにんじんが入っていない、大きな牛肉のかたまりがごろっと入ったもので、なるほど確かにおいしそうだと、わたしもレシピを書き写したくなった。しかし、隣の彼は他のメニューにも興味があったようで、別の週の記事に切り替えた。

「ビーフストロガノフって何だろ。長谷部、食べたことある？」

「あるよ。時々、晩御飯に出るもん」

「えー、すげえじゃん。俺も、カレーじゃなくて、こっちを作ってもらおっかな」

そんな声を聞いていると、突然、電流が背中を走ったような感覚を抱いた。

お父さんは人生の最後に、おばあちゃんのビーフストロガノフを食べたいと思わなかったのだろうか。いや、そうじゃない。そうじゃない。お父さんがもっと好きなもの。映画だ。お父さんは映画を見にいくと言って家を出た。きっと、嘘ではなかったはずだ。ならば、ならば、ならば……。

父が人生最後に見た映画は何だったのだろう。

わたしは「笹塚町」「映画館」などと、言葉を打ち込み、検索ボタンを押した。隣の彼のように、一度の検索で見たいページにすぐに辿り着けるわけではなかった。父の命日となる年月日を打ち込む時は、心臓をギュッと握りつぶされるような気分になった。もしこれが給食を食べ終えたあとの授業だったら、その場で戻していたかもしれない。そんな吐き気にも襲われた。

こんな気持ちになるのなら、ディズニーアニメの新作でいいのではないか。前情報なしで見たいから、祖父が定期購読している映画雑誌は読まないことにしている。だけど、先に調べている人しか気付けない演出があると、祖父が言っていたことがある。果たして、どちらの方がいいのだろう。

不安な道から逃れるための、別の知りたいことまで浮かび上がってきたけれど、それでもわたしは当初の目的に突き進んだ。ディズニーアニメのことなら、家で調べることもできる。祖父のパソコンで一緒にやったら楽しそうだ。映画は相変わらず避けているものの、祖母はパッチワークの素材になるような童話が好きだから、この話題になら加わってくるかもしれない。

だけど、今調べていることは、家では決して口に出してはならないし、パソコンに検索履歴を残してもならない。

そうして、その日、父に連れていってもらったことのある笹塚町のシネコンで、「スター・ウォーズ」シリーズ三作のリバイバル上映があったことに辿り着いた。

すごい、というか、納得、というか、こんなに辛い思いをして調べなくても、少し考えれば想像できたことではないかと、肩の力が抜けて息をはいたと同時に、涙がこぼれた。

今度はカニのあんかけチャーハンのレシピを書き写している隣の彼に気付かれることなく、ブレザーの袖口で涙をぬぐうと、「ディズニーアニメ」「映画新作」とパソコンに打ち込み、ワクワクするような新情報を、ノートに書き出していった。

父が最後に見た作品は、わたしだけが知っていればいい。

祖父には教えてあげようかと思ったものの、父が、映画を見にいく、と言って出ていったことは葬儀の時にはすでに誰かの口から伝わっていたので、とっくに察していたのではないかと思い直した。だからこそ、あの時、アニメではなくあの作品のビデオテープをわたしに差し出してくれたのだ。

そのおかげで、わたしが答えに辿り着いたことも、黙っておくことにした。

本気でそう思っているわけではないけれど、もし、父の好きだった作品が、あれで完結ではなく、三〇年先もまだ続編が作られていることを知っていれば、あの日、父は家に帰っていたかもしれない。

それを楽しみに、この世界でがんばってみようかと考えたかもしれない。

映画にそれほどの力があることを信じたい、わたしの願望だ。

第三章

『お姉ちゃん、まさかのホームシックかも。今朝、目が覚めた瞬間に、炊きたてのご飯と一緒にお父さんの糠漬けを食べたい、なんて思ってしまいました。これ、絶対に内緒ね』

以前、〈カノン〉に入った時は、ただの昭和っぽい古びた喫茶店だと思ったのに、二度目となる今日は、まるで映画のセットのように感じるのは、あいだに本物が入ったからだろうか。

笹塚町から帰る日の朝、駅まで車で送ってくれた父と一緒に朝食を取ることになった。糠漬けに凝り始めてからずっと米飯が続いていたので、急にパンが食べたくなったと父が言い出したからだ。この町にそんな朝早くから開いているカフェがあるのか、と訊ねるわたしに、父は、昔からある、と少しあきれた口調で答えた。

——ただし、カフェじゃない。喫茶店だ。

昔はこちら側の方が栄えていたという駅の東口にある駐車場に車を停めると、父は慣れた様子で息を潜めたような商店街に向かって歩いていった。商店街と駅を結ぶT字となる角にある、わたしも一度だけ父に連れられてきたことがある映画館の入ったビルだった。ただし、映画館はわたしが小学三年生の頃に閉館となっていた。

町内にはシネコンがあったため、惜しく感じた記憶はない。

父はそのビルの路地沿いにある地下へと向かう階段を下りていった。内側に虫の死骸が張り付いた置き型の看板には〈シネマ〉と書かれていた。父が木の扉を押すと、カランカランと鐘が鳴り、深いコーヒーの香りが漂ってきた。えんじ色のベルベットにバラの模様が型押しされたシートは、我が家にあるピアノの初代のカバーを思い出させた。

キャラメルマキアートどころか、カフェオレすらない。だから、父は子どもの頃には連れてきてくれなかったのかもしれない。おとなになったわたしは、カウンターに置かれたサイフォンの中でこぽこぽと沸き上がるコーヒーを見ていると純粋に、あれを味わいたい、と思ってしまう。父はモーニングを二人分、注文した。

トーストとゆでたまごとコールスローサラダ、そして、コーヒー。分厚い食パンにはバターが薄く塗られていた。

寂れた場所にあるのに、店内は父と同年代の男性で賑わっていた。

この店も、早朝に来れば、〈シネマ〉のような常連客を目にすることができるのだろうか。だけど、そんな他人に興味のありそうな、見知らぬ人にでも前日見たプロ野球の試合の感想を話しかけるような人がいないからこそ、この店は打ち合わせに適しているのだ。

だから、わたしはイツカさんから聞いた立石沙良の話を、ほぼ聞いた通りに長谷部香監督に伝えることができた。あいだ、わたしはアイスコーヒーを三杯追加注文して。反して、監督は最初に頼んだホットコーヒーにまったく口を付けずに。

土下座覚悟で、もう一度だけ会ってもらえませんか、と電話をかけたところ、あっけないほどに快く、監督は応じてくれた。わたしの方も言葉足らずだった、と。

話している最中、監督は女優のような黒目がちの大きな目でじっとわたしを見つめていた。それが、沙良の虚言癖が明らかになった頃から、なんだか、わたしが監督に嘘をついていてそれを明かしているような気分になり、ついと視線を落とし、後半はずっと、監督の前にあるカップに目を遣りながら話していた。

だけど、わたしが後ろめたい気分になったのは、自分と沙良がリンクしたからではない。監督の目が、嘘でしょう？　と、わたしを責めているように見えたのだ。わたしはそんな作り話を信用しないから、と念力を送られているようだった。

その日は、話し終えてからおそるおそる見上げても変わらず、わたしは大きく視線を逸らす理由がほしくて、全員分のホットコーヒーを、追加注文した。

わたしはいいからとも、ありがとうとも、監督の口からは出てこなかった。ずっと無言のまま、わたしを見つめているようで、だけど、今度はこちらが視線を合わせようとしてもぶつかることはなかった。

わたしと監督のあいだにはスクリーンがあって、監督はそれを見つめている。果たして、映し出されているのは沙良なのか。それとも、上映後の真っ白な状態なのか。そういえば、大学生の頃の友人で、映画館でとっくに上映は終わって館内が明るくなっているのに、座ったままぼんやりしている子がいたけれど、監督はそんな状態のようにも思えた。

その子はその状態で声をかけられることをきらった。シャボン玉の中でゆっくりたゆたっている気分だったのに、パチンと割られた気がする、と。監督は……、たゆたっているようには見えないけれど、声をかけるのには抵抗がある。

「香ちゃん、真尋の話は事実だ」

わたしの隣でずっと黙って座っていた正隆くんが口を開いた。すると、監督はハッとしたように肩を震わせてまばたきをした。

「でも、わたしの中の沙良さんは、そんな子じゃない」

語尾が消えゆくような声で監督は言った。

「イツカは自分が被害に遭ったことを大袈裟に話すようなヤツじゃない。真尋が話したことはほぼ、イツカが話した通りだ。個人的な解釈を加えてもないし、抜けているところもない。俺がフォローするつもりだったけど、訂正も追加もない」

「だって……」

監督は納得していない様子のまま、口をつぐんだ。もしも、ここに正隆くんがいなくても、監督は同じ態度をとっていただろうか。信じられない、とか言って、席を立ったりしなかっただろうか。

単なる多数決ではなく、個々の信頼度の問題だ。

学会に出席するため一足先に東京に戻った正隆くんに連絡を入れたのは、わたしの方だ。羽田行の飛行機の中でぼんやりと笹塚町で過ごした四日間を思い返していると、ふと、気になる言葉が浮かんできた。

監督がどうして今更、一五年も前の事件について興味を持ったのかという話をしている時に、正隆くんは、あのことを知ったんだな、と言っていた。それを訊きたくて、法事のあとで二人で会おうと持ちかけたのに、イツカさんの話のインパクトが強すぎて、あのこと、なんてすっかり抜け落ちていた。

もしかすると、イツカさんの話の中に含まれているかも、とレコーダーを巻き戻すような感覚で、ワインバーでのことを思い返していったけど、あのこと、に繋がる話はなかったような気がする。

監督にもう一度会ってもらえることになり、ボストンに戻る前に会えないかとメールを送ると、正隆くんも、あのこと、について話していないことには気付いていたらしく、もったいぶった調子で、条件を出してきた。

長谷部香に会わせろ、と。

幼稚園以来の再会だ、と正隆くんはさも知り合いのような言い方をしているけれど、単に、正隆くんの記憶力がいいのと、監督が昔からかわいかったからというだけで、向こうは正隆くんのことなんてこれっぽっちも憶えていなくて、迷惑がるに違いない。そんなふうに思っていた。

脚本家や原作者がロケ現場に親戚を連れてきたうえ、その親戚が女優に向かってなれなれしく話しかけているのを見る度に、ああはなりたくない、と辟易(へきえき)していたというのに、まさか自分が同様のことをするなんて。

とはいえ、あのこと、についてはやはり知りたい。いっそ、監督が断ってくれたらいいのに、などと思いながらメールを送ったのに、ぜひ会いたい、と返信がきた。

社交辞令だろうと、駅で待ち合わせをして一緒に喫茶店までやってきた正隆くんを、申し訳ない気持ちで紹介しようとした矢先、二人はわたしが口を開く前に互いの名前を呼び合い、親しみのこもった笑みを浮かべた。

監督は正隆くんを「人間カレンダー」と呼び、一〇〇年分の自分の誕生日の曜日を教えてもらった、などと当時のことをかいつまんでわたしに教えてくれた。正隆くんの天才エピソードについては、従妹のわたしなら当然知っている。血の繋がっていない人なら、すごい、と褒めていればいいだけかもしれないけれど、個人の能力にそれほど大きな差があることに気付いていなかった年齢のわたしにとっては、同じことができない自分を惨めに感じるエピソードの一つになっただけだ。姉のピアノも然り。

正隆くんは監督を、どうして女優にならないんだ、などと顔の美しさばかり褒めていた。もちろん、そう言われてうれしい人の方が多いのだろうけど、監督はニコニコしながらもあまりうれしそうには見えなかった。憶えていてくれたのはありがたいけど、もっと、別のことで憶えていてほしかった。心の声を当てるとしたら、そんなところか。

仮にわたしがこの二人と同い年で、同じ幼稚園に通っていたとしても、どちらからも憶えられていないのだろうけど。

ともあれ、頭のいい子、として監督の思い出の中に残っていた正隆くんのおかげで、イツカさんから聞いた立石沙良の話に信憑性を持たせることができたのだから、正隆くんの同席はありがたかったことになる。

それでも、監督の表情は不満げだ。

「なあ、香ちゃん。時間が許すのなら、きみの知っている立石沙良の話を俺たちにしてくれないか。もし、その話の中に違う沙良の姿を見ることができたら、沙良がイツカたちにやったことは変わらなくても、沙良という人間の捉え方は変わるかもしれない」

「わたしからも、ぜひ」

あわてて頭を下げ過ぎて、テーブルにおでこを打ち付けてしまった。どうして、自分自身でそこに思い至らなかったのか。わたしはイツカさんが足を引きずりながら歩いていたことまで話した。それでも、納得できない表情を浮かべるからには、監督と沙良のあいだにはそれを凌駕するエピソードがあるのではないか、と。

「わたしは、そこまで沙良さんのことは、知らなくて……」

監督は言葉を濁しながら俯いた。ここまで来て、はあ？　という気分だ。

「こちらの話には、あんながっかり顔をしたくせに。じゃあ、わたしは笹塚町からどんなエピソードを持ってかえればよかったんですか？　むしろ、沙良の本当の姿とか、いらないんじゃないですか？　どうせフィクションなんだから、取材なんかせずに、監督がそうあってほしかったとイメージする沙良を自分で描けばいいじゃないですか」

「そうね、ごめんなさい」

うなだれた監督の目には今にも涙の粒が浮かびあがってきそうだ。なんだそれ？　と腹が立ってきた。不満がさらに溢れ出しかける。

「香ちゃん、こっちと同じくらいの長話をしなくていい。きみの知っている立石沙良のことを、ほんの少し話してくれないか」

正隆くんがわたしを無視して、監督に優しく語りかけた。正隆くんは美人好きだけど、涙にほだされるような人ではないと、身内びいきながらそこは認めていたのに、とんだ思い違いじゃないか。

「わかった。本当につまらないことなんだけど……」

そう口を開いた監督の後ろにある木板、椅子の背もたれ兼、背中合わせの席との仕切りとなっているこげ茶色の板に、星空が広がって見えたのは、わたしだけではなかったはずだ。

学習ドリルが母親の満足のいく出来でなければ、ベランダに出される。そんな幼稚園児が笹塚町にいたことにまず驚かされた。二歳で九九をマスターし、一〇〇年先までのカレンダーが頭の中に入っていた正隆くんは特別で、おとなたちは神童と言っていたけれど、わたしや近所の子たちにとっては宇宙人だった。

普通の地球人であるわたしは、九九も漢字も、学校で教えてもらうペースで習得していった。むしろ、九九にいたってはかなり難航したけれど、一段憶えるごとに父から一〇〇円もらえて、スムーズにそこを通過した姉からうらやましがられていたので、バカで得した、くらいに思っていたのに。

特別なことができないからといって、ベランダに出すような親を、わたしはこれまで想像したことがなかった。もちろん、そういった場所に放置される児童虐待のニュースは何度も見たことがある。だけど、そういうことをする親は、なんというか、もっと教育とは遠いところにいる人だと思っていた。

うちの実家にはベランダはないけれど、真っ暗な中、外に出されたらどんな気分になるだろう。わたしならきっと、泣き叫んでいたはずだ。だけど、泣くのは誰かに助けを求めているからで、そんな人はいないとあきらめてしまえば、泣く気力すら奪われてしまうだろうか。

それでも、胸の内ではやはり叫ぶかもしれない。助けて、助けて、と。そんな時に、手を差し伸べられたら。指先で合図を送り、はげまし合う相手が現れたら。

その人はもう、命の恩人じゃないか。

「ごめんなさい」

わたしは監督に向かって深く頭を下げた。監督は面食らった様子で目をしばたたいている。

「どうして？」

「監督にとって立石沙良、いや、沙良さんが、そんなに大切な人だったとは思わなくて。知っていたら、あんな酷い話は……」

「しなかったか？」

正隆くんが口を挟んだ。

「いや、報告は報告として、同じことを伝えたと思うけど……。もし、イツカさんに会う前にこのことを聞いていたら、監督から聞いた沙良さんのイメージとは違うんだけど、といった前置きくらいは付けていたと思う」

「そうだな。あと、報告をしたあとの香ちゃんの反応が、自分が期待するものと違っていたからって、キレたりしなかっただろう」

「キレるって、まあ……。それを謝ってるんだけど」

「いいのよ。それはわたしも同じ。自分の聞きたい話と違っていたことへの不満が思い切り顔や態度に出ていたってことだもの。そうやって、今までいろいろな人を傷つけてきたっていうのに。こちらこそ、ごめんなさい」

　監督の目がまた潤み出す。このまま辛気臭い雰囲気が続くと、完全に自分の方が悪いと思う気持ちに飲み込まれてしまう。些細な出来事が大事件になってしまう学級会と同じだ。こういう場合は開き直る方がいい。

「まあ、それはもうお互いさまってことで。それよりも、沙良さんをどう解釈したらいいか、考えましょうよ。で、まず、わたしの意見は、沙良さんも勉強とか、何か決められたことができなくて、外に出されていたんじゃないかなということ。板、前に調べたら、戸境壁っていうみたい。それ越しではあるけれど、仲間がいる時はまだ、精神的に持ちこたえることができていたけど、一人ぼっちになってからもペナルティが続いていたとしたら、それを少しでも回避するために、いろいろな言い訳を考えるようになるんじゃないでしょうか。頭が痛かった、幼稚園や学校で意地悪をされたから集中できなかった、本当は一〇〇点だったのに、答案用紙を誰かに盗まれてしまった。そんなことを繰り返すうちに、嘘をつくのが当たり前になってしまった、とか」

仮説や物語を声に出しているうちに、その景色を本当に目にしたような気分になるのはわたしだけだろうか。いや、浮気をしていても、していない、と三回叫べばまるであらぬ疑いをかけられているように感じ、涙を流すことができる人も、きっと同じようなものだ。

言葉が形作る景色が、通常より速いペースで色濃くなっているのは、向かい合わせで話を聞いている人が、大きく頷いてくれているからに違いない。

「そうね。点と点で比べるから大きな差があるように感じるけれど、あいだが一〇年もあれば人間なんてどう変化してもおかしくないものね。沙良さんに虚言癖があったのは事実かもしれない。それがお兄さんに殺される原因になったのかどうかはわからないけれど、虐待の積み重ねで虚言癖が出るようになったのだとしたら、まずはそこを追究していきたいと思う」

「なるほど。同じ内容の事件でも、被害者の描かれ方でまったく違って見えることがありますもんね」

立石沙良はどんな人物だったのか。語り手が替わるごとに、沙良の見え方も変わる。万華鏡のように、ほんの少し動かしただけで、世界がガラリと変化する。何か、胸の奥の方がむずむずとしてきた。おもしろそう。これを書いてみたい。ファーストシーンは……。

「ちょっといいかな」

正隆くんがまた口を挟んできた。もう、助け舟はいらない。

「真尋の仮説も否定はしないけど、俺は、立石沙良は常軌を逸した天才クラッシャーだと思うんだよね」

「何それ」

「天才を引き摺り下ろすことで快感を得る人、って言えばいいのかな。凡人のくせに自分は特別な存在だと勘違いしているヤツっているだろ。自己暗示かけたまま努力しているうちはいいけどさ、それが認められなかったり、自分には才能がないと気付いた時、たまたま目についた天才に、お門違いな嫉妬心を募らせて、どうにかして引き摺り下ろしてやろうとするタイプ」

「ネットの中にはたくさんいそうだけど、現実の世界でそんなことする人いるのかな。それじゃあ、沙良さんは単に、嘘を重ねていたんじゃなくて、秀才の森下くんやジュニアオリンピックを目指していたイツカさんを、最初から傷つけるために嘘をついていたっていうこと？」

「俺はそう思ってる。凡人の佐倉くんは特に被害を受けていないし」

「それは、虚言癖が発覚したからじゃないの？　それに、監督の話を聞いた今じゃ、正隆くんの説には頷けないんだよね。嘘をつくことによって虐待からどうにか逃れようとしていたような子が、何をきっかけにそんな性悪になれるの？　わたしはサイコパスって映画や小説の中で描かれているのしか知らないけど、そういうのって、生まれつきのものじゃないの？」

心強いことに、監督もわたしの質問に大きく頷いてくれている。虚言癖だと認めたくなかった監督だ。もっと邪悪なものを仄めかされたら、いくら正隆くんの説とはいえ、納得できるものではないだろう。

「そこで、俺から質問」

正隆くんは、わたしにではなく、監督の方に目を向けた。

「ベランダの戸境壁の向こうにいたのは、沙良なのか？」

どういう意味？　と自分でそう感じたのか、監督からそんな目を向けられたから疑問が湧いてきたのか。大きさは半分くらいだろうけれど、同じ目を正隆くんに向けた。

「事件が起きた時と同じ家族構成だとしたら、立石家にはもう一人子どもがいたってことだよな」

「沙良さんの、お兄さん？」

監督がつぶやいた。

「待ってよ。お兄さんって、三つ年上じゃなかった？　しかも、男だし。いくら手だけっていっても、同い年の女の子じゃないってことくらいわかるでしょう？」

そんな反論をしながらも、わたしの記憶の中に幼稚園や小学生の男の子の手の印象など残っていない。男の子の手が大きくてゴツゴツしているなんて意識したのは、もっと成長してからではなかったか。

「香ちゃんはドリルができなくて外に出されていたんだよな」

「失礼なことを。自分ならそんな目には遭わなかっただろうって自慢したいわけ？」

「勝手な解釈で俺を嫌なヤツにしないでくれ。俺だって、楽器でノルマを課されたら、毎晩外に放り出されていたさ。だいたい、親なんてないものねだりで、自分の子にどんな優れた面があっても、他の子より劣っているところを見つけると、今度はそこを求めてくるもんなんだよ。千穂の音感は誰譲りなのかしらとか、鼻歌うたう度に言われていたら、いつのまにか風呂に入ってもそんな気分じゃなくなって、かわりにぶつぶつ国名と首都なんかをつぶやくようになるんだ。ああ、もう」

正隆くんはコーヒーをガブリと飲み干した。

「俺が言いたいのは、隣の部屋の子が外に出される理由は、ドリルじゃなかったんじゃないかってこと。もっと、一般的に思い浮かべるような虐待。たとえば、育児放棄。ベランダに放置されたまま凍死した子どものニュースで、発見時の体重が同年代の子どもの半分くらいしかなかったとか、よく聞くだろう。むしろ、そこに沙良をあてはめたら、香ちゃんは自分と同い年って思わなかったかもしれない」

「わたしが見かけた沙良ちゃんは……。笑顔がかわいくて、保育所の帰りに頭に大きなリボンをつけていて、背は低めだったけど、虐待を受けているという印象はなかった。自分もその自覚はなかったから、正隆くんの言うようなことは疑問に思わなかったけど、板……、戸境壁の向こうにいた子はあんな明るい子だったのかと、少し意外に思ったのは憶えてる。だけど、それが男の子だったとは……」

監督は腕組みをして、テーブルの一点を見つめた。記憶の中に見当たらない立石沙良の兄の姿を必死で探しているように思える。わたしの中には……。

「ネコ将軍って、どんな人だったっけ？」

思わずつぶやいたわたしの顔に、正隆くんと監督の訝しげな視線が集まる。

「何だそれ？」

監督ならまだしも、沙良と同い年、お兄さんとは三つしか違わない、あの町で過ごした正隆くんに質問されるとは。

「あれ、メジャーな呼び方じゃなかったの？　まだ事件が起きる前、わたしが小学生の頃は、あのお兄さんのことを、ネコ将軍って呼んでたの。四年か五年の時だったかな。同じ班の男子が、従兄の家の近くの公園にあやしいヤツがいるって言い出して。子どもたちがそろそろ帰ろうってなる、夕方すぎくらいの時間になったら一人でふらふらとやってくるんだって。年は高校生くらいだけど、学校に通っている様子はなくて、片手にいつも幼稚園児が使うような、ネコ模様の巾着袋を提げているの。袋の中を確認した子はいないけど、公園にその人が来ると、どこからともなく野良猫が一〇匹くらい集まってくるから、多分、ネコのエサが入ってるんじゃないかって言ってた。公園の奥には、ちょっとした高台になっている東屋があって、そこに向かうんだけど、ネコもついていくみたい。その様子が将軍様と家来っぽいからそう呼ばれていた、はずだよ、確か」

「真尋も見にいったことがあるのか?」

「一回だけ。同じ班の子が見たいって言い出して、じゃあ、班のメンバー全員で行こうってことになって、四人だったかな。小学校の校区外だったから、一度家に帰って、自転車でどこかの店の前に集合して行くことになった。冒険気分だったな。日暮れまでみんなでサッカーボールで遊んでいたら、ネコ将軍がやってきた」

「おっ、どんな感じ?」

「長髪で、背はわりと高めだったけど、とにかくガリガリに痩せていた。多分、Tシャツとチノパンだったんだろうけど、上下黒の服がダボダボで。顔はあんまり憶えてない。ネコが本当に、花壇のしげみの辺りから出てきたから、そっちに気を取られていて。街灯がもうともっていたけど、薄暗かったし。それに……」

「何かあったのか?」

「ネコ将軍なんてかわいい呼び方しても、やっぱり気分的にはあやしい人じゃない? だから、わたしたちは噴水のかげに隠れて見ていたんだけど、誰かが、足元に置いていたサッカーボールを蹴っちゃって、それがネコ将軍の方に転がっていったせいで、ネコが逃げ出してしまって……、睨まれたの」

「ネコ将軍に？」

「うん。くるっと振り返られてびっくりしたし、怖かったしで、みんなで一目散に逃げ出した。サッカーボールも回収しなかったはず。勢いよく走り過ぎて吐きそうになった」

そのときの気分を補うように、とっくに氷がとけている水をガブリと飲み込んだ。思い切りむせてしまう。おしぼりで口をぬぐうわたしの背中を正隆くんがポンポンと叩いてくれた。兄かよ、と思う。

「一旦外に出たものの、公園入り口の脇に自転車を停めていたことを思い出して、もう一回公園に戻ったけど、ネコ将軍は見えなかった。追いかけてはこなかったみたい。それで、自転車に乗って帰っていたら、今度は正面から名前を呼ばれて驚いた。お姉ちゃんがちょうど自転車で駅に向かっているところだったの。隣町のピアノ教室に通ってたから。なんか、ホッとして泣いちゃったんだよね。そうしたら、お姉ちゃん、その日はレッスンを休んで一緒に帰ってくれた。うれしかったし、みんなにもうらやましがられたな。お母さんにはものすごく怒られたけど。一回のレッスン料なんて知らなかったからね」

「あの、ネコ将軍の話を……」

監督が口を挟んだ。ものすごく申し訳なさそうな顔でわたしを見ている。

「そう、ネコ将軍。とにかくすごく痩せてた。あと、やっぱり普通じゃない感じがあったし、幼少期に虐待を受けていたって言われても、納得できる雰囲気だったことは確か」

「じゃあ、戸境壁の向こうにいたのは、沙良さんじゃなくて、お兄さん、立石力輝斗だった可能性が高いってこと？」

監督はまだとまどっているように見える。当然だ。人生の大半をかけて信じていたことが、簡単な仮説だけで覆るはずがない。

「俺はそうだと思う」

正隆くんは言い切った。この鼻につく従兄の意見を覆したいと無謀な試みをするのが、子どもの頃からのわたしの習性だった。たとえ、今日は、わたしのフォローをしてくれているといっても。でも、と口をついて出てしまう。

「子どもの頃から虐待を受けていたら、それが人格形成に影響を及ぼしたとかで、死刑は回避できたんじゃない？　裁判では、責任能力がある、と診断されてなかった？」

週刊誌では沙良さんのことばかりがおもしろおかしく取り上げられていて、兄の力輝斗の方は、ただの引きこもり扱いだった。ネコ将軍のエピソードなど、誰かが話していてもおかしくないはずなのに。

「おお、にわか法学部」

正隆くんが茶化す。

「わたしもおかしいと思う。力輝斗は反省する様子もなく、裁判中もただ、死にたい、とばかり繰り返していたっていうし」

監督も加勢してくれる。やはり、戸境壁の向こうにいたのは、沙良さんだと思いたいのかもしれない。

「そっか、香ちゃんも知らなかったのか」

正隆くんが大きく息をついた。そうだ、また訊きそびれるところだった。

「そんなに大事なことなら、もっと早く話してよ」

わたしが横やりを入れても、正隆くんはこちらを見ようともしない。自分が思い違いをしていたことに気付き、どこから修正すべきか考えているようだ。

「立石力輝斗の精神鑑定は、明神谷源之助医師が担当したんだ」

もったいぶった言い方をされても、わたしはポカン顔を返すしかなかった。誰それ？といったふうに。しかし、監督の表情はそうではなかった。目を見開いて両手を口に当てていた。

「俺はてっきり、だから香ちゃんは今になってこの事件のことをもう一度調べようとしているんだと思っていたんだけど……、どうやら、そうじゃなかったみたいだな」

正隆くんはそう言うと、上着のポケットからスマホを取り出し、時間を確認した。タイムリミットが迫っているらしい。ならば、立石沙良の虚言癖の話なんか中断して、もっと早くこのことを話してくれればよかったのに。

『お姉ちゃん、正隆くんから、大きな宿題を残されたような気分です』

明神谷源之助医師に関しては、ネットで検索すると、思いがけないほどの記事や書き込みが出てきた。タイトルだけで思わず息を飲んでしまったのは、医師の名前と一緒に、「笹塚町一家殺害事件」の直後に日本中を震撼させた事件の名前が載っていたからだ。

白岩動物園無差別殺傷事件――、休日の動物園、「ふれあい広場」という小動物を触れるコーナーに刃物を複数持った男が乱入し、妊婦や幼い子どもを含む九人を殺害、一二人が重軽傷を負わされた、という事件だ。

明神谷医師はその事件の被告人である男の精神鑑定をおこなった。弁護側は「心神喪失状態にあった」と主張したが、検察側は「完全な責任能力があった」と主張し、医師の鑑定は検察側の主張を裏付ける結果となり、被告人には死刑が言い渡された。

当時、テレビでそれを知ったわたしは、その判決に当然だと頷いた。被告人の年齢が二一歳で、不遇な環境で育ったことなどは、テレビや週刊誌、ネット、あらゆる媒体から流れ出していた。それを知りたいと思っているのに、流れが大きくなると、今度は不安が込み上げてきた。

無罪とまではならないかもしれないけれど、刑がかなり軽減されてしまうのではないか。

被害者に知人がいたわけではない。それでも、極刑を望んだのは、自動販売機で飲み物を買うためにその場を離れているあいだに妻と娘を失った男性の表情に、見憶えがあったからだ。

しかし、その事件の名前が載った明神谷医師に関する記事は、古い日付のものではない。上位に並んでいるのは、どれも、ここひと月のあいだのものだった。

白岩動物園無差別殺傷事件の被告人の鑑定書はもう一通存在し、それには「心神喪失状態にあった」と書かれていた。

そんな告発があったのだ。告発者は同じ大学病院で、長く明神谷医師の助手を務めていた、葛城淳和医師。葛城医師は時間をかけて被告を鑑定したうえで「心神喪失状態にあった」と結論付けたのに対し、明神谷医師が私情の混ざったものと破棄し、葛城医師の三分の一にもみたない日数でおこなった再鑑定書を提出したのだという。

これは「人殺し」に相当するのではないか。

世間への影響力の高い週刊誌に掲載された葛城医師の告発文には、中間見出しにそう書かれていた。これに対するネットでの反応は、圧倒的に明神谷医師を擁護する声の方が大きかった。精神状態がどうであろうと、残虐な殺人犯は死刑にするべきだ。そんな意見が多く見られた。

しかし、当然、葛城医師擁護派もいる。死刑制度廃止を訴える人たち。若い医師の鑑定結果を権力で握りつぶした、と年功序列制度に物申したい人たち。どうにも、被告人は置き去りで、自分の主義を主張したい人の意見が多かったけれど、こういう人たちの方が根気強く持論を展開する節があるのか、明らかに少数の意見とわかるものの、まるでこちらが主流と言わんばかりに勢いを増してきている。

そうなると、まとめサイトのようなものもできていて、過去に明神谷医師が精神鑑定をおこなった事件の一覧表を作り、心神喪失状態を認めた判例よりも、責任能力があったと認めた判例の方が多いことが素人目にも一目瞭然となり、それぞれの事件について疑問を呈する声もちらほらと上がるようになっていた。

その表の中に、「笹塚町一家殺害事件」も含まれている。そして、これに関しては、白岩動物園の被告人は死刑になって当然だが、こちらは心神喪失状態だったのではないか、などといった書き込みも見られ、その関心度は、動物園事件とは比較にならないほどではあるけれど、日増しに高くなっている。

真相を追究しようとしているのではなく、誰かが貼りつけた、沙良がアイドルのオーディションに合格したと嘘をついていたという記事をおもしろがっている人たちが大半なのだけれども。

ギュッと目を閉じて、パソコンをシャットダウンした。事務所にいるあいだは、この、わたし専用のデスクトップ型パソコンは起動したままで、ほうっておけば七分後には、ハートマークが次から次へとあふれてくるスクリーンセイバーに変わる。そんな画面を見ながら考えられる問題ではない。

シンプルな幾何学模様でも、切っていただろう。自分の足場を確認するために。

つい数時間前、正隆くんから聞くまで、明神谷医師など名前も知らなかった。白岩動物園無差別殺傷事件のことなど、一年遡っても思い出したという記憶はない。わたしが社会情勢に疎いのではない。監督だって、明神谷医師のことは知っていても、動物園事件止まりだった。おそらく、世の中の大半の人が同じような状態のはずだ。

もしかすると、逆、「心神喪失の状態」と鑑定された方が不当に採用されていた、ということならば、もっと大きなニュースになっていたかもしれないけれど。

そんな一部の人だけが関心を持つようなニュースにもかかわらず、ほんの三時間ほどネット記事を拾い読みしたくらいで、これが、世の中で大問題になっていることのように思えてきた。多くの人がこの問題について議論し、自分はこちら側の意見に賛成だ、と頷きかけたところで、他人の思考を後追いしているだけだということに気付き、あわてて首を横に振ることができた。

自分で事実を確認することなく、自分で深く考えることもなく、賛成も反対もあったもんじゃない。

『お姉ちゃん、当事者の言葉がないまま語られていることを、鵜呑みにしてしまうようなバカになり下がってしまうところでした』

コーヒーメーカーの横に置いてある箱を気にしながら、一人分のコーヒーをセットしていると、部屋のドアが開き、打ち合わせに出ていた大畠先生が入ってきた。

「もしかして、グッドタイミング？ わたしにも淹れてもらえないかしら。あと、そこのクッキーも開けましょう」

グッドタイミングなのはこちらの方だ。ロンドンの老舗焼き菓子店が日本に初出店したという貴重な品を、このどんよりと頭が疲労した状態でいただくことができるのだから。そのうえ、先生は大福の箱まで持っている。あれは、ついさっきまで会っていた打ち合わせ相手からもらったものだろう。

コーヒーだけの時はそれぞれの作業机で飲むけれど、お菓子がある時は、部屋の中央にあるソファスペースにカップを置く。楽しく団欒するためというよりは、先生の机の上には、ぎりぎりカップが置けるスペースしかないということだ。

ちゃっかりとクッキーと大福、両方の箱を開け、先生と向かい合わせで座った。

バターの濃厚な味と香りが凝縮されたさくさくのクッキーよりも、手に持った途端とろんと型崩れしそうになり、あわてて口に放り込むと、柚子みそ餡の風味が脳天にじわりと溶け出すような大福の方に心を奪われる。

「午前中、どことの打ち合わせだったんですか？」

こんなにおいしい大福を手土産に選んだ相手が気になった。ホワイトボードにも、打ち合わせ、としか書いていない。それは、わたしも同じなのだけど。

別れ際に渡した笹塚町の数少ない名物、くるみ団子を、監督はもう食べてくれただろうか。自分が手ぶらで来たことを申し訳なさそうにしていたけれど、会ってほしいと頼んだのはこちらの方なのだから、まったく気にすることではない。

大畠先生が毎回、お土産を持って帰るのは、先生が求められている側だという証だ。

「実はね、佐々木くんと会ってたのよ」

明らかに気を遣われている。もう恋なんてしない、とは思わない。だけど、同じ業界にいる人だけは二度とごめんだ。

「どうりで、大福がおいしいわけだ。そういうアンテナだけは、するどい人ですもんね」

気遣い無用、というふうに、もう一つ大福を口に運んだ。茶色い皮は、ほうじ茶味だ。

「真尋ちゃんは、長谷部監督との打ち合わせ、どうだったの？」

普通の大福なら、喉につまらせていた。わたしは前回も今回も、長谷部監督と会う時は、打ち合わせ、としか書いていない。

「どうして、知ってるんですか？」

「さっき、佐々木くんに聞いたからよ」

何故、そんな展開になるのだ。

「まだ、採用してもらえるか、決まったわけじゃないんです。はっきりしてから、先生にちゃんと報告しようと思っていました」

「責めているわけじゃないのよ。ゆくゆくはみんなで打ち合わせをすることになるんだし、先に二人で会ってるからって、やきもちをやいたりなんかしないわ」

「みんな?」

「そうよ。今回の企画はまだ配給会社は決まってないの。長谷部監督の新作を佐々木くんのところの制作会社が担当する。そのための企画書を作って、大手から順に交渉していく方式よ。今日はその脚本を担当してほしいって、佐々木くんから頼まれたの。これまでのわたしの作風とはガラリと変わるだろうけど、次へのステージが広がるいいチャンスだと思って、二つ返事で引き受けたら、すでに真尋ちゃんが下調べをしてくれているって言われて、驚いちゃった。監督は、真尋ちゃんのご実家の近くであった殺人事件に興味を持っているんですってね」

大畠先生はこんな、言葉の切れ目に間合いを持たせないしゃべり方をする人だっただろうか。わたしが口を挟む隙がない。あったところで、何をどう言えばいいのかわからないのだけど、ざわざわとした思いが出口を見つけられずに、体の中心、腹の奥にたまっていっているようで気持ちが悪い。

わたしが煮え切らない態度を取っている隙に、信吾は仕事を取りにいった。脚本を大畠先生に依頼するのは、裏切りではない。

指先が震えるのをごまかすために、がしっとクッキーをつかみ上げると、大畠先生もそれらの存在を思い出したのか、コーヒーカップに手を伸ばした。今だ、とばかりにクッキーをにぎりしめたまま口を開く。

「わたしの役割は下調べだけなんですか？　監督からは脚本を書いてほしいと言われたんですけど……、あ、いや、正式に依頼されたわけではありませんが……」

わたしの言葉を大畠先生のため息が遮った。もう、佐々木くんは。吐き捨てるようにつぶやいている。

「長谷部監督も大手と組むのは初めてかもしれないから、きっと、わかってないのね。こんなことは、佐々木くんが最初に説明しておくべきなんだけど、いくら海外の賞を取って少しばかり有名になった監督の作品だからといって、それだけじゃ、企画を買ってもらえない。今の時代はね、ヒットする保証がついたものしか採用されないの。たとえば、一〇〇万部を超えるようなベストセラー小説やマンガが原作の作品なら、脚本家の名前はそれほど重視しなくていいかもしれない。でも、今回はオリジナルでいくんでしょう？　実際にあった事件を取り上げるとしても、世間を震撼させた誰もが知っているようなものなら、多くの人たちの興味を引くだろうけど、『笹塚町一家殺害事件』なんて、いったいどれだけの人が憶えてる？　残念なことだけど、今の映画の吸引力になるのは、監督でも脚本家でも役者でもない。わかりやすいキャッチフレーズなの。企画書の表紙に『社会派の気鋭VS恋愛ドラマの女王』ってつけておかなきゃ、どんなにおもしろい内容のものでも、読んでもらえないのよ」

恋愛ドラマの女王に吸引力があるのかよ、とは言い返せない。大畠先生が過去の人になりつつあっても、わたしなんかが足元にも及ばないことはよくわかっている。それどころか、もしこの話が、わたしをすっとばして大畠先生に直接来ていたら、大畠凜子の新境地となりそうな予感にワクワクしていたかもしれない。自分の生まれ故郷で起きた事件を先生が書くと知れば、はりきって下調べもするはずだ。

順番を間違えられたせいで、ぬか喜びさせられた。それだけのことじゃないか。

ゆっくりと味わいながら大福を食べて気分を落ち着かせるために、温かい日本茶を淹れようと、少し腰を浮かせた。

「待って、話はまだ終わってないから」

拗ねて部屋から飛び出そうとしているとでも思われたのだろうか。不本意なものの、弁解をするほどではない。黙って腰を下ろし、先生と向き合った。

「前々から、ちゃんと伝えなきゃと思ってたことを、言わせてもらうわね。たとえば、今回の話をわたしが断ったとして、脚本を真尋ちゃんが担当することになったとしても、あなたには無理だと思うの」

静かな口調で放たれた言葉は、わたしの頰の辺りを走り抜けた。一瞬何が起きたかわからず、ぼうっとしていると、突然、パックリと傷口が開いて血が流れ出し、一気に痺れるような痛みが熱とともに体中に広がっていく。そんな感覚に襲われながらも、先生から視線を外さなかった。心臓を抉るような言葉が飛んでくるのに備えて。

「真尋ちゃんの書く作品は、主人公が皆同じ。きれいで、優しくて、芸術的な才能にあふれていて。あなたが憧れてやまない、お姉さんの姿なんでしょう？　でも、今度の作品はあの、長谷部香が監督をするの。人間の心の奥底にあるきれいなものも汚いものもすべて抉り取って大衆の目の前にさらす。登場人物は皆、ガラスの破片の上を裸足で歩いているような状態にある。そんなところに、ふわふわしただけのあなたのお姉さんを立たせることなんてできないでしょう。殺人事件を描くのよ。あなたに大切な人を奪われる理不尽さや悲しみと向き合うことができるの？」

目の前が真っ赤になった。コーヒーカップを叩き割ってその欠片で大畠凜子の喉をかききった返り血が飛んできたのか。しかし、顔をぬぐわなくても、視界はすぐにいつも通りの状態に戻る。カップが割れるどころか、三分の一ほどの量になったコーヒーの表面は波打ってもいない。

すべては頭の中で起きたこと。それでも、指先が震えるのをおさえることはできない。

強く祈るかのように、両手をギュッと強く組む。震えは喉まで込み上げてきて、うまく話せる自信はない。

ただ、今言うべきことは、裏返った声になっても出さなければならない。姉のためにも。わたしのためにも。わたしの家族のためにも。

いや、そういうことではない。覚悟の問題。わたし自身の問題のために。

「書けます！　わたし、書けます。わたしはわたしの脚本を書きます。それを先生が読んで、やっぱり書けないと判断されたら、わたしをクビにしてください。だけど、今、ご自分が言ったことが間違っていると思ったら、ちゃんとわたしに謝ってください。企画が通る通らないは関係ありません。ただ、わたしは『笹塚町一家殺害事件』を元にした映画の脚本を書きます」

先生は口をぐっと閉じて、でも、目はしっかりと開いて、わたしを見据えている。長谷部監督ほど目は大きくないし、奥二重の目はどちらかといえば細い部類に入りそうなのに、少しでも気を緩めると石にされてしまうんじゃないかという強い威力を感じる。

脇に冷たい汗が流れた。脚本の出来云々（うんぬん）ではなく、いますぐクビにされてもおかしくない。だけど、そうなってもいいと思う自分もいる。

「いいじゃない」

長く続くにらめっこに飽きたかのように、先生がふっと息をはきながら笑った。その途端、自分の口からも大きく息がもれ、想像以上に息を止めていたことに驚かされる。いや、驚いたのは、先生の反応に対してか。

「面と向かって勝負を挑まれるなんて、何十年ぶりかしら。書けるもんなら、書いてみなさい。だけど、くだらないものを出したら、本気で許さないから」

最後のひと睨みに、気を抜いていたわたしは完全に石化してしまった。だけど、石の中は空洞で、その中には、温かいピアノの音色が響いていた。

『お姉ちゃん、人生の正念場とはまさにこういう状態のことをいうのかもしれません。だけど、がんばる。「笹塚町一家殺害事件」は、お姉ちゃんとわたしが生まれ育った町で起きたことなんだって、やっと自覚することができたよ』


それがいいことなのか、悪いことなのかわからない。ひとところに座って、面と向かって話していると、その世界が頭の大半を占めてしまう。長時間、ネットで一つの話題を検索しているのと、同じ状態だ。

長谷部監督、イッカさん、正隆くん、大畠先生、誰かと向き合っている時は、わたしの頭の中には「笹塚町一家殺害事件」のことや立石沙良のことがぎゅうぎゅう詰めになっているような感覚なのに、外を歩いたり、満員電車に揺られたりしているうちに、それらはスウッと霧散してしまう。

まさかの、大畠先生に啖呵を切ったあとでさえ。家に帰ってすぐにでもここまでわかっていることをまとめて、どんな筋立てにするか考えようと意気込んでいたはずなのに、到着した頃にはすっかり空っぽの状態になっている。

わたしの頭が目の粗すぎるザルなのか。それとも、ザルに引っかかる要素がまだ見つかっていないからか。

そもそも、長谷部監督は今も、「笹塚町一家殺害事件」を撮りたいと思っているのだろうか。監督がこの事件に興味を持ったのは、被害者が、幼い頃に戸境壁の向こうで心の支えとなってくれた女の子だと信じていたからだ。恩人とも呼べる大切な人が、殺されたうえ、虚言癖があったなどとおもしろおかしく上辺だけ取り上げられたまま、うやむやになっているのが許せない。監督は事件の判決に疑問を呈したり、真相を暴きたい、とは思っていなかった。

立石沙良の本当の姿を描きたい、そう望んでいたはずだ。

だけど、わたしは監督に、立石沙良の虚言癖を強化する報告をした。

そのうえ、正隆くんは、戸境壁の向こうにいたのは、殺された妹の立石沙良ではなく、殺した兄の力輝斗だったのでは、という疑問を呈した。

もしそうならば、監督はすぐに、心の支えだった人物を力輝斗に置き換えることができるのだろうか。

そんな簡単にはできないだろう。監督はあの町にいた頃、沙良の姿は見たことがあったけれど、力輝斗はなかったという。それが、そもそも力輝斗が虐待を受けていた証拠に繋がるのではないか。監督が幼稚園児だったということは、沙良より三歳年上の兄は、小学生だったことになる。

あの町の男の子はみんな日暮れまで外で遊んでいた。そんなふうに思い込んでいたけれど、そうでない子もいる。もちろん、本を読んだり、ゲームをしたり、家で遊ぶのが好きな子もいたし、監督のように勉強をしていた子もいるだろうけど、力輝斗はどんなふうに過ごしていたのだろう。

脱線した。沙良の顔を知っている監督は、鏡に映る自分の成長に併せて、沙良の姿も成長させていたのではないか。何か部活動をしているだろうか、好きな男の子はいるのだろうかと、自分の中に立体的な沙良を作り出していたとしたら、尚更、別人に置き換えるのは難しいはずだ。

そんなことを考えると、わたし自身、この事件のどこにスポットを当てればよいのかわからない。だけど……。

監督は沙良しか見たことがないけれど、わたしは力輝斗を見たことがあるじゃないか。ネコ将軍。彼が公園に入ってきた途端、ネコが集まってきたということは、餌付けをしていたか、ネコが警戒しないほどに公園に通い、遊具や植木のように景色の一部と化していたか、ネコに好かれる何かを醸し出していたか。

動物に好かれる人が殺人などできるのだろうか。もしかすると、逆か。彼が憎んでいたのは人間で、それ以外の生き物には愛情を注ぐことができた。極端すぎる解釈か。無差別テロを起こしたわけではない。

殺したのは、妹、そして、両親。

あのネコたちとまではいかないとしても、彼に心を許す人間はいなかったのだろうか。ネコ将軍を皆で見にいったあと、教室内でネコ将軍が話題に上ることはなかったか。たとえば、ネコ将軍が公園で何か問題を起こして通報された、といった……。

事件に関する記事の、力輝斗についての記述をしっかりと読み直してみよう。

『お姉ちゃん、ネコ将軍って知ってる？』


一週間後、監督から宅配便が届いた。

資料を送りたいから自宅の住所を教えてほしい、とメールをもらっていたけれど、内容については知らされていない。大畠先生の事務所宛でないということは、佐々木信吾あたりから事務所でのやり取りを聞いたうえで、わたしの味方をしてくれている。そう解釈するのは、都合がよすぎるか。おそらく、まだ何も知らされていないのだろう。

あの翌日も、わたしはいつも通りに事務所に出勤し、先生も何事もなかったかのように

接してくれた。来春放送予定の深夜ドラマを先生が手掛けることが決定し、不倫をテーマ
にしたドロドロとした展開のアイデアを、時には二人で腹を抱えて笑いながら話し合った
りもしている。
先生はもう、企画書以前の段階にある作品のことなど、興味がないのかもしれない。む
しろ、連ドラに集中したいのに、と後悔しているかもしれない。そんな期待までしていた
のだけど。

アシスタントであり、事務員でもあるわたしは、事務所に届いた宅配便や郵便物の管理
もまかされている。領収書や請求書といったものの他に、以前手掛けた作品の原作者や親
交のある出版社から、定期的に本が送られてきたり、映画や演劇の招待券が届いたりと、
毎日、何かしらが届く。

それをわたしが開けて、先生に渡したり、税理士事務所に送るための箱に入れたりする
のだけど、昨日は違った。午後一番の便で宅配便業者が来たら呼んでくれと言い、先生は
自分で荷物を受け取ったのだ。

両手で抱えて運ばなければならない大きくて重そうな段ボール箱だった。手伝いましょ
うか、と自然と言いたくなるほどの。

――大丈夫よ。

先生は両手を前に突き出して断った。笑顔だけど、わたしにこれ以上近寄るなと言うよ

うに。「笹塚町一家殺害事件」に関する資料ではないかと察した。大畠凜子がこれまでに築き上げてきた人脈で手に入るもの。笹塚町に関する資料も入っているかもしれない。人口、面積、おもな産業、名産品。わたしはそれらを正しく答えることができるだろうか。大畠凜子に送るとなれば、町の観光課も、頼まれもしないのに、ロケ地になりそうな景勝地の写真を同封するかもしれない。

何が後悔だ。こちらがのんびりして、いや、全力で進んでいても、先生は追いつき、追い越していくことは目に見えている。

そんな矢先の、監督からの貴重な資料だ。

A4サイズが入る封筒の中身は、クリアファイルに挟まれた書類、「笹塚町一家殺害事件」の裁判記録をコピーしたものだった。用紙の左肩に「秘」と印字されているのを見ると、誰もが簡単に手に入れることができるものではなさそうだ。

監督からはクローバー模様の一筆箋（いっぴつせん）が添えられていて、引き続きよろしくお願いします、と書かれている。

大畠先生から渡される企画書を読むような気分で、一番上になっているページに目を落とし、息を飲んだ。

【主文　被告人を死刑に処する。】

一度、書類をテーブルに置いて、深呼吸をした。誰かが作った物語ではない。現実に起きたことをおもしろおかしく飾り立てた記事でもない。ここにあるのは、事実だ。それに向き合う覚悟を決めるため、スマホを取り出した。

『お姉ちゃん、死刑という言葉なんて見慣れているし、反対派でもないし、人の命を奪った人は、人数や状況なんか関係なく一律に、命をもって償うべきだとさえ思っていたくらいなのに、初めてゾワッと寒気がして、恐ろしくなりました。心して読みます』

資料の右肩に記された、コピーの日付は一昨日のものだ。監督がこのタイミングで裁判記録を必要としたのは、精神鑑定について調べてみようと思ったからだろう。

知りたい、という欲求に突き動かされて。

正隆くんは去り際、監督に質問した。幼稚園の幼馴染であった美人映画監督にひと目会ってみたい、という願いは成就したものの、彼なりに疑問に思うことが発生したのだ。

何故、今になって「笹塚町一家殺害事件」を撮りたいと思ったのか。

正隆くんは、監督は精神鑑定の件を知って判決に疑問を持ったから、それを追究しようとしているのだろうと、ずっと考えていた。しかし、監督は明神谷鑑定のニュースに聞き憶えはあったものの、そこに「笹塚町一家殺害事件」も関係していることは知らなかった。

——てっきり、香ちゃんは死刑制度について切り込むつもりなのかと思ってたよ。

それに対して、監督はゆっくりと首を横に振った。

——ううん、わたしはみんなが期待するような社会派じゃない。世の中に問いたいことなんて何もない。ただ、自分が知りたいだけなの。わたしは学生の頃から映画監督を目指していたわけじゃない。でも、知りたいことはあった。それを知らなければ、その先の人生を送っていける自信もなかった。だけど、安易に知れることではない。知ったところでそれを受け止めて昇華できる方法を先に思いつかなければ、たとえ知れる状況にあってもそこに向き合うことができなかった。いろいろ考えてようやく至ったのが、フィクションというかたちに落とし込んで、客観的にそれを見るという方法。だから、映画を作る仕事に就くことにした。会社員をやめて、専門学校に入り直して。運も手伝ってくれて、自分の撮りたい作品を手掛けることができて、知りたいと思っていたことにも半分くらい答えが見つかって。それだけでも満足できたのに、大きな賞をもらえたことで、自分自身を肯定してもらえた気分になった。自分が知りたいと思っていたことを、同じように知りたいと思っていた人が想像以上にいることがわかったから。本当は「一時間前」を撮れたら、もう映画の世界から退こうと決めていたんだけど、機会が与えられる限り、続けていこうと思えるようになった。そうなった時に、何を知りたいだろうと考えて、一番に思い出したのは、沙良さんのこと。事件のことは知っていたし、ものすごくショックを受けた。だけど、一五年前のわたしには、沙良さんの死を悼む余裕がどこにもなかった。自分なりに歩いてきたら、このタイミングで行きついた。それだけなの。

わたしには監督の話があの場ではいまいち整理できなかったけれど、正隆くんは、なるほど、と頷いて、最後の最後となる質問をした。もしかすると、正隆くんには必要なかったけれど、わたしに監督の話の核となることをきっちりと理解させるために、あえて訊いてくれたのではないかと、今になっては思う。

——香ちゃんの知るはどこに行きつくの？

——救い、かな。

監督がそう答えると、正隆くんは立ち上がり、会えてよかった、と片手を差し出した。その手を、監督も立ち上がって握り返し、なんとなくわたしも立ち上がって、結局、その場はお開きとなった。

事務所に戻る道中、もう少しあの場に残って、鑑定書についての監督の意見くらい聞いておけばよかったかもしれないと後悔したものの、これでよかったのだとホッとする自分もいた。

知ることは救いになる。

監督の思いに、わたしは同意することができない。

知ったところで、救われないどころか、気持ちの遣り場を見失って、いつまでもその悲しみを抱えていなければならなくなることだってある。

だけど、物語を作るという職業は共通していても、動機や信念が違うのは当たり前のことだ。

わたしは何故、書いている？　見たい世界があるからだ。じゃあ、「笹塚町一家殺害事件」でわたしが見たいものは何だ。大畠先生の言葉が頭の中に蘇る。確かに、今作の中に姉が出る幕はない。鑑定書についても、真相を追究したいとは、そこまで強く思わない。もっと単純に。頭の中を空っぽにして、それから、わたしの知っている「笹塚町一家殺害事件」を思い出す。

わかりやすいほど、見えていないものがあるじゃないか。

戸境壁の向こうにいたのは、沙良なのか、力輝斗なのか。

それを知ることはできないのか。

沙良はもういない。しかし、力輝斗の刑はまだ執行されていない。

ならば、力輝斗に訊けばいいのでは？

面会できるのか。手紙を書けるのか。決して、日当たりのいい道だけを歩いてきたわけではないのに、わたしは裁かれたあとの人について何も知らない。むしろ、知ることを避けてきた。

この物語においてのわたしの「見たい」はきっと、監督の「知りたい」と同じだ。そこに、監督の望む「救い」はあるだろうか。

もしも、力輝斗だったら……。頭の中に、力輝斗と面会する監督の姿が浮かぶ。二人を仕切る壁。だけど、今度の壁は透明で、二人は互いに目と目を合わせながら、壁を挟んで手を伸ばすことができる。その光景を、力輝斗、いやネコ将軍の表情を、監督の目を、二人の指先を、見てみたい。

思い描いていた女の子でなくてもいい。物語はここからだって始まるはずだ。

エピソード 4

後で悔やむから後悔。後悔先に立たず。

あの時、祖母の意見に従っていたら、今のわたしはいない。多分、映画監督にもなっていない。海外の映画祭で賞をもらい、スクリーンの向こう側にいた憧れの人たちから、一緒に仕事をしたいと声をかけられることもなかったはずだ。

だけど、本当は、そういう夢を見たと祖父母や友人たちに打ち明けたら、笑い飛ばされるような、平凡と呼ばれる部類の人生を送りたかった。その生活を送れている自分を幸せだと意識することもないような日々の中の、ちょっとしたアクセントとして映画があれば、それでよかった。

祖母はわたしに中高一貫の私立女子校への進学を勧めてくれた。お嬢様校として有名なそこを祖母も卒業しているからだ。学校見学にも祖母と一緒に参加した。校門をくぐると「小公女」を連想させるイギリスの寄宿学校に足を踏み入れたかのような錯覚に陥る景色が広がっていた。レンガ風な造りの校舎、芝生の広がる中庭には整備された花壇の他に、白い噴水まであった。

本館に入ると、トロフィーや賞状の飾られたガラス棚が廊下の端まで続いていた。夕飯時に中学の部活動の話になり、剣道部だったという祖父から運動部に入った方がいいと勧められたことを、祖母の方が先に思い出したらしく、棚を眺めながら「テニスがいいかと思っていたけれど、ラクロスなんて競技もしゃれてるわね」とはしゃいだ声を上げていた。

祖母は保護者としてではなく、自分の青春時代の思い出に浸りにきたように見えた。

おばあちゃんにも子どもの頃があったんだな、と子どものわたしは当たり前のことに驚き、その若い姿を想像しようとして、少し笑った。若返らせに失敗した、中学の制服を着た祖母を思い浮かべてしまったからだ。

音楽室がステキなのよ、と祖母は勝手に歩き回りたそうだったけど、学校見学はまず指定された教室に集まって説明を受け、その後、いくつかのグループに分かれて学校職員引率のもと、決められたコースを見て歩くことになっていた。

参観日に若い母親たちにまざって祖母がいることには慣れていた。おばあちゃんおしゃれだね、と近くの席の子に言われてうれしかったこともある。背筋が伸びて肌艶(はだつや)もいい祖母は年齢よりも若く見え、お母さんじゃなくておばあちゃんなの？　と驚かれることもあったくらいだ。

その教室に入って最初に思ったのは、けっこうおばあさんがいる、ということだった。

自分の祖母は見慣れているくせに、母親たちの集団の中に祖母と同じくらいの人をみつけると、不思議な気分になった。少し耳を傾けると、わたしの頃は、という言葉がいくらか聞こえ、祖母と同様に、この学校の卒業生である人が多く集まっているのだなと思った。

わたしの推測は当たっていたうえ、子どもと保護者六組ずつ分けられた同じ星グループ（数字やアルファベットだと成績順にランク分けされていると誤解を招くことがあるからなのか、雪や花といった宝塚のような名前が付けられていた）の中に、祖母の同級生がいた。

「娘の子が見学に行くっていうから、なつかしくなって付いてきちゃったの。今は、前橋という姓よ」

そんなふうに笑う隣で、よく似た顔の母娘が同じように微笑みながら、礼儀正しく挨拶してくれた。

校内見学の際、引率の職員の後ろをついていくのも五〇音順で、長谷部と前橋は最後尾とその一つ前だったことから、祖母たちは職員の声が聞こえなくてもおかまいなし、むしろ、勝手はわかっているのだからほうっておいてくれといった様子で、なつかしいわ、とさんざん繰り返し、集団から少し距離をあけながら歩いていた。

積もる話は学生時代の思い出から、徐々に、身の上話へ変わっていった。とはいえ、ストレートに自分のことを話すのではない。相手に質問をするのだ。壁の向こうにある未知のものをさぐるように。初めは、小石を投げてみる。これくらいなら、失礼に当たらない。でも、つまらない。次は少し大きめの石にしてみるか。

こちらが背中を向けている分、二人のあいだにそんな雰囲気が広がっている気配を感じて、わたしは少し怖くなってきた。前橋さん母娘は、あきれたように笑い合っていた。引率の先生が、私語は慎んでください、と注意してくれないかと期待してみたものの、すぐ後ろを歩く熱心な保護者の質問に必死で答えている様子を見て、すぐにあきらめた。

しかし、二人の話は興味深くもあった。お嬢様学校に通っていたとはいえ、戦後まもない頃だ。祖母は裁縫があまり得意でなかったらしく、前橋さんに手伝ってもらい、そのお返しに、数学の宿題を写させてあげていた。そんなことを聞くと、新しい発見をしたような気分になった。祖母の得意教科など考えたこともなかった。

「キュリー夫人、なんて呼ばれてた時期があったわよね」

「恥ずかしいことを言わないで。少し、計算が得意だったくらいよ。卒業したら、何の役にも立たなかったわ。それよりも、あなたみたいに裁縫や編み物が得意だったら、どんなによかったかしら。今でこそ少しはマシになったけど、夫にも息子にも、セーターどころか、手袋の一つも作ってあげられたことがないんだから」

そんなことはまったく気にしていないけれど、という心の声がきこえてきそうな口ぶりだった。前橋さんも気付いているけど、お互いさまのようだ。話は一気に飛ぶ。

「あら、お宅は息子さんなのね。お一人？　さぞかし、優秀なんでしょうねえ」

「まあ、理数系科目は得意だったわね」

祖母はそう言うと、さらりと国立大学の名前を口にした。

「すごいじゃない。あなたともっと早く再会できていたら、お互いの子ども同士、お見合いさせられたのに」

前橋母娘はそこで、えっ、と顔を見合わせたものの、振り返って注意することもなく、わたしを見て苦笑いするだけだった。困ったものね、と言うように。そこで、わたしも笑い返せていたら、その後の会話も、あの母娘たちのように軽く受け流すことができていただろうか。一緒に笑いとばそう、と差し伸べられた手を、わたしは深刻な顔をして俯くというやり方でかわしてしまった。

それが、助け舟だったと気付きもしないで。

「娘さんもこの学院を？」

「ええ。だから孫も。できれば大学も、ってね」

前橋さんは、有名な女子大の名前を挙げた。同じクラスの子の従姉がその大学に行っていて、ある日の昼休み、とても盛り上がったことがある。挨拶は「ごきげんよう」で、トイレに行く時は「お花畑に行ってきます」と言うんだって、と。

本当にそうなのだろうかと、隣にいる、卒業生である人に気軽に訊けるような社交性を持ち合わせた子どもではなかった。当然、今でも。

祖母たちは身内の反応などおかまいなしのように、話を続けた。むしろ、会話は自分たちにしか聞こえていない、もしくは、この場には自分たちしかいないくらいの感覚になっていたのではないか。まるで、一〇代の少女たちのように。

「でもね、再会したのが今でよかったかもしれないわ。娘は、あなたの家に入るにはおっとりし過ぎているもの。お孫さん、香ちゃん？　見るからに利発そうじゃない。あの頃のあなたにそっくりよ。お嫁さんも、あなたのお眼鏡にかなったのなら、相当できる人なんでしょうね」

「だとしたら、どんなによかったかしら」

祖母は大きくため息をついた。

「樹木のね、年輪と同じだと思うのよ」

それまでの澱みない口調とは変わり、祖母は言葉を選びながら話し出した。

「わたしたちの頃は、努力とは日々積み重ねていくものだったでしょう？　勉強だけではなく、日常生活においても。どんなに話したいことがあっても、口の中にものが入っている状態でしゃべるなんてとんでもないことだったし、図書室で一人で本を読んでいる時でも背筋を伸ばしていた。人前だからとか、注意されるからとかではなく、それが当たり前になっていたのは、物心ついた時からの積み重ねだと思うの。なのに、時代とともに、努力なんてしなくてもいい、必要な時にだけがんばればいい、むしろ、そういう人の方が器用でスマートだなんて賞賛されるようになった。高校二年生まで、学校をサボったり、遊びまわったりして、成績表が1や2ばかりだった人が、一念発起して勉強して、有名大学に合格した。それが、そんなにすごいことなのかしら。幼い頃から努力を積み重ねてきた人が一層ずつしっかりと幹を形成している樹木だとしたら、付け焼刃の人なんて、見た目はかわらないけど、中身はすかすかの木じゃない。そんな木でどんな家が建てられるの？マナーなんて知らなくていい。高級レストランに行くことが決まったら、調べて、少しばかり練習しておけばいい。そんなふうに思っている人もいるかもしれない。そりゃあ、少しばかり利口なら、マナーブックなんてすぐに暗記できるでしょうよ。だけど、本物か付け焼刃かは、所作を見ればすぐにわかる。まあ、学べる環境に生まれなかったという不運はあるんでしょうけどね……」

「あなたもいろいろ苦労したのね」

長話に飽きたことがわかる、感情のこもっていない相槌を前橋さんが打ったところで、化学室に案内された。映画に出てくる、大学の研究室のような部屋だった。引率の先生から、一〇年前に理数系に特化したクラスが新設され、高校一年生の修了時には、通常の高校三年間の履修課程をすべて終え、あとの二年間は国内外の有名大学と連携を組み、世界最先端の研究をおこなっている、といった説明がされた。

日本人女性初のノーベル賞受賞者がこの学院から出るのも夢物語ではない。そんな夢物語に一番に目を輝かせて耳を傾けていたのは、祖母だった。その後、おもだった教室をすべて見学し、その都度、オリンピック選手だの、アーティストだの、とかく世界とつけたがる大袈裟な話が続いたものの、そこにはまったく興味を示した様子はなかった。

迎えのタクシーを校門前で待っているあいだも、祖母は何度も名残惜しそうに、化学室のあった校舎を振り返った。

「香さんなら、理系のクラスに必ず入れると思うわ」

祖母の中では、この女子校に入学することがすでに決定事項となっていた。わたしは祖母と同じように振り返り、ここに来ることは二度とないだろうなと、本を閉じるようにぶつりとその景色を頭の中で断ち、前を向いた。

高台に建つ学校からは、自宅からよりもさらに鮮明に（天気の影響もあったかもしれないけれど）海に沈む夕日が見え、それが日常の景色とならないことだけが、少し心残りに思えた。

ただ、そんな些細なことは、後悔と関係ない。

家に帰り、自室で一人になると、祖母の話のある部分が蘇ってきた。いや、聞こえた時から、わたしの頭の中は静かに侵食され続けていた。それが形を成し、蠢（うごめ）き始めただけだ。

母にドリルをさせられていたのは、ずっと、母の理想の子どもになるためだと信じていた。母が憧れる生活、子ども。だけど、母はそんなものには焦がれていなかったのかもしれない。

年輪にたとえたかどうかはわからないけれど、祖母は母の前でもあの話をしたのではないか。面と向かってではなく、声が聞こえるところに母がいるにもかかわらず、もしくは、所在を確認せずに、誰か別の人に話したのだろうけど。なんとなく、相手は父だったのではないかという気もする。

もちろん、母にも自分自身の憧れがあったはずだ。だから、温泉町を出て、都会の大学に進学した。詳しいなれそめは知らないけれど、父と出会い、結婚することになった。しかし、祖母は母を歓迎しなかった。

母は祖母の思う、積み重ねてきた人ではなかったからだ。テーブルマナーを憶えていても、優雅にこなせなかったのは、きっと、母のことだ。

それでも、二人は結婚し、わたしが生まれた。母は自分に欠けていると仄めかされたものを、わたしで埋めようとしていたのか。わたしにしっかりと積み重ねをさせることにより、祖母を見返してやろうとしていたのか。

ただ、認められたかっただけかもしれない。

なのに、笹塚町のような田舎町に住むことになり、自分だけでその環境を整えなければならないと、あせっていたのかもしれない。父は祖母とは違う。そんなことをさせなくてもいい、と母に言う。だけど、母は自分を追い詰めたのはあなたの親ではないか、と言い返す。父はもう何も言えなくなる。

それどころか、東京本社へ戻ることをせっつかれる。そして……。

たとえば、笹塚町から親子三人で横浜に引っ越していたとしたら、母はわたしが今日訪れた女子校に進学することを望んだだろうか。多分、イエス。祖母と母とわたしの三人で学校見学に行き、前橋さんの娘もこの学校を出たという話のくだりでは、かなり嫌な気分になるものの、ここに入学させれば肩の荷も少しはおりると感じたはずだ。

そのためのプレッシャーをかけられるだろうけど、あの学校の予想問題集をやって、わたしがベランダなり外なりに出されることはない。

母だって、この近くで生まれていれば、学力だけで考えた場合、おそらく合格できていたはずだ。一度、足を運べば、調べれば、誰かからの伝言ではなく、自分で知ることができれば、それほど高い壁だと感じることはなかったはずなのに。

だから、わたしはあの女子校へは行かないと決めた。

祖母をきらいなわけではない。両親がいないことを引け目に感じないほど、大切にしてもらっていることも理解していた。しつけの範囲で厳しいことは言われても、人格否定をされたことは一度もなかった。

偏見に満ちた差別的な発言を聞いたのは、あの時が初めてだった。あの学校に通っていたという自信から出た発言なのだとしたら、わたしは自分が選ばれた人間だと錯覚を起こしてしまうような場所に身を置きたくはない。

あの学校を否定するわけではない。もっと、良妻賢母といったひと昔もふた昔も前の価値観が漂っているのではないかと予想していたのに、国や性別という枠を越えた活動に力を入れていることに驚いた。もしも、祖母が昔の同級生と再会してあんな話をしていなければ、祖母と同じように目を輝かせて説明を聞き、帰りのタクシーの中で、絶対にあそこに行きたい、と力強く宣言さえしていたはずだ。

もちろん、どんな環境にいても、自分がしっかりしていればいいだけだし、選民意識を持った人たちばかりが集まる場所ではないということも、子どもなりに認識することはできていた。

それでも、別の選択肢を選んだのは、学校見学に行く前から、祖母とは別の自分の希望があったし、もともとそちらの思いの方が強かったということだ。

祖母を説得するのも、決して、あの学校や祖母を否定するのではなく、強い思いを伝えることに徹した。

そして、想像以上にあっさりと、祖母はわたしの希望を優先してくれた。

祖母に語った言葉は、今でも鮮明に憶えている。その日は祖父の帰りも早く、三人で夕飯を食べ終え、祖母が祖父のためにコーヒーを、自分とわたしのために紅茶を淹れてくれたタイミングで、勇気を出して口を開いた。

「おばあちゃん。わたしは今日、わたしがまだ生まれていない、ずっとずっと前の、中学生だった頃のおばあちゃんに会えた気がして、うれしかったよ。教室や体育館、それぞれの場所におばあちゃんはいて、こんな感じで授業を受けていたのかなとか、きっと、走るのも速かったんだろうなとか想像していると、今までの何倍も、おばあちゃんのことを知れた気がして、もっともっと家族なんだなって思うことができた」

祖母は、そんなことを考えていたの、と照れた様子で、機嫌良さそうに笑っていた。

「だから、わたしはお父さんが通った中学に行きたいです。できれば、高校も、大学も……」

言葉が途切れてしまったのは、さすがに大学は無理かもしれないと怖気づいたのか、祖母の表情がみるみる凍りつくのに気付いたからか。その辺の記憶は曖昧なものの、わたしはとりあえず声を出せと、自分自身を奮い立たせるため、それほど悪くない姿勢をさらにピンと伸ばし、胸をはった。

「あの学校がステキなことはわかってます。日本にこんな学校があるのかって、びっくりしました。でも、あの学校に行かなくても、わたしはおばあちゃんに毎日会えます。おばあちゃんから、あの学校で学べる大事なことを教えてもらえるとも思っています。でも、わたしはお父さんのことをもっと知りたい。何を見て、どんなことを思いながら、毎日を過ごしていたのか。お父さんを知りたい。会いたいよ……」

涙がこぼれていた。夕飯前に頭の中で何度も反芻した時は、それほど父を恋しいとも、悲しいとも思っていなかったのに。声に出しているうちに、薄皮が一枚ずつ剥がされていき、自分でも気付かなかった感情がむき出しになってしまったかのようだ。

映画を見て、感動や悲しみの涙を流すことはあった。それは、他者の物語に対してだ。自分のことで泣いたのは、祖父母の家に来て、初めてだったのではないか。もう五年も経っていて、祖父母にも大切に育ててもらっていたというのに、わたしの中にはまだ、親を求める気持ちが残っていたということになる。

席を立ち、棚からレースのカバーがかかったティッシュボックスを取って、わたしの前にそっと置いてくれた祖母は、わたしが手を伸ばす前に、自分が一枚ティッシュを抜き、目元に押し当てた。

「わたしも会いたいわ。これまで何度も、香さんの姿にあの子が重なって見えたことがあったけど、あなたはあなただと思わなければならないのだと、自分を戒めていた。でも、重ねてもいいのね。……入学式が楽しみだわ」

そう同意してくれた。祖父も反対はしなかった。

この日はそれで進路の話は終了し、数日後、祖母から進学塾に通うことを提案された。

父が通っていたところだと聞き、二つ返事で了承した。まさか、塾へ入るための試験があるとは思ってもいなかったものの、なんとか合格し、わたしは校区内にある公立中学校に通うことになった。

そこが気取らず、のびのびと過ごせる場所だと感じることができたのは、いつまでだっただろう。わたしのような、自分を取り繕えない不器用な人間、心の奥にある感情が目に表れてしまう人間は、おとなしく、自分と同じような環境にいる少人数が、おとなたちに守られながら過ごすことができるところにいるべきだったのだ。

自分は違う。学校見学の時に感じたあの思いが驕り(おご)だったと、あの時に気付けなかったことが、わたしの人生における、最大の後悔となった。

第四章

【主文　被告人を死刑に処する。】
【理由　犯罪事実　被告人は平成一＊年一二月二四日、N県N市笹塚町（番地略）立石勝（まさる）宅の二階にある被告人の寝室において、長女、沙良（当時一八歳）に対し、殺意をもって、刃物により全身一五カ所を刺したことにより死亡させて殺害した。その後、遺体を同階にある沙良の寝室に移し、同日深夜、沙良の寝室に火を放ち、一階の寝室で就寝中の勝（当時四三歳）と妻、千晴（ちはる）（当時四〇歳）を一酸化炭素中毒により死亡させて殺害した。】

『お姉ちゃん、人生初って、何年も同じところで生活していてもいろいろとあるものですね』

立石力輝斗に面会を求めてみないか。長谷部香監督にメールで提案したところ、検討してみます、とあまり乗り気でなさそうな返信が来たものの、別の誘いを受けた。

裁判の傍聴に行ってみないかというのだ。すぐさま了承した。

二年間とはいえ、法学部の学生であったにもかかわらず、裁判所を見学するのは初めてだ。しかし、そんなに簡単にできるものかと首を捻りながら、同様の質問を監督に送った。監督の人脈でどうにかなるものなのか、と。たとえば白岩動物園無差別殺傷事件など、傍聴券を求めて長蛇の列ができている様子を、テレビの情報番組で見たことがある。倍率は一〇〇を超えているとも言っていた。

これが、わたしの無知をさらす結果となったわけで、監督はあえて有名な事件の裁判がない日にわたしを呼び出し、東京地方裁判所に連れていってくれた。事前申請や予約も必要なく、入り口で簡単な荷物検査を受けただけで中に入ることができた。

重々しい雰囲気を想像していたのに、市役所や文化会館のロビーとさして変わらない明るい雰囲気で、いくつか並べられたシートに座っている人も、あまり深刻そうな顔をしていない。普通に、演劇やコンサートの開始を待っているような感じだった。

監督に案内され、ロビーにある検索コーナーに向かった。図書館の検索システムと何ら変わりのない、誰でも自由に使えるものだ。画面の表示に従って、興味のあるものを選んでいく。民事か刑事か。日付や時間帯。すると、条件に見合った裁判が表示される。殺人事件はなかったので、とりあえず一番時間の近い刑事裁判を選んでみた。

被告人は、二〇代半ばの外国籍の男性で、大麻を所持していたところを現行犯逮捕されたらしい。傍聴者はわたしたちを含めて五人だった。

実際の裁判とテレビや映画の裁判はまるで違う、という話はわたしでも聞いたことがある。まずは事実確認から。何月何日、どこどこの倉庫に大麻の入ったカバンを運んだ。それが五キロというのに、耳を疑った。何グラムの世界ではないのか、小さな袋をカバンの底に忍ばせていたとかではないのか。桁外れの量なのに、カバンの中身が大麻だとは知らなかった、同郷の知人に頼まれただけ。そんなことを主張している。

いや、いや、いや、と、つっこみどころ満載だ。テレビのように、バンと台を叩き、それはおかしいでしょう、と声を上げる人もいない。淡々と進んでいく。

後半の展開には、さらに呆然とさせられた。

弁護人が被告人に訊ねる。

「あなたはクニにお母さんを残してきていますね。そのお母さんに対してどう思いますか？」

通訳を介して、被告人が答える。

「わたしのせいで、母を悲しませて申し訳ないと思っています」

「今、お母さんに何と伝えたいですか」

「本当に、ごめんなさい。わたしは正しい人間になります」

「それを聞いたお母さんは、あなたに何と答えてくれると思いますか？」

「許す、と言ってくれると思います」

弁護人の芝居がかった口調も相まって、裁判というよりもコントだ。BGMに「かあさんの歌」が聞こえてきそうなやり取りを、誰が必要としているのだろう。三文芝居はさらに続く。

「あなたは正しい人間になると言いましたね。刑期を終えたら、どんな生き方をしようと思っていますか？」

しかし、この質問には興味を持った。

「故郷に帰って、大学に行こうと思います」

うん？　と首を捻った。罪を二度とおかさないとか、社会に貢献できるような仕事に就くとか、福祉活動をするとか、人助けを率先しておこなうとか、そういうことではないのか。大学に行くのはいい。勉強をして、社会の役に立てるようにしっかりと働くといった続きはないのだろうか。

しかし、弁護人はそれ以上の質問をしなかった。お国柄の違いなのかもしれない、とも考える。日本の大学のイメージがチャラいだけで、彼の国では、勤勉や社会奉仕に結び付くものなのかもしれない。

判決が出るのは次回の公判らしい。裁判官は三文芝居に心を動かされた様子はなく、自分の罪の重さをもっと自覚するように、と被告人に諭(さと)すような口調で言った。放課後に呼び出された問題児を叱る先生のようにも見えた。

どこから私語厳禁が解除されるのかがよくわからず、部屋を出て、静かな廊下を無言で歩き、エレベーターでロビーに戻ってから、口を開いた。

「裁判って、どれも、あんなに軽いものなんですかね」

監督のような真面目な人は重く受け止めていたかもしれない、と少し危惧しながらも訊かずにはいられなかった。この辺で二人の感覚がずれているようなら、この先、かなり難航しそうだけど、監督が苦笑いを浮かべたことにホッとした。

「お母さんに何と、なんてシーンを入れたら、批評家にボロクソ言われちゃいますよね。昭和のコントか、って」

「気を取り直して、次に行きましょう」

検索をして、時間的にちょうどよかったのは、また麻薬所持の刑事裁判だった。大麻〇・五グラムを京都の太秦映画村で買った忍者刀の柄の中に隠して自宅に置いていたらしい。裁判官が真面目な顔をして、彫刻刀でくり抜き、などと忍者刀の細工のしかたを読み上げていたのがおもしろかった。

次は無銭飲食の刑事裁判。長々と罪状を読み上げられた被告人が「無職ではなく、ユーチューバーです」と訂正したのと、無銭飲食の内訳が味噌ラーメンとビール中ジョッキ二杯で三五〇〇〇円というところに興味を引かれた。

罪に問われているものの、この金額を請求する店にも問題があるんじゃないかとか、どんなラーメンなんだろうとか、きっと美女がふうふうしてくれるんだろうなとか、どうでもいいことばかりが頭の中をかけめぐっているうちに、その日の公判は終わっていた。

被告人には彼のツケを払ってくれる熱心なファンがいるものの（だから、無銭飲食ではなく、単に彼女からの支払いが遅れているだけだと被告人側は主張）、彼女は韓国に語学留学に行っているらしく、次回の公判は彼女が留学から帰ってくるというひと月後になるようだ。

「テレビ電話でつないで、ちゃちゃっと話を聞くとかできないもんですかね」

ロビーの自動販売機で水を買い、肩をぐるぐると回しながら監督にぼやいた。このダルさはなんだろう。一番近い感覚は、高校の文化祭だろうか。他にすることがないので、とりあえず順番に、たいしたおもしろみもない各クラスの展示を見にいく。あれによく似ている。

気を取り直して、最後にもう一つ見学しようと検索をしたら、結婚詐欺の民事裁判があった。しかも、この詐欺は女性が騙されるイメージが強いけれど、被告が女性となっている。開始時間も一五分後でちょうどいい。監督も興味を持ったようだ。

「どんな人かなあ。やっぱり美人なのかな」

わたしの気楽な独り言にも、監督は真面目に答えてくれた。

「そうとは限らないかも。わたしは被告の見た目の美しさよりも、嘘をつく人の顔に興味がある。どんな目で相手を見て、どんな声で唆(そそのか)したんだろうって」

これも、知りたいだなと改めて気付いた。そして、自分は見たいのままなんだな、と。似ているようで違う。わたしが求めるのは視界に映るもの、監督が求めているのはその奥にあるもの。

わたしもそこを観察してみよう。そう意気込みながら、裁判がおこなわれる部屋に入っていった。傍聴席は半分ほど埋まっていた。事件の関係者なのか、マスコミの関係者なのか、わたしはここに来て初めて知ったけれど、もしかすると、少しばかり世間では関心を持たれている事件なのかもしれない。

ますます期待が高まる。一六時の開始時間になり、裁判官や関係者が入室し、傍聴人も含めて一同起立と号令がかけられたものの、おや？　と首を捻る。被告側の席には男性が一人座っているだけだ。原告側は男性が三名ほど。

すると、裁判官からとんでもないことが告げられた。

「本日一三時、被告は体調不良のため出廷できないという連絡が入りました」

室内が一瞬ざわついた。え？　とか、は？　とか。私語厳禁でも、とっさにもれる言葉は仕方がない。自覚はないけれど、わたしも声を出したかもしれない。驚き、とまどい。

そんなざわめきは耳に届いていないかのように、両方の弁護士が互いの手帳を取り出し、次の日程の調整を始めた。被告は事故や持病で入院しているわけではなさそうだ。昨晩から熱が出て、朝になったら引くかと様子を見たけれど、回復しなかった……。直前まで様子がうかがえるということは、インフルエンザでもなく、ただの風邪ではないか。その程度の症状で、被告は来なかった。しかも、それが普通に認められている。次の口頭弁論は、ひと月後と決まった。それだって、また被告が当日になって熱を出すかもしれない。どの程度の熱なのだろう。

わたしが被害者、原告側なら、這ってでも来い、と言いたいところだ。わたしの三席隣の老婦人が深くため息をついた。もしかすると、被害者の身内なのかもしれない。あまり体力があるようには見えないけれど、家は近いのだろうか。

そもそも、一三時に連絡が入ったのに、一六時の開廷を待ち、そこでもったいぶって発表しなければならないことなのだろうか。せめて、原告側には伝えておくべきじゃないのか。次の日程など、互いの弁護士が電話かメールで話し合えばいい。

「なんか、ゆるゆるですね」

エレベーターのドアが開くなり、愚痴を吐き、監督と一緒に裁判所をあとにした。振り返って見上げた建物は、張りぼてのセットのような、スカスカの箱にしか見えなかった。

どこかでお茶でも、と監督に言われたものの、隣接する公園が居心地よさそうで、手頃なベンチも目に留まったので、そこで反省会をすることを提案した。監督は高い樹を見上げると、気持ちよさそうに目を細めて同意してくれた。

二人で並んでベンチに腰掛けると、視線は遠い先、犬を散歩させている老夫婦に留まった。そのまま、口を開く。

「サスペンスドラマの法廷シーンと実際の法廷はまるで違う、っていうのは、かなり昔から、割と当たり前のように言われているじゃないですか。それなのに、テレビで見る法廷は、議論が交わされたり、大逆転が起きたり、周到なかけひきがおこなわれたり、熱い展開ばかりですよね。違うなら、どうして現実に寄せないんだろうって疑問に思ったこともあったけど、その理由がわかりました」

ました、のタイミングで監督を見ると、バチッと音が聞こえるほどに視線が合い、あわてて視線を下げた。自分が黒革のパンプスを履いていたことに気付く。こういう靴でなければならない、厳かな場所だと思っていたのに。

「そのままやると退屈だからですよね。わたし、裁判っていうのは、真実を明らかにするために開かれるものだと思っていました。だけど、実際はただの報告会。もしくは、自分が持っていきたい形に主張をする場で、本当の気持ちとかどうでもいい、ヘタな芝居の発表会みたい。だから、ドラマや映画の制作陣はフィクションだと割り切って、視聴者が見たい、盛り上がりのある法廷シーンを作るんだろうけど……」

監督の視線を受け止める準備をして、顔を上げた。やはり、変わらない視線が待っていたけれど、今度は逸らさない。

「監督の作品はリアルを追究したものじゃないですか。『一時間前』だって、まったく死を美化していなかった。だから、評価も高かったけど、批判も同じくらい多かった。大切な人を自殺で亡くした人の気持ちを踏みにじっているって。でも、監督は自分の信念を曲げる気はない……、ですよね」

「ええ」

「じゃあ、法廷シーンもあんな感じですか？　もちろん、殺人事件の裁判はまだ見ていないから、今日のと同じにしちゃいけないんだろうけど」

「数億円に値する五キロもの大麻を運ぶのはどんな心境だったのだろう。忍者刀の柄の中からわずかな大麻を見つけた時の刑事はどんな表情をしていたのだろう。あんな冴えないユーチューバーに貢ぐファンって、どんな人生を送ってきたのだろう。知りたいことはたくさんある」

「わたしもラーメンとビール二杯で三五〇〇〇円とか、気になることはそれなりにあったけど……」

口にすると、くだらなさの度合いが増した。監督が言いたいのは、そういうことではないはずだ。

「この認識が合っているかわからないけど、実際に起きた事柄が事実、そこに感情が加わったものが真実だと、わたしは認識している。裁判で公表されるのは事実のみでいいと思う。そうしなきゃ公平とは言えない。だけど、人間の行動には必ず感情が伴っている。そこを配慮する必要があるから、裁判で問われることも真実の方でなければならないのだろうけど、果たして、それは本当の真実なのかな」

「本当の？」

意味を捉えかねて、首を傾げた。

「事実に感情を後付けしたものじゃないか、ということ。被告人の犯行時の気持ちとか心理状態ではなく、裁判に有利になる感情を後付けしたものを、あの場で公表しているように感じた」

「なるほど」

確かに、「かあさんの歌」が聞こえてきそうな一連のやり取りは、被告人の本心ではなく台本を暗記したもののようだった。

「裁判の記録だけじゃ、被告人の本当の心理状態はわからない、つまり、真実はわからないってことですね」

監督は優しく肯定するように、少し笑みを浮かべて頷いた。つまらなかった、得るものがなかったと、がっかりしている場合ではなかったのだ。ちゃんと、次への疑問、知りたいに繋がっている。ということは……。

「じゃあ、やっぱり、立石力輝斗に会わなきゃ、『笹塚町一家殺害事件』の真実はわからないってことですよね」

「そうなんだけど……」

監督は言いながら、脇に置いていたバッグから分厚い手帳を取り出した。もしや、面会の日が決まったのかとワクワクしたけれど、監督が提案したのは別の人への面会だった。力輝斗と対面することにやはり躊躇（ちゅうちょ）しているのだろうか。それを訊ねる前に、監督は面会の手続きは進めているのだと教えてくれた。

ただ、刑が確定したあとの死刑囚との面会は難しいのだという。死刑囚との対話をまとめた本などをよく見かけるため、それほどハードルの高いことだと思っていなかった。監督は力輝斗に宛てて手紙を書き、それを力輝斗の裁判を担当していた弁護士に渡してもらうことを検討しているらしい。

なんとなく、その手紙に監督は、「笹塚町一家殺害事件」のことではなく、幼い頃のベランダでの出来事を綴（つづ）るような気がする。質問は一つだけ。

戸境壁の向こうにいたのは、あなたですか？

『お姉ちゃん、わたしもネコ将軍に会ってみたいよ』

事務所には寄らずに直帰した。なんとなく横になり、ネコ将軍の姿を思い出そうと目を閉じたものの、夕日を背に受けた黒い影しか頭の中に浮かばなかった。知っているはずの人物に、知らないという要素が上書きされると、記憶の中の姿までぼやけてしまうものなのだろうか。

【理由　責任能力に関する判断　一　結論

本件各公訴事実に関し、これらの行為時の被告人の責任能力について、検察官は「完全な責任能力があった」と主張し、弁護人は「殺害行為時には完全な責任能力があったものの、放火行為時においては心神喪失の状態にあった」と主張する。

当裁判所は、以下のとおりの理由で、殺害行為時にも放火行為時にも被告人に完全な責任能力があったと判断した。】

【理由　責任能力に関する判断　二　明神谷鑑定の信用性

被告人の責任能力に関しては、明神谷源之助医師（以下「明神谷医師」という）を鑑定人に選任し、「犯行時及び現在の被告人の精神状態、犯行時及び犯行前後における被告人の心理状態」を鑑定事項として鑑定を実施し、鑑定人からその鑑定結果等を精神鑑定書及び精神鑑定書の補充説明書で報告を受けた（以下、これらを一括して「明神谷鑑定」という）。

明神谷医師は、その精神科医としての経歴、専門分野、臨床経験等に照らし、上記鑑定事項に関する被告人の精神鑑定に適任の専門家であったと認められ、その鑑定の手法や判

断方法にも不合理なところは認められないから、明神谷鑑定は十分に信頼できる。】

『お姉ちゃん、正隆くんはわたし抜きで、長谷部監督と連絡を取り合ってます。相変わらず、ちゃっかりしてるよね。どうせ、失恋するんだろうけど』

田舎へ行く、というのはわたしにとって、東京から西へ西へと向かう行為であったけれど、反対側にもまた似たような景色が広がっているという、多分当たり前であることを、今更ながらに実感した。

出身地を確認される際、聞き手がおよその位置を把握する目的なのか、よく最寄駅を訊かれる。自宅から駅まで徒歩一時間弱かかる駅でも最寄と答えていいものだろうかと悩むことがあった。バス停も駅に分類されるのか。自転車なら、がんばってこげば三〇分くらいで着くから、ギリギリ最寄と呼べなくもないか。

しかし、こんなことを真剣に考えるのは受け手である自分の方だけで、相手にとってはどうでもいいことなのだということも、上京して一年以内には気付くことができた。大概の人は、実際に訪れるつもりで訊いているわけではないのだから。

久々にこんなことを思い返しているのは、海辺の単線電車に揺られているからだ。五つ前の駅で車両が切り離され、バスくらいの大きさの一両のみが、車窓から小石を投げれば海面に届くのではないかというところを、ガタゴトと車体を揺らしながら走っている。

目的地は三つ先の駅から、今度はバスに乗り換えて四〇分だ。とはいえ、ちょうどいい接続便がなく、駅で三〇分以上待たなければならないため、タクシーを予約してある。

これは経費と見なされるのか、自己負担となるのか。「有限会社　大畠凜子事務所」の社員であるわたしは、これまでなら、ボツになった脚本の取材や打ち合わせにかかった費用の領収書もすべて、事務所に提出してきた。結果がどうであれ、会社が受けた仕事を社員であるわたしがおこなったのだから、当然だ。

だけど、今回の「笹塚町一家殺害事件」に関しては、個人で受けた。それどころか、大畠先生に反旗を翻した状態で進めている案件だ。そんな領収書をどのツラ下げて提出できるというのだ。領収書の管理はわたしの仕事だけど、ここぞと作業をするのも、不正をしているようで後ろめたい。

バカ正直に大畠先生に相談すれば、先生はどこに行ってきたのかと訊ねるだろう。それには、脚本ができるまで答えたくない。

立石力輝斗の精神鑑定を最初に担当していた医師に会ってきました、とは。

しかし、長い移動時間にもう一度目を通した精神鑑定書のコピーに、その医師の名前はない。葛城淳和という名前はネットで知った。脳内にある目から入った情報の引き出しは、音声では開きにくいのか、監督からその名を聞いた時には、誰のことかと、かなりの角度で首を捻った。補足が入るまでに思い出せたので、ちゃんと自分でも調べていたことはわかってもらえただろうけど、熱意が低いと判断されたのではないだろうか。

やはり、大畠凜子先生にお願いしよう。そんなふうに思われたら大変だ。

その思いもあって、葛城淳和先生に会いにいかない？　と提案されただけで、参観日のはりきった小学生のように挙手をして、行きます！　と答えた。まさか、半日がかりで移動しなければならないようなところを訪れることになるとは思いもしないで。

地方出身者としては、田舎で活動するプロフェッショナルな人たちを、東京で通用しなかったからとか、左遷されたからとか、不祥事を起こしたからとか、マイナスな理由でそこにいるとは思いたくない。

小学生の時、離島に転任することになった先生が、島流しという言葉を使っているのを聞いて、不快に思ったことがある。島流しよりは笹塚町の方がマシ、という言い方をしていたからだけど、島の人が聞いたら、さらに不快に思うはずだ。故郷からとっとと出ていった身で、今さら言える立場でないことはわかっている。

それでも、都内の大学病院に勤務していた葛城医師が現在、僻地と呼ばれるような町の診療所に勤務していると知れば、追いやられたのだろうな、という印象はぬぐえない。明神谷医師を告発したから追いやられたのか、追いやられたから告発したのかは定かではないけれど。

とはいえ、どこに住んでいても、一度は会っておかなければならない人だ。すでに葛城医師とメールで連絡を取っているという監督に、そんなルートはどうやってできるのかと訊ねたところ、あっけなさすぎるほど単純なルートが返ってきた。むしろ、わたしにその情報が伝わっていないことを、監督の方が驚いていたくらいだ。

葛城医師の大学時代の後輩である医師が、現在、正隆くんと同じボストンの病院にいるのだという。だから、正隆くんは明神谷医師の精神鑑定について、ネットでそれほど大きく取り上げられていないことまで知っていたのだ。専門分野の違う正隆くんからその話が出た時に気付けていてもおかしくないことだったのに。

自分に無知だという自覚がある分、他人が知っているということに関して疑問を抱くことがない。脚本家にあるまじき欠点だ。

それよりも、問題は正隆くんではないのか。こんな大切なことを監督にだけ知らせるなんて。しかも、葛城医師の連絡先を監督に教えるだけでなく、その後輩の医師を通じて葛城医師に監督を紹介してあげてまでいるのだから、大サービスだ。

そもそも、わたしは正隆くんがすでにボストンに戻っていることも知らなかった。幼馴染で世界的な映画監督となった美人の香ちゃんと再会し、連絡先の交換ができれば、田舎の従妹など用済みだということが丸わかりの態度だ。

こういうところを含めて正隆くんなのだということはわかっている。姉のピアノの発表会で、親戚一同で買った大きな花束をステージまで持っていくのはいつも、正隆くんだった。発表会が終わったあとで、姉からその花を受け取るのはわたしだったけど。

　正隆くんの気持ちはわからないでもない。どちらか一方に連絡を取ればいい案件だとしたら、わたしだって監督を選ぶ。それでも、幼稚園が同じだったくらいで幼馴染ぶる正隆くんを、監督は迷惑に思っているのではないかと危惧して、わたしから謝ってみた。

　そこまで悪いことだとは思っていない、社交辞令のようなものだった。なのに、監督は両手を思い切り振りながら否定した。

——あつかましいとか、迷惑とか、そんなことまったく思っていないから。逆に、そんなふうに見えていたら本当にごめんなさい。

　ごめんなさいはこちらの方だった。監督が人一倍気を遣う人だということはわかっていたのに、そこを気遣うことができなかったのだから。おかげでしばらく、頭の下げ合いになってしまった。それが、にらめっこをアレンジしたゲームのように思えて、つい笑ってしまうと、ようやく監督も笑顔を見せてくれた。

——わたし、子どもの頃からの友だちがほとんどいなくて。別に、仲間外れにされていたとかじゃないの。その時々に、一緒にお弁当を食べたり、本の貸し借りをしたり、仲良くしていた子はいるのに、クラスが分かれたり、学校を卒業すると、続かないっていうか。

　とても意外な言葉だった。監督のように美しく才能もある人は、どの時においても、お姫様のように取り巻きに囲まれていて、卒業してからも、こなしきれないほどの誘いを受けていると思い込んでいたのに。

——取材でもよく、お友だちからの祝福メールがひっきりなしに届いているんじゃないですか？　とか、受賞後に何件メッセージが届きましたか、なんて訊かれたけど、連絡があったのは、九割五分、業界関係者で、あとの五分は友だちといっても、今仲良くしてもらっている整体師さんとか、美容師さん。それでも、喜んでいたのに、その質問を受けて、悲しくなっちゃった。他の人たちの人生は過去と結び付いた線であるのに、わたしの人生は途切れ途切れの点なんだなって。

切ない言葉が続いても、なんと声をかけていいのかわからなかった。わたしもそんなに友だちいませんよ、と言ったところで何のフォローにもならない。監督が打ち明けてくれることを黙って聞いているのが一番いいような気がした。

——だから、正隆くんが幼馴染だって言ってくれたり、タメ口っていうの？　普通に話してくれたりしたのが、すごくうれしかった。

それならよかった。あつかましさや無神経さも、たまには役に立つということか。

——真尋さんと正隆くんって、従兄妹っていうより、きょうだいみたいに仲がいいのね。千穂ちゃんともあんな感じなの？

急に自分のことになって、頭の中がかたまった。千穂ちゃんと誰のことを言っているのだろう。正隆くんは自分と同い年の姉に、どんなふうに接していただろうか。二人はもう何年も会っていないけれど、正隆くんは姉のことを大切に思ってくれているのは確かだ。

――まあ、家も近かったから。あと、わたしなんかが監督にえらそうなことを言えた立場じゃないんですが、人生って、一本の線じゃないと思うんです。いろんな線が縄みたいにからみあっていて、その中には、大切なものもそうじゃないものもある。大切なものを守るために、そうじゃないものを断ち切ることもあると思うし、一本ばかりぶつ切りになっていても、意識していないだけで、しっかりと繋がっている線ってありますよ。

言った途端に耳まで熱くなる。監督もポカンとした顔でわたしを見ていた。

――何が言いたいのかというと、監督は正隆くんを美化しすぎですよ。あのタイプはおだてたら思い切り調子に乗りますからね。バカなこと言ってきたら、すぐにわたしに報告してください。

結局、その日は監督を食事に誘おうと思っていたのに、恥ずかしくて逃げるように別れてしまった。とはいえ、それが原因で長い一人旅になったわけではない。

『駅前の写真です。初めて訪れる、笹塚町からはるか遠いところにある町の風景なのに、なんとなく見憶えがあって懐かしい、なんて感じるのはわたしだけ？　パン屋の看板とか。ピアノ教室の帰りにお姉ちゃんが買ってきてくれたメロンパン、おいしかったな……。って、なんでこのあいだ帰った時に食べなかった！　バカ、バカ、バカ』

パン屋が気になりながらも、予約を入れていたタクシーがすでに駅前ロータリーで待っていたので、あまりそちらを見ないようにしながら後部座席に乗り込んだ。行先を告げると、さっきも同じ場所に女性のお客さんを送ったところだと言われ、監督のことだなと小さく舌打ちをしたくなる。

現地集合ではなく、駅で待ち合わせをすればよかった。

資料を送ってもらったり、裁判所の見学に誘ってもらったりと、あまりこちらが受け身すぎるのもよくないのではと、新幹線のチケットはわたしが用意することを提案したところ、あっけなく却下された。

同時期に北海道にロケハンに出る予定があり、そこから直接向かうつもりだと言われた。テレビドラマを一本受けているらしい。年末特番で、大きな文学賞を取ったミステリ小説が原作だという。テレビ局にとっても数字狙いの気合いの入った枠で、そこに監督が呼ばれるのはおかしくないことだけど、監督にはできればオリジナル作品を撮ってもらいたい。

監督が知りたいことにじっくりと向き合う時間を作ってほしい。一概にそうとも言えないか。暇がある分だけ思考が膨らんでいくわけでもない。他の作品に関する仕事をしていても、監督の頭の中には、常に「笹塚町一家殺害事件」があるはずだ。

ずっと、車窓から外の景色を眺めていたはずなのに、考えるのをやめた途端、乗った時とがらりと景色が変わっていることに気付く。何もない。右側に海、左手には藪、時々、土砂崩れを防ぐためのコンクリート壁があるだけだ。

アスファルトの道路ではあるけれど、山から崩れ落ちてきたのか、波と一緒に打ち上げられたのか、灰色の道路を白で塗り固めるように砂が積もっている。じゃりじゃりと砂を踏む音は、神池の家から裏山へ上がる道を思い出させる。

まだ、小学校低学年だった頃だ。未舗装の細い山道で、歩行者専用かと思っていたら、ある日、電機会社の名前の入った軽トラがわたしと姉を追い越していったことがある。わたしはものすごく驚いて、こんなところ車が走ってもいいのかな、と非難めいた口調で姉に訴えたけれど、姉は落ち着いた様子で、鉄塔があるからね、と言っていた。

確かに、麓（ふもと）から鉄塔は見えていた。だけど、あの道が鉄塔に続いていると思ったことは一度もなかった。

お姉ちゃんは鉄塔に行ったことがあるんだ。いつもなら、姉に対しては何の躊躇もなく疑問を投げられるのに、その時は訊ねることができなかった。姉の視線が遠いところにあったからだ。特別に天気がよかったわけでもない。青葉が美しく茂っていたり、鳥が鳴いていたわけでもない。多分、姉は目に映らないものに思いを馳せていたのだろう。

普通の人には見えないものを、姉は感じ取ることができる。それが、ピアノの音色となって放出されているのだと、母がこっそり教えてくれたことがある。だから、邪魔しちゃだめよ、と。姉には追い求めている音があった。表現したい音があった。たとえ、それがえらい先生たちから受け入れられない音であっても。

どうせ、正隆くんがお姉ちゃんだけこっそり鉄塔に連れていったのだろうと解釈し、しばらく正隆くんを無視してみたけど、多分、誰にも何とも思われないままその期間は過ぎていったのではないか。姉に鉄塔に連れていってもらったのは、それから数年経ってからだ。

誰もいない未開の地に向かっているような感覚でいたものの、ぐねぐねとカーブをいくつか曲がると、小さな集落が見えてきた。堤防の向こうには桟橋があり、漁船が五艘ほど停まっている。その付近では小学生くらいの男の子たちが、肩を寄せ合い座っていた。どうやら、ゲームをしているようだ。

またしても、当たり前のことに気付く。人のいないところに診療所があるはずがない。そして、田舎の子だからといって、鬼ごっこなどをしているわけでもない。

民家や郵便局、食料品や日用品が並ぶ個人商店の前を通過し、また少し景色が寂しくなってきたなと思ったところで、タクシーは海側の細い路地に入り、突き当たりにある車が六台ほど停められそうな砂地の駐車場でザザッと音を立てて停止した。

念のため、領収書をもらって降りる。

駐車場の周囲は松林になっていて、その向こうに白い平屋の鉄筋の建物が見えた。入り口の看板には、「磯崎診療所」と書いてある。磯崎はこの辺りの地名のはずだ。郵便局の名前も「磯崎郵便局」だった。

診療所ができて日が浅いのか、リフォームされたのか、建物の外観は真っ白で、診療所というよりはペンションのような佇まいだ。監督に連絡をした方がいいだろうかと、ドアに近付きながらスマホを取り出しているうちに、ウィンとドアが開き、驚きながら顔を上げると、待合ロビーの長椅子に腰掛けている監督と目が合った。

長い旅路の果てにようやく会えた恋い焦がれる人。そんな勢いで大きく手を振ったものの、監督に会いにきたわけじゃなかったと素に戻る。それでも監督は、わたしをねぎらうように戸口まで来てスリッパを並べてくれた。

わたしたちが会いたい葛城医師は診察中のようだ。

待っている人はいない。医師の他に、看護師が二人、薬剤師が一人常駐していると、受付のナース服を着たおばさんが説明してくれた。わたしたちの母親くらいの年齢に見える人で、監督のことを、世界の長谷部香、としっかり認識しているのが丸わかりなくらい監督に対してのみ愛想がよく、五分おきに、もう終わりますからね、と声をかけてくれた。

わたしに対しては……、手にしていた紙袋に目が留まったようで、それって大人気のラスクですよね、と言いながら、徐々に歓迎ムードを醸し出してくれた。どうやら、監督の助手か秘書と思われているらしい。

ハズレではないな、と苦笑いしていると、奥の診療室から乳児を連れた若いお母さんが出てきた。きっと、わたしより年下のはずだ。熱があるのか真っ赤な顔をした男の子を片手で抱っこしたまま監督に会釈し、手近な椅子に腰掛けた。

その数分後に同じ診療室のドアから白衣を着た女性が出てきた。

「長谷部さん、お待たせしました」

じゅんな、と名前が読めていても、葛城淳和医師が女性だったことに目を見開き、その美しさに息を飲んだ。とても四〇代半ばとは思えない。白衣よりも和服が似合いそうだ。

そりゃあ、自分の専門分野外でも正隆くんが興味を示すだろうし、率先してあいだに入ろうともするだろうと、待合ロビーの大きな窓の向こうに見える水平線に目を遣った。

【理由　責任能力に関する判断　三　本件各犯行時の被告人の精神疾患とその病態

1．被告人は、情緒的なかかわり合いが異質であるものの、犯行時までは一般的な社会生活が著しく阻害されることがなかったことからすると、社会性の面では、本件各犯行のような行為に及んではならないという認識を十分に持っており、責任能力に影響を及ぼすものではない。

2．被告人は、激しい攻撃性を秘めながらそれを徹底して意識しないという特有の人格構造を形成しており、怒りの感情を徹底的に意識から排除しようとする人格傾向が強く、激しい怒りが突出して行動しても、それを感じたと認識する過程を持っていない。被告人

は、外界からの刺激が薄れることによって、この機能がさらに弱体化していた。】
【理由　責任能力に関する判断　四　被告人の精神状態が本件各犯行に与えた影響
1．被告人は、本件殺害時も是非弁識能力は十分あったが、被害者からの挑発的な言動により、怒りの感情を抱き、前記のとおりこのような感情を抑制する機能が弱体化していたため、内奥にある激しい攻撃性が突出し、被害者の殺害に及んだものである。
2．怒り狂った行為態様である本件殺害行為と非常に冷静で整然とした行為態様である本件放火行為とは、意識状態が変わったと見るべきであるが、その程度は責任能力が限定されるほど著しいものとはいえない。】

「動物園の事件ではなく、笹塚町の方なんですね」

狭い応接室での話し合いの態勢が整うと、葛城医師は開口一番そう口にした。「笹塚町一家殺害事件」について話を伺いたいということは、事前に長谷部監督が伝えていたけれど、やはり、確認せずにはいられなかったということか。

移動中にも何度か葛城医師の告発に関してネット検索をしていたものの、それについて意見をしている人は、このひと月で格段に減っていた。勇気ある告発は、炎上すら起こさずに黙殺されようとしている。

そんな折、世間で注目されている映画監督から、わざわざ海外に住む大学時代の後輩を通じて連絡があれば、葛城医師も期待するところがあったはずだ。でも、医師が語りたかったのは、白岩動物園無差別殺傷事件のことだったのだろう。

「はい。『笹塚町一家殺害事件』の被告、立石力輝斗さんについてです」

つまらないことですぐに悪びれた表情になってしまう監督なのに、その答えは、ためらいなく、大きな目で相手をまっすぐ見据えて口にした。

それに対する葛城医師の表情は、もともと美人特有の憂いのある顔なのか、がっかりしているものなのか、他の表情を知らないわたしには判別がつかない。それでも医師は、立石力輝斗に関する資料をちゃんと準備してくれていた。

「わたしは明神谷教授の助手として、ひと月、立石さんの鑑定に立ち会いました。いえ、正確に言うなら、わたしがカウンセリングをおこない、その結果を元に教授が鑑定書を書いていました。立石さんについても、動物園の……、過去一五年間、明神谷教授が精神鑑定をおこなった事件、ほぼすべてです」

挟むべき言葉はない。葛城医師の女性にしては低めの声は、窓の外の海辺の静かな景色と相まって、波の音のように頭の中に響いた。休日の午後にＦＭラジオを聴いているような、心地よい眠気が自然と体の奥から膨れ上がってくる感覚……。ダメ、そんなぼんやりした頭で聞く話ではないだろうと、膝に載せた手を少しさげて、ふくらはぎの上の方をつねってみた。

横目で監督を確認すると、背筋を伸ばしたまま微動だにせずに、医師をまっすぐ見つめている。

「ひと月なんです、ひと月」

医師は監督に向かって繰り返した。どちらの目力にも、わたしには長時間堪えられる自信がない。

葛城医師とひと月も向き合っていれば、わたしの人生すべて、自分で気付いていないこと、忘れていることでさえ、見透かされてしまいそうだ。おまけに、あの声で催眠状態に陥り、隠しておきたいことまでペラペラしゃべるどころか、少しばかり盛って話し、喜怒哀楽がはっきりした、実物以上に壮大な人生ができあがってしまいそうな気がする。

「短いですね」

耳を疑う思いで、監督を見た。が、こちらなど気にもしていない。

「そう思いますよね」

葛城医師はようやく仲間をみつけたかのように声を弾ませた。医師は若干前のめりになりながら、監督に向かって続けた。

「一日二四時間、みっちり向かい合えるわけではない。限られた時間の中でカウンセリングをおこなわなければならないうえに、皆が初日から心を開いてくれるわけではありません。口を閉ざしたままの人、具合が悪くなってしまう人、決められた項目をこなすのもままならないことが多々あります。だけど、それ以上に、わたしは相手との対話が必要だと思っているの。信頼できない相手に本音を打ち明けることなんてできないでしょう？　特に、自分を守ることと、本音を語ることが、真逆の位置にある人は」

葛城医師の話を聞きながら、何故か、力輝斗ではなく、沙良の顔が浮かび上がってきた。イツカさんの話を聞いて、わたしも正隆くんも、沙良には虚言癖があると監督に報告した。だけど、わたしたちは直接、沙良を診断したわけではない。

沙良が生前、心療内科に通っていたという記録は見当たらない。なのに、わたしたちもマスコミも、沙良に対して虚言癖という言葉を当然のように使っている。専門の医者が診断を下したわけではないのに。

誰だって、大なり小なり嘘はつく。どのくらいの嘘からが、癖だとか病気だとか判断されるのか。

「立石力輝斗さんのことはよく憶えています。おかしな言い方になりますが、医師になったばかりではりきっていましたから。空回り気味のわたしに、彼は初日からきちんと向き合ってくれました。言葉足らずというか、自分の感情を言葉にするのに慣れていないけれど、どうにか伝えようと努力している姿勢が見られました」

「じゃあ、殺害の動機なども？」

監督が訊ねた。わたしはあわてて、卓上に準備していたノートとペンを手に取った。録音は遠慮してほしいと言われ、わたしが記録することになっていたのに。ポカンと口を開けたまま医師の話を聞いていた。

箇条書きでまとめていく。

（犯行時の現場の状況）

事件当日の一二月二四日、両親は近所のスナックで仲間内のクリスマス会があると言って、午後七時頃から二人で出かけた。午後九時、友人宅でパーティーをしていた沙良が帰宅。家には力輝斗と沙良の二人となる。

普段、力輝斗は家族とともに食卓を囲むことはなかったが、この日は母親がホール型のケーキを買って台所に置いていたため、それを沙良が二階にある力輝斗の部屋に持っていき、二人で食べることになった。

（沙良を殺害した動機）

ケーキを食べている最中に、沙良から高校に行かなかったこと、二十歳を超えても引きこもりであること、アルバイトが続かないことなどをバカにされた。

「アイドルとしてデビューしたあと、あんたのような身内をネットに晒されると、すべてを失いかねないので、自殺してくれ」と言われた。

（沙良の殺害方法）

ケーキを切るために沙良が台所から持ってきていた包丁が目に留まり、とっさに手が伸びて、胸を刺していた。

その場に倒れた沙良が起き上がってくるのが恐ろしく、何度も刺した。

沙良の遺体は力輝斗の部屋の隣にある沙良の部屋のベッドに隠した。

しばらく（正確な時間は憶えていない）ぼんやりしていたが、ケーキの紙袋にろうそく用のライターが入っているのを見つけ、犯行を隠すため、火をつけることにした。

沙良の自室には灯油のストーブがあった。

残ったケーキを沙良の部屋のテーブルの上に置き、紙袋なども近くに置いてろうそくに火をつけた。

ストーブに火が燃え移る可能性も考えていた。

（両親の殺害方法）

酒を飲んだ両親が帰宅し、一階の部屋で寝ていることに気付いていた。

沙良の遺体を発見されることが恐ろしく、火をつけるとすぐに、玄関から外に出た。

（両親に対する思い）

二人が逃げ遅れることを想定していた。むしろ、そうなることを強く望んでいた。

幼い頃から、沙良ばかりをかわいがる両親を恨んでいた。

「事件のことをひと通り話し終えたあと、力輝斗さんは言いました。僕は犯行時のことを全部憶えています。僕は正常です。だから、精神鑑定なんて必要ありません。僕を死刑にしてください。……鑑定初日のことです」

葛城医師がそう言って目を伏せたタイミングで、わたしもノートをテーブルに置いた。書記係のごとく必死でメモをとったはいいけれど、マスコミの記事だけでなく裁判記録も読んでいる今では、特別、目新しいと感じる事柄はない。

「ごめんなさいね、お茶の用意もせずに」

医師は柔らかく微笑んで席を立ち、部屋を出ていった。お気遣いなく、と監督が固辞しかけたものの、長い足で颯爽（さっそう）と歩く医師に届くのは三文字程度だ。

お茶は最初に受付のおばさんに断ってあった。移動中にコーヒーやお茶をかなり飲んだので、と言う監督の横で、わたしも同意するようにヘラヘラしながら頷いた。別々に行動したけれど、監督も時間を持て余していたのだなとうれしくなった。水分を取る暇もなく、ノートパソコンを広げて作業をしていそうなのに、と。

「これ、見ていい？」

監督がわたしのノートを指さした。どうぞどうぞ、と差し出す。

「高校に行ってない、引きこもり、アルバイトが続かない、か」

監督がつぶやいた。そんなことで殺すかな、というニュアンスを感じた。

立石力輝斗、ネコ将軍は高校に進学していない。週刊誌の記事などによると、中学も不登校の日の方が多かった。小学校の頃からいじめを受けており、中学になってからのそれは、さらにエスカレートしたものになっていたらしい。

だから、公園にいたのか。野良猫たちが何の警戒心も持たずについてくるほどの時間、そこで過ごしていたということか。しかし、力輝斗は進学を望んでいたのだろうか。何かなりたいもの、夢などがあったのだろうか。

わたしを含め、小学生の子どもたちは力輝斗をバカ扱いしていた。本人にそういった言葉を投げつけるのではなく、算数の問題でもなぞなぞでも、簡単な問いに答えられない子に対して、ネコ将軍かよ、とからかうのだ。学校はダルいけどネコ将軍みたいにはなりたくないよな、などと真面目な顔で言う子もいた。

だけど、冷静に考えると、力輝斗がちゃんと学校に通えていたら、そこそこ勉強はできたのではないか。

沙良に関しては、虚言癖がクローズアップされるまでは、「アイドルを夢見た女子高生」という週刊誌の見出しが多かったけれど、最初の見出しは、「地元進学校に通う女子高生」だった。特進科と普通科に分かれていて、沙良は普通科だったけど、普通科でも、公立中学で上位三分の一に入っていなければ難しい。

姉も普通科だった。

きょうだいが同じ才能に恵まれるとは限らない、ということは身を以てわかっているけれど、突出した才能以外は、そこそこ似たようなものになるのではないか。

「学校での……」

監督が口を開いたのと同じタイミングでドアが開いた。医師の後ろから受付のおばさんがお盆を持って入ってくると、狭い部屋に紅茶の香りがパアッと広がった。

テーブルの上に、それぞれのティーカップの他、菓子皿が置かれた。わたしの持参したラスクと、北海道の土産と思しきチョコレート、そして、個包装されていないアルミカップに入った黄色い餅がきれいに並べられていた。

「ここの名物もどうぞ」

おばさんは受付にいた時には着ていなかった薄手のダウンコートをはおっている。わざわざ買いにいってくれたのかもしれない。いただきます、と深く頭を下げると、ごゆっくり、と笑いながら部屋を出ていった。

監督は早速話を続けたい様子で着席したばかりの医師に向き合ったけれど、硬くなる前に、と医師からも餅をすすめられ、しばらくのおやつタイムとなった。

アルミカップごと持ち上げた餅は想像以上に柔らかく、丸ごと飲み込むと、ふにゃりと溶けて喉の奥へと落ちていき、口の中には濃いバターの風味だけが残った。

「おいしい！」

ためらいなく出た大声に、医師は温かく笑い返してくれた。

「バター餅。わたしもここに来て初めて食べたのに、今じゃ、二日あくと禁断症状が出そうになるくらいはまってしまったの」

そんなふうに言うと、日本画のモデルになれそうな薄い口を最大限に開いて、医師も餅をひと口で食べた。だけど、わたしは別の言葉に引っかかる。

ここに来て初めて……。通院したことがなくても知っている、政治家や芸能人が入院すればテレビ画面に外観が映される、都内の有名な病院から、こんな田舎の診療所に追いやられてしまったことを、改めて思い出す。

葛城医師の生まれはどこなのだろう、とも考える。ここより田舎の出身ならいいわけではないけれど。

隣から咳き込む声がした。監督も餅を食べたものの、アルミホイルにつかないようにふるわれていた粉が気管に入ってしまったようだ。大丈夫ですか、と背中を叩き、意味がないことに気が付いて、謝った。監督は餅を喉に詰まらせたわけじゃない。

欲張って何でもかんでも頬張っていたわたしは、しょっちゅう食べ物を喉に詰まらせていた。その背中を姉が優しく叩いてくれるのが好きだった。自分の背中で音楽が奏でられているような気分になれたからだ。

監督はバッグからペットボトルの水を取り出して飲み、ハンカチで目元や口元をぬぐうと、誰に迷惑をかけたわけでもないのに、ごめんなさい、と謝り、体勢を立て直した。

それが、立石力輝斗の話題に戻る合図のように思えて、わたしも気持ちばかり背筋を伸ばして座り直した。

「ここに来るまでに、裁判所の記録は読んでいます。そこにも、今うかがった先生の話にも、いじめを受けたことは出ているのですが、家庭での力輝斗さんはどうだったんでしょうか。虐待を受けていたということなどは……」

監督が一番知りたいことはやはり、戸境壁の向こうにいたのは、沙良なのか力輝斗なのかということだ。

「家庭での様子は、わたしも力輝斗さんに何度も訊ねました。妹の方がかわいがられていた、と犯行理由でも述べられています。では、兄妹でどのように区別されていたのか」

医師の言葉に耳を傾けながら、わたしはハッと思い出したように、ノートを開いてペンを手に取った。

(力輝斗への虐待について)

妹ばかりいつもきれいな服を着ていた。

外食に自分だけ連れていってもらえないことがあった。

自分の方が皿洗い等の家事を手伝わされていたのに、褒められることはなく、妹はゴミをゴミ箱に捨てただけでも褒められていた。

「そういったことを話してくれました」

「それだけ？」

ペンを持ったまま口にしてしまった。これは虐待と呼べるのだろうかと首を捻りながらメモを取っていたものの、少しずつ深刻な内容になっていくものだとばかり思っていたのに。決して、過激なことを期待していたわけではないけれど。

「はい……」

医師の口調も歯切れが悪い。

「食事を充分に与えられなかったとか、寒空の中、ベランダに放置されたとか、そういった証言はなかったんですか？」

監督が身を乗り出すようにして訊ねた。戸境壁の向こうにいたのが力輝斗なら、当然出るであろう証言だ。

「ありませんでした」

たとえば、もっと酷い仕打ちを受けていたら、ベランダに出されることなど虐待と感じず、証言からもれたということも考えられるけれど、いったいどうなっているのだろう。

医師は続けた。

「あくまでわたしの推測ですが、力輝斗さんは死刑になりたがっているように思えました。実際に、自分は悪意を持って犯行に及んだ。だから、死刑にしてください。そう、わたしに言ったこともあります。仮に、監督がおっしゃったような虐待を力輝斗さんが受けていて、それを力輝斗さんがあえて語らなかったのだとすれば、情状酌量の余地を与えないようにするためではないかと思います」

「カウンセリングに今おっしゃったような徴候は反映されないのですか？」

監督の問いに、わたしも頷いた。

「カウンセリングは事情聴取ではありません。被疑者の証言のみでおこなわれるものでもありません。しぐさや視線、話し方、心理テスト、また、証言の真偽に対する検討を深めるために、文言や日時を変えながら同じ内容の質問を繰り返します。そんな中で、じっと口を閉ざしていてもおかしくない質問や、むしろそちらの方が自然だと思われる状況の中でも、力輝斗さんは自分が妹と両親を恨み、どのように犯行にいたったのかを、精一杯、そうですね、まさに精一杯無理をしながら話しているように見えました。この人には隠したいことがある。それを嘘で塗り隠そうとする人もいるけれど、この人は、語れる事実を薄く伸ばして覆い隠そうとしている。だから、その向こうにわずかに透けているものを明確にしなければならない」

わたしにはそれが戸境壁の向こうの姿のように思えた。それとも、もっと何か深いことが隠されているのか。

「診断書にもそう明記しましたし、明神谷教授に延長の申請もしました」

なるほど、そこからさらにカウンセリングが続け……、という思いを、シュッと断ち切るものがあった。ネットの記事だ。葛城医師は何故ここにいる。餅の入っていたアルミホイルが空調のゆるやかな風にカサリと揺れた。

「なのに、カウンセリングは打ち切られたんですね」

先に、監督がそう口にした。医師は監督に向かって深く頷いた。

「教授はすでに次の依頼に取り掛かっていました。だから、これ以上長引かせたくないと思われたようで……」

「こういった鑑定をする医者は不足しているのですか？」

監督が訊ねた。明神谷医師についてネット検索をして、わたしも驚いたことだ。二〇年以上にわたって、わたしでも知っているような、連日テレビやネットで話題となった事件のほとんどを、明神谷医師が担当していた。

もちろん、日本各地で毎日のように事件が起きていて、それらを分母に考えると、明神谷医師の担当件数などは一握りにすぎないということも理解しているのだけど。

「明神谷ブランドって言えばいいんでしょうか。インターネットが普及して、弁護士や裁判官、精神鑑定医などを簡単に調べることができるようになりました。極悪非道な犯罪者に極刑をのぞむ人は、被害者の身内や知り合いでなくてもたくさんいます。しかし、裁判で自分の期待する判決は出なかった。想像以上に軽い刑罰が言い渡されただけ。その判決を言い渡したのは、言葉巧みに加害者を守ったのは、加害者に責任能力がないと診断したのは、いったい誰だ。ネット上で批判されるだけでなく、職場や自宅に直接、脅迫状が届いたり、待ち伏せをされて暴行を受けたり、ご家族が被害に遭うこともあります。明神谷教授の鑑定は……、言い方は難しいのですが、世間の方の期待に添うものが多いように感じます」

そういうことか、と理解はできる。しかし……。

「いや、でも、ネットの大多数の意見が、世間の大多数の意見というわけではないですよね」

日頃から思っていることなので、スムーズに口にすることができた。大畠先生の直近のドラマもネット上ではこれでもかというほど叩かれていた。考え方が古いとか、生き方の多様性を否定しているとか、思想が偏っているとか、八割以上が批判の声だった。自分の書いた作品だったら、気を病んで寝込んでいたかもしれない。

だけど、大畠先生はまったく気にしていないように見えた。そもそも、先生は自分や自分の作品を検索する、エゴサーチをしない。そして、こんなことを言っていた。

——ネットに意見を書く人は、別に、わたしに意見を届けたいとは思っていないはず。

むしろ、くだらない書き込みがわたしに届いていると思っているのなら、何様のつもりだと笑ってやりたい。本当にわたしに物申したい人に対して、わたしは門を閉ざしていない。ネット上に事務所の住所や電話番号は載せているし、講演会やサイン会も頻繁におこなっている。だけど、ファンレターは届いても、批判の手紙が届いたことはない。目の前で作品がおもしろかったと言われたことはあっても、文句を言われたり、石を投げられたりしたこともない。わたしはそっちを世間だと思ってる。

そんな人に勝負を挑んでしまったのかと、一瞬ひるみ、今の状況に集中しろと自分に言い聞かせた。

「そうですね。ただ、わたしの説明の仕方が悪かったのかもしれません。告発までしておきながら、こんな言い方をするのはおかしいのですが、明神谷教授ご自身に、ネットに過激な意見を載せるような人たちに支持されるような診断結果に持っていこうという意識はないと思うんです。ただ、周囲がそれを期待して、明神谷教授に診断を依頼する。だから、一つの案件に長期間割くわけにはいかなくなるのです」

「診断にかける期間がひと月くらいであることを、明神谷教授はどのようにお考えなんでしょう」

監督が訊ねた。

「長く時間をかけるほど明確になるものではないとおっしゃっていたことがあります。素材が増えることによって、大切なことが見えにくくなってしまうこともある。取捨選択が必要なのだと」

教授の言い分にも頷けるような気がした。大畠先生も言っていたことがある。時間をかければかけるほどいい作品になるわけではない、と。娯楽作品と裁判の精神鑑定を同列に捉えてはならないのだろうけど。

「立石力輝斗さんの鑑定において、その取捨選択が間違っていると、葛城先生がお考えになるところはありませんか」

これも、監督が訊ねた。必要なのはここではないのかと、わたしはペンを取る。

「立石力輝斗さんが妹の沙良さんを殺害した理由には、もっと別の深いものがあるのではないかと思っています。温厚な力輝斗さんが刃物を手に取り滅多刺しにするほどの。そして、その時の力輝斗さんの責任能力に関しては、情状酌量が考慮できる状態にあり、再カウンセリングをする必要があったのではないかと。また、放火時に両親が帰宅していることに気付いていたという証言の信憑性にも疑問が残っています」

「それを明神谷教授にお伝えしなかったのですか？」

「もちろんしました。しかし、教授はこう答えられました。立石力輝斗が両親と妹の三人を殺したことは事実である。力輝斗本人もそれを認めており、動機も事件当時の状況も自分で説明できている。警察の見識との相違もない。力輝斗の人格傾向も、責任能力に影響を及ぼすものではない。それ以上、何が必要だというのか。我々の仕事は、被告人の一代記を書くことではない」

明神谷教授に一票、という気分にもなってきた。感情の解釈などいかようにもできる。被告人に寄り添いすぎた一代記が成立すれば、情状酌量の余地がない犯罪者などいなくなるのではないか。逆に、生育環境に何も問題のない一代記ができあがれば、人格が著しく欠落していることを証明することになり、責任能力を問われない存在になる恐れもある。

「それで、わたしも立石力輝斗さんの件については、納得しました」

医師の口調から、自分はただ流されたわけではないのだというプライドのようなものを感じた。最後は自分で判断したのだ、と。

そもそも、葛城医師が明神谷医師を告発したのは、「笹塚町一家殺害事件」の精神鑑定においてではない。

「ありがとうございました」

監督は葛城医師を肯定するかのように、深く頭を下げた。結局、戸境壁の向こうにいたのが立石力輝斗であるかどうかは確認できなかったのに。顔を上げた監督の目には清々しささえ感じることができる。

「わたしはずっと、裁判の判例やそれを裏付ける精神鑑定書などは、専門家が調べに調べつくしたものだと思っていました。素人の仮説など入る隙もない、ましてや、素人探偵のごとく調べてもこれ以上の真相が出てくるはずがないものだと。だけど、そうではないということがわかりました。一代記を書くのではない。そういうものが裁判所で読み上げられ、おまけにBGMを流してもよいということになどなれば、確かに、正しい判決は下されないでしょう。しかし、わたしは映画監督です。こちらの世界ではそれが許されます。むしろ、実在する人物を描くとしたら、ほんの一日、いや、数時間の場面だけだとしても、その人の一代記が必要になります。そのうえ、葛城先生からは重要なヒントをいただきました。わたしは立石力輝斗さんが隠そうとしていた、実際に裁判という場では隠すことに成功した真実を探してみようと思います」

そう宣言した監督の隣にいるのが自分であることが誇らしかった。現実の社会よりも現実を掘り下げることが許される、いや、必然とされる仕事に関わることができているということを知れたのだから。

関わる？　むしろ、わたしは根幹を作る位置にいるのではないか。

もう一度、「笹塚町一家殺害事件」を一から見直さなければならない。必ず、どこかにヒントがあるはずだ。自分の中の自分がそう訴えかけている。きっと、監督もそうしようと思っているに違いない。

「監督の新作を楽しみにしています」

葛城医師は嫌味でもお世辞でもなく、心から期待していることが伝わってくる口調と表情で、監督にそう言った。

『お姉ちゃん、人に会うって大事なことなんだと思いました。お姉ちゃんは家族以外に恋しくなる人がいますか？　いっぱいいそうだよね。人気者だったもん』

東京まで監督と一緒に帰れるのかと期待していたら、監督はまた北海道の現場に戻らなければならないのだと、診療所に呼んだタクシーが待合ロビーの大きな窓から見えた頃に言った。

話したいことがたくさんあり、帰りはあっという間に時間が過ぎるのではないかと、監督との二人の時間を楽しみにしていたのに。

立石力輝斗が隠していることって何でしょう。戸境壁の向こうにいたのは結局、力輝斗なのでしょうか。わたしは……、そう思います。

運転手の存在は気になっても、それくらいのことは話しておきたい。そんなふうに思っているうちに、タクシーがやってきた。

わたしたちが応接室を出たタイミングで、診療所に患者がやってきたため（小学校に上がる前くらいの姉妹を連れた母親で、姉の方がぐったりしているように見えた）、見送りは受付のおばさんがしてくれた。

なんと、バター餅をお土産用にも買ってくれていて、監督だけにではなく、わたしにも六個入りが二パック入った紙袋を持たせてくれた。ツーショットで記念撮影を、と監督に申し出るおばさんからスマホを率先して受け取ったこともあり、待合ロビーで応接室の話の続きがされることはなかった。

後部座席に二人並んで座ると、車が発進した。監督が診療所を振り返るのに合わせて、わたしも白い建物を振り返った。

ナース服では肌寒いからか、受付を空にしておくわけにいかないからか、ドアの前におばさんの姿はなく、すぐに前に向き直った。けれど、監督はまだ後ろを向いたままだった。

そして、そのままの体勢でわたしに訊ねた。

「真尋さんも心療内科にかかったことがある？」

も、って何だ？　立石力輝斗と同様にということ？　そもそも、わたしが心療内科にかからなければならない理由は何だと思っているのだろう。

あのこと……、を知ったとして、それでわたしの心に亀裂(きれつ)が入っていると監督が解釈するのはおかしいことではない。

ただ、こんなふうに訊ねるなんて、無神経にもほどがある。

「いいえ」

そう答えたきり二人とも黙り込んだ駅までの道のりは、行きの倍以上のように長く感じられた。

エピソード　5

地元の公立小学校から公立中学校への進学は、小学校の延長のようなものだと思っていた。これまでとあまりかわらないメンバーで、小学七年生のような感じで過ごすのだと。

しかし、入学後すぐに、そうではないことに気が付いた。

かわらないメンバー、ではない。教育熱心な家庭の子や勉強が好きな子、スポーツ等で秀でた才能のある子、そういった私立受験組が抜けた集団、よく言えばのんびりした普通の子どもたちの集まり、悪く言えば、特に取り柄のない子どもたちの集まりだった。初めから高望みしていない子が大半で、家庭の事情や受験の失敗で一〇代の前半に挫折を味わったことに傷つき、自己肯定力が低下してしまった子が一握り。

自分が何者かでありたい承認欲求は強いくせに、それを表に出すことができない子どもたちの集団……、だったように今は感じる。

そんな中で、わたしは勉強もスポーツもできる方だった。一年生の一学期にクラス委員長に担任から指名されても、その役割を苦痛に思うことなく、悪魔と陰で呼ばれている英語の先生が週末ごとに出す課題の量を多いと感じたこともなかった。

　毎朝、祖母が作ってくれる弁当をおいしそうだと褒めてくれ、昼休みを一緒に過ごし、主にマンガ原作のものではあるけれど、月に一度のペースで映画を見にいく同じクラスの友人もできたし、祖父に勧められて入ったテニス部では、共に県大会を目指そうと励まし合える仲間ができた。

　体育祭の騎馬戦では、敵の帽子を四つも取り、縦割りで分けられたB組チームの優勝に貢献できたし、文化祭ではクラス合唱の指揮を担当して、三学年全クラス中、二位に選ばれもした。

　自分の母校に未練が残っていたのか、単純に、公立校を粗野なところだと思い込んでいたのか、祖母は食事時になると、小学校の時よりもわたしに学校の様子を訊いてきた。友だちがいるのか。勉強の進み具合はどうなのか。そういった質問に、わたしは笑顔で大丈夫だと答えることができた。模試の結果を見せれば、全国水準から劣っていないことも証明できたし、学校行事のあとは、見学に訪れた祖母の方がまるで自分が活躍したかのように興奮気味に、わたしが活躍した場面を振り返っていた。

「あの指揮者はわたしの孫なのよ、って叫びたくなっちゃったわ。そういえば、あなたのお父さんも……」

　あなたのお父さんも。これを聞くと、待ってました、という気分になった。わたしの知らない父が、祖母の目を通してわたしと重なる瞬間だけ、自我をうまくコントロールできないもどかしさを感じつつあった中で、自分が自分でよかったと心から思うことができた。

たとえ、古典のテストの出来がいまいちでも、お父さんも上二段活用が苦手だった、などと聞くと、いい点数をとった時よりもうれしく感じた。逆に、お父さんは数学で学年最高点を取ったことがあるのよ、とチクリと不出来を責められても、落ち込む前に、次の目標はそこだという闘志が湧いてきた。

塾のクラスも同様に、私立の進学校に通う子たちもいる中で、Sクラスに入るのは無理だろうとあきらめていたけれど、父はSクラスだったと聞くと、努力をすればなんとかなると奮起して、一年生の冬休み前には、AクラスからSクラスに上がることができた。

父は生徒会の副会長をやっていた、防犯ポスターで二年連続県知事賞をもらった。遺伝を盲信していたわけではないけれど、父にできたことはわたしにもできるはずだと自分に言い聞かせていた。すべて同じ結果を出せたわけではないけれど、それは、自分の努力が足りないせいだと思っていた。けっして、あきらめることはなく。

ある時、同じクラスの女子からこんなことを言われたことがある。

「あたしも長谷部香として生まれたかったな」

その子はテストの点が親の定めた目標に届かなくて、好きなアイドルのライブチケットを取り上げられたことを嘆いていた延長だった。

「何でもできるし、美人でスタイルもいいし、家は金持ちだし、悩みなんてまったくなさそうじゃん。不公平だよ」

ママが、パパが、と悪口にしろ、楽しいことにしろ、日頃から呼吸をするように親の話をしている子に言われたくはなかったけれど、そこで身の上話をしようとは思わなかった。代わりに、一緒にいた同じ小学校出身の子から、香だって大変なことあるよね、と両親がいないことを理解しているといったふうにフォローされ、そちらの方がズシンと胸にこたえた。

父にも母にも捨てられた。それなのに、彼らの子どもでありたいと願っていた。自分の中に、親から受け継いだものを探したかった。ただ、祖母が美化し、自分もその姿を信じて疑わなかった人の、模倣をしていただけかもしれないのに。

二年生になると、祖母の質問も少し変わった。祖父は一般家庭にパソコンが普及し始めると、いち早く自分もノートパソコンを購入した人で、これからは何事もインターネットで情報を得る時代だ、と豪語していたけれど、祖母がそれに倣うことはなく、むしろ、祖父に対抗するかのように新聞を隅々まで読み、こういうことが問題になっているようね、などと夕飯の席で披露することが増えていた。

そんな中で、同じ年頃の孫を持つからか、祖母が興味を持ったのはいじめや学級崩壊についてだった。

「香さんのクラスは大丈夫なの？」

大丈夫、と即答できたものの、質問が少し違っていれば、同じようには答えられなかったかもしれない。

学校は大丈夫なの？　学年は大丈夫なの？　いや、それはわたしの屁理屈だ。どうして切り離して考えてしまったのか。答えは簡単、関わりたくないと思っていたからだ。

「なら、安心ね。まあ、香さんがいるクラスなら、学級崩壊なんて起きないでしょうよ。お父さん譲りの正義感で、未然に防ぐことができるでしょうから」

祖母は、父が中学時代にクラス内でいじめられていた子をかばってあげた話を披露した。

「わたしはまったく知らなかったの。あの子もそういうことは話してくれないし。卒業式の日に、知らないお母さんから泣きながらお礼を言われて、ようやくそんなことがあったのかって、誇らしく思ったものよ。その方の前では、当然のことをしたまでですから、って答えたけれど」

祖父母の前でなければ、両拳で頭を叩いていたかもしれない。そして、考えた。

祖母からの同じ質問に、もしも父なら、こう返したかもしれない。

僕のクラスは担任もしっかりしていて、クラスメイトも仲がいいけど、他のクラスではいじめを受けている子がいて、彼は同じ塾に通っているから放っておけないんだ。

父にあって自分に欠けているものは正義感、もしくはその思いを口や態度に出せる行動力だ。それに気付いたわたしは、以後、そればかりを意識するようになった。それどころか、数学ができても、絵が入選しても、それを誇らしく思うことができなくなった。わたしが父から受け継いでいるものは、学力や画力といった努力次第でどうにかなるものではなく、人間性でなければならない、と。

下山兼人(しもやまかねと)は二つ隣のクラス、二年D組の生徒だった。一年時も違うクラスだったけれど、わたしが彼のフルネームを漢字込みで知っているのは、中学入学と同時に入った駅前の進学塾で同じクラスだったからだ。

とはいえ、同じSクラスになったのは一年生の冬休み前からで、ふた月に一度、成績順にクラスが入れ替えになるその塾で、下山は入った時からSクラスだった。

色白で華奢(きゃしゃ)でわたしよりも背が低い彼が、学校で同じクラスの男子から、カネコちゃん、と呼ばれていることは一年生の時から知っていた。塾で彼にそんな呼び方をする子は誰もいなかった。下山くん、と呼ばれていた。学校の廊下と塾の廊下ですれ違う時の彼の顔はどちらも同じ、周りの雑音など聞こえていないかのような無表情だったので、名前の呼ばれ方などいちいち気にしていないのだろうと思っていた。

入学間もない頃、廊下ですれ違いざまに、おはよう、と声をかけたことがある。同じ塾の子だ、と、とっさに声が出たのだけど、向こうからは何も返ってこなかった。自分より下のクラスの生徒のことなど認識していないのだろうかと、少し嫌なイメージを抱いた。

学校では定期テストの点数や順位は公表されなかったけれど、学年一番は下山だと、彼と同じ小学校だった子たちが噂していた。東京にある、東大合格率が日本でもトップクラスの中高一貫の私立校に合格間違いないと言われていたのに、どうしてこんな中学にいるのかと、時折、ささやかれていることもあった。

父親がリストラされたから、両親が離婚したから、試験当日にインフルエンザに罹ったから。それらの憶測のどれが当たっているのか、全部嘘なのか、当時のわたしにはまったく興味のないことで、むしろ、そういう会話に耳を傾けていることを恥ずかしいと感じていた。

塾で同じSクラスになり、教室に入った際に目が合ったので、片手を小さくあげてみたものの、ため息のようなものと一緒に目を逸らして無視された。同じ学校だということを知らないのだろうか。その数日後、今度は学校の正門前で会い、おはよう、と声をかけたが、ここでも咳をしながら目を逸らして無視された。

感じの悪い子だな、と思った。友だちもいそうにない。自分はこんなバカたちとは違うと皆を見下しているに違いない。

だから、二年生になって、下山がクラス全員から無視されている、と聞いても、当然だろう、くらいにしか受け止めなかった。いじめられる方にも原因がある。D組の子がそう言っているのを聞いて、胸の内で頷いたこともある。

その生徒が自己を正当化しているとは考えもしないで。成績がいいから。わたしを無視したから。それだけの思い込みを元に、わたしもいじめに加担していたことになる。

しかし、父なら……。

とはいえ、別のクラスに乗り込んで、いじめをやめよう、と皆に訴える勇気は持ち合わせていなかった。そもそも、そんなことをすれば下山が不快に思うだろう。

自分がそういう目に遭ったことがないから、想像による（多分、それまでに見てきた映画に影響を受けていたはずだ）ものだけど、いじめに堪えられるかどうかは、加害者との闘いではなく、自分の心との闘いではないかと、わたしは思う。

心を守るために必要なのは、まず、いじめられていることを認めないこと。無視されているのではなく、こちらがバカどもを無視しているのだ。だから、バカどもにこちらからすり寄っていかない。悲しそうな表情を絶対に見せない。

何とも思っていない。自分の目には、おまえたちの姿など映ってもいないし、自分の耳には、おまえたちの声など届きもしない。

下山の無表情や無反応は、自分を守るための鎧（よろい）だったのだと思い至った。それを、自分の不用意な行動が打ち砕くところまではいかなくても、ひびを入れてしまうことになるのではないか。

いや、当時のわたしはそんなところまで考えが及んでいなかった。父のようになりたい自分と本来の臆病な自分がせめぎ合い、二の足を踏んでいただけだ。

そのうち、下山を無視する流れは他のクラスにもやってきた。関わったこともないのに悪口を言う子も出てきた。女子より色白で気持ち悪いとか。触ったらヌメッとしそうとか。海藻みたいな臭(にお)いがするとか。カネコちゃんとか。

それに加わらない。わたしの正義感はその程度だった。そんな自分が許せず、塾では普通に接しよう、いや、優しくしてあげよう、と心に決めた。しかし、週に一度おこなわれるテストの成績順の席では、わたしと下山のあいだには一〇人分以上の距離があり、話しかけるタイミングも、何か話さなければならない用事もなく、視線が合うこともないまま教室をあとにすることの方が多かった。

一度、課題がスムーズに解け、下山とほぼ同じタイミングで教室を出たことがある。ばっちりと目も合ったため、バイバイ、と声をかけた。瞬間、下山は目を逸らし、走り去っていったけれど、わたしは下山が何故そんな態度をとったのかを考えることなく、彼に声をかけてあげることができた自分に満足していた。

わたしのような人間はその程度のことで充分だったのだ。しかし、下山との距離は徐々に近付いていった。心の距離といった目に見えないものではない。塾の教室の席順だ。

わたしの成績は少しあがったものの、席が近付いたのは、下山の成績が下がったためだという方が正しい。後ろに片手で数えられるくらいの子を残して席が前後になったのは、そろそろ二年生も終わりという時期だった。

その日は、翌月から二カ月、つまり、三年生になって最初のクラスが決まるという大切なテストの日だった。講義はなく、テストのみの日で、教室に入ってきた子たちは、机の上にシャーペンと消しゴムのみ出していた。

わたしより少し遅れてやってきた下山も、席につき、リュックから取り出した筆箱を開けた。が、何やらガサゴソとあさり出し、ついには机の上に筆箱の中身を全部ひっくり返した。後ろから覗き込み、消しゴムがないことに気が付いた。

塾の入っているビルの近くにはコンビニもあるけれど、始業時間までもう三分もない。

わたしは自分の消しゴムを半分に割って、下山の背中をつつき、それを差し出した。無視されるかと思ったら、受け取られて逆にとまどった。おまけに、小さな声だったけれど、ありがとう、と聞こえた。見た目のイメージよりも低い声に驚いて、どういたしまして、の声が出ず、そのまま先生がやってきてテストが始まった。

小指の第一関節分ほどの小さな消しゴムを、テスト終了後、下山は律儀にわたしに返してきた。ありがとう、と言って。二度目のお礼には、わたしも笑顔で対応することができた。

「いいよ、それ、もう捨てて。新学期から新しいのを使いたかったから、小さくするのに協力してもらえて助かった」

相手を気遣わせないよう、なかなか気の利いた言い方ができたと思ったのに、下山はそれには何も答えず、消しゴムを持った手をズボンのポケットに突っ込むと、机や椅子にかけていたリュックやジャンパーをつかみ、逃げるように教室を出ていった。

何あれ？　と、あきれながらふと目を遣った下山の机の上に、消しゴムのカスは一つもなかった。床の上にも。

遠慮して使えなかったのだろうかと、クラス発表の日まで下山のテスト結果を気にするはめになったものの、下山もわたしも無事、Sクラスで新学年を迎えられることになった。ただし、今度はわたしの方が前の席だったけれど。それは、消しゴムのせいだと思っていた。

下山と同じクラスになったのは塾だけではなかった。三年生は学校でも同じクラスになった。新しい教室に足を踏み入れた瞬間、空気が澱んでいる、と感じたのは、その先に起こることの予兆を感じ取ったからか。それとも、水面下ではもう始まっていたからか。

そんなクラスの委員長にわたしはクラスメイトからの投票で選ばれ、下山は男子の体育委員に選ばれた。

運動が苦手な子を体育委員に選ぶのは嫌がらせに通じるのではないかと思ったものの、では、自分が委員長に選ばれたことはそうではないのか、自分の場合は人望を評価されていると解釈しているなら、他者に対してもそう思わなければ、逆に自分がその相手を見下していることになるのではないか。そんなことを考えると、皆の前では何も言えなかった。下山へのいじめは無視だけにとどまらなかった。体育委員に選んだ時点で、その計画はできていたのか。

五月の連休明けのある日、体育の授業を終えた四時間目のことだった。国語、現代文の時間だった。出席番号で当てられた子が「高瀬舟」を朗読というよりも必死で文字を追うような感じで読んでいるのを、窓側の一番後ろの席でぼんやり聞いていると、廊下側の端から、ガタンと大きな音が聞こえてきた。音はバタンと続き、周辺の席の女子から悲鳴が上がった。

開け放たれた掃除用ロッカーの前に、手足をガムテープで巻かれ、口にも同じガムテープを貼られた下山が倒れていた。半分開いた目はほぼ白目で、意識があるのかどうか遠目で確認することはできなかった。

やがて、驚く声の中に、くっせ、きたな、と言う男子の声が混ざった。下山は失禁していた。白い体操服の半ズボンを見れば誰でもわかるほどに。それとほぼ同時に臭いも漂ってきた。下山から遠ざかるため、下山の姿を見るため、教室中の生徒たちが何やら叫びながら立ち上がり、パニック映画のワンシーンのような状態になった中で、わたしの目に留まったのは、座ったままニヤニヤしている数人の男子たちだった。

カッと込み上げてきたものは何だったのだろう。自席から一番近い笑った子のところに向かい、気付くとその子の机を蹴り飛ばしていた。

「ここは、クズのたまり場か！」

そう叫んでもいた。このことを知っていたヤツらは誰だと言わんばかりに、ぐるりと一周見渡して、気まずそうに目を逸らした連中をもう一度睨みつけてやった。

それから、下山のところに行って、大丈夫？　と声をかけた。下山の首がわたしの方にわずかに動いたのを見て、死んでいないことにホッとした。一番近くにいた男子二人に、保健室に連れていくのを手伝って、と声をかけた。

えっ、と、たじろぐ男子たちに、お願い、と、もう一度頼むと、彼らは仕方なさそうに顔を見合わせ、下山の両腕と両脚を取った。わたしは自席にもう一度戻り、部活用のバッグから大判のタオルを取り出して、持ち上げられた下山の腰にかけた。どよめきが起きた理由は考えないことにした。気に入っていたタオルだったけど、洗濯してまた使おうとは考えていなかった。

消しゴムと同じ。下山にあげたつもりでいた。

学級会らしきものが開かれたのは、その日のうちだったか、翌日だったか。担任はシラを切る間も与えずに、主犯格を特定し、何をしたのか皆の前で吐かせた。この学校に男子用更衣室はなく、教室で着替えることになっている。財布などの貴重品を教室に置いておくため、体育委員の男子は皆が出たあとに、教室を施錠する。

必然的に、下山は教室に最後まで残っていることになる。主犯格と取り巻き三人はそこを狙って、掃除用ロッカーに下山を閉じ込めた。五月とはいえ、プールで泳いでもいいような暑い日だった。そんな中、しゃがむこともできないような狭いところに、一時間以上閉じ込められていたのだ。

いたずらだった。ロッカーは内側から簡単に開くと思っていた。そんな言い訳が通用するような担任ではなく、加害者の保護者も全員学校に呼び出され、下山とその保護者に謝罪をしたと聞いたし、この事件のために全校集会まで開かれ、全学年の生徒が、校長先生から、いじめは人権侵害であり犯罪だという話を三時間近く聞かされることにもなった。それを上の空で聞きながら、わたしは……、後悔していた。

あの時、教室にいたのは国語のバカ教師だ。黒板の前に突っ立って、ぼんやり見ていただけの役立たず。だけど、わたしが出しゃばることもなかった。立ち上がったのなら、そのまま教室を出て、担任を呼べばよかったのだ。きちんと対処してくれる先生だということはわかっていたし、委員長なのだからそれほど出しゃばった行動にはならない。

事件直後はバタバタとしていて気付かなかったものの、数日経った頃から、教室に入ると違和感を覚えた。クラスメイトと目が合わないのだ。仲のいい二、三人は普通に接してくれたし、かっこよかったよ、とも言ってくれた。むしろ、それがなければ学校に来るのが恐ろしくなっていたかもしれないと思うほど、皆がわたしを避けていた。

こちらから声をかければ応じはするけど、目を合わせてもらえない。まるで、わたしと目が合うと石にでもされてしまうかのように、怯えた様子で目を逸らし、用が終わると同時に逃げられた。

それでも、これでよかったと思えたのは、担任がわたしを直接ねぎらってくれただけでなく、祖母に報告の電話をし、祖母から、さすがお父さんの子だ、と、わたしにも正義感があることを認め、泣いて喜んでもらえたからだ。

しかし、下山からお礼の言葉はなかった。脱水症状を起こしていたため病院に運ばれた下山は一泊だけ入院し、三日目にはなんと普通に登校してきた。教室内はざわついたものの、彼に直接声をかける子はいなかった。からかう子もだ。皆、どう接してよいのかわからず、また、面倒なことに関わりたくないという思いもあったのだろう。

誰もが、視界から彼を排除したように見えた。わたしは下山とすれ違いざま、大丈夫？と声をかけた。しかし、彼は目を合わせようともせず、わたしから逃げるように自席へと向かった。これでいいのだ、と思った。彼は無視されたいのだ、と。

塾でも互いに目を合わせることはなかった。学校でクラスの子から距離を置かれていると感じる分、こちらが離してやりたい（そうでなければ自分のプライドを保てなかったのだと思う）という気持ちが高まり、わたしの成績は伸びていき、下山の席との距離は週ごとに開いていった。

もはや、下山の席がどこなのかさえ興味がない。それでも、夏休み前のクラス替えでは教室の中に下山の姿を探した。彼の姿はなかった。Ａクラスへと降格になっていたのだ。

そして、あの日がやってきた。

一学期の終業式の前日、塾はいつも通り午後九時に終了した。わたしは自転車で通っていた。駐輪場に行くと、わたしの自転車のカゴの中に手紙が入っていた。食パンのコマーシャルでおなじみのクマのキャラクター模様の封筒には『長谷部香さんへ』と整った字で書かれていた。糊付けはされていなかった。

ラブレターかとドキドキして、辺りをうかがいながら中身を出した。ラブレターではなかった。同柄の便箋には短い文が記されていた。

『相談したいことがあります。一〇時までみどり公園で待っています。　下山兼人より』

みどり公園とは、駅向こうにある小さな児童公園で、部活動を引退してからは塾が始まる時間まで、わたしはそこでよく英単語を覚えたり、テスト勉強をしていた。それを下山が知っていたのかどうかわからない。面倒な気もした。だけど、自分は少しずつ父に近付けているという自信が背を押し、わたしを公園に向かわせた。

自転車を押して公園に入ると、わたしがいつも座っているすべり台横のベンチに下山が浅く腰掛けていた。わたしを見て驚いた顔をしている彼と、二人並んで腰掛ける想像ができなかったし、する必要もなかった。ベンチから少し離れた砂場の脇に自転車を停めていると、下山がこちらにやってきた。

「相談って、何?」

厳しい口調にならないように気を付けた。

「あ……、の……。夏休みに映画に行かない……、かな」

夜風に消え入るような声だった。学校のことでも塾のことでもない。何を言っているのだろうと、わたしは彼の顔を見た。顔を伏せてしまった下山から表情を読むことはできず、代わりに風が彼の臭いを運んできた。

濁った海の臭いがした。誰かが海藻と言っていたのを思い出した。そして、別の光景も。失禁していた時でさえわたしは彼に近付くことができたのに、この臭いはこれ以上吸い込みたくないと激しく思った。ましてや、二時間も隣に座ることなど考えたくなかった。

「ごめん。できない。だって勉強しなきゃ。わたしたち受験生でしょ」

はっきりと断ったのがいけなかったのだろうか。下山はふいに一歩足を踏み出したかと思うと、わたしの両肩をガシリとつかんだ。あわてて身をよじっても彼の手は離れない。それどころか、握りつぶされるのではないかと思うほどの力が加わった。指先の一本一本がわたしの肩にめり込んでいるようだった。カネコちゃんとは別人だ。

「痛い……」

その声を無視するように、下山はつかんだ手の力をゆるめることなく、わたしとの距離をつめてきた。

「一回だけ……」

目の前に下山の顔があった。互いの鼻の頭が触れ、唇にぬるりとした粘膜をこすりつけられた感触がして、頭の中が真っ白になった。

「やめて！」

満身の力をこめて体をよじり、手が離れた方の肩から下山の胸に体当たりした。下山は軽くふらつき、砂場の上に尻もちをついた。運の悪いことに、ぶつかった自分の体をコントロールすることができず、下山の上に倒れ込むかたちになった。呆然とした瞬間に再び肩をつかまれそのまま半回転し、わたしと下山の位置が入れ替わる。肩をつかんでいた下山の右手がもぞもぞと這うように下がり、わたしの胸の上で止まった。

声を上げる前にわたしは左手で砂をつかみ、下山の顔に投げつけた。下山の体が離れた隙に立ち上がる。黙って逃げればいいのに、捨て台詞を吐いてしまった。

「くさいし！　気持ち悪っ！」

下山がどんな顔をしていたのかわからない。唾（つば）をかけるように汚い言葉を放ったわたしは相手の反応など見もせずに、自転車に乗ると、全速力で公園をあとにした。

何なんだ、何なんだ、何なんだ。気持ち悪い、気持ち悪い、気持ち悪い……。

自宅に戻り、風呂に入って石けんを唇にこすりつけるようにして何度も洗った。

両肩は心臓が二つに分かれて移動したのではないかと思うほど、熱く脈打っていた。空洞になった心臓の部分は大量のミミズがうじゃうじゃと這っているような感触で、気持ち悪さに全身が震えた。

溢れ出した涙をがまんする必要はなかったはずなのに、唇を思い切り嚙(か)みしめた。流れるシャワーの湯に血が混じっていた。

死にたい……。その場に剃刀でもあったなら、どうしていたかわからない。たとえば、自室の勉強机の引き出しの中にナイフがあれば。

部屋の天井がもう少し低く、梁(はり)にかけるロープがあれば。

同じ思いに下山が囚(とら)われていたことを、わたしは翌日知ることになる。

第五章

あなたも、心療内科にかかったことがあるのか。

そんな質問を受ける人間は、他者からどのように見られているのだろう。カウンセリングが必要な人だと思われている。今は正常に見えるけど、過去に不安定な状況にあったことが垣間見られる。カウンセリングが必要な状況に陥った過去があることを知っている。

いずれにしても、殺人犯の話の延長でされるような質問ではないはずだ。

その殺人犯、立石力輝斗の精神鑑定には不備があったのではないかという情報を得て、遠路はるばる担当医師に会いにいってみたものの、長い時間をかけて帰宅してみれば、頭の中には何も残っていない。ただ、そこの名物のバター餅がおいしかったという、どうでもいい情報のみを舌の裏にわずかに感じただけ。

作り手としての闘志が湧き上がっていたはずなのに、たったひと言で、自分がこれから何をするべきなのかわからなくなった。

まるでつかめない。形が見えない。事件の概要、ではなく、監督が何を撮りたいのか。

監督を信頼できるのか。監督が知りたいことを、果たして自分は見たいのか。

監督の幼少期、戸境壁の向こうにいたのは、やはり力輝斗ではないかとは思う。辛い状況を互いに手を触れ合わせながら支え合った子どもたちが、年月を経て再会する場面には見てみたいものがそれなりにある。

そこからしか「笹塚町一家殺害事件」の物語は始まらないような気もするのに、弁護士に手紙を届けてもらうことさえ難しそうだというメールが、二日前に監督から届いた。

それを受けての食事を兼ねた打ち合わせがこれから始まるわけだけど、なんとなく、今回の話は一旦保留に、という流れになりそうな予感がする。もしくは、取り扱う事件を変更する。そうなれば、わたしはお役御免になるのだろうか。

店はわたしが予約した。大畠凜子事務所での通常業務の一つだから、お安い御用だ。個室のイタリアンを取ったあとで、イッカさんと会った時のことを思い出した。

立石沙良の虚言癖や、平気な顔をして他人に危害を加えるような人物であったことを、本人亡き今、世間に知らしめる必要などあるのだろうか。そもそも、虚言癖と、他者への攻撃性とでも呼べばいいのか、これは切り離して考えるべきものなのだろうか。

自分の作り上げた世界の中で生きているから、その世界での真実がすらすらと口をついて出てくる。他者は皆、わき役でしかなく、邪魔だと判断したら排除する。そこに痛みは伴わない……。

ドアが開いた。

「遅れてごめんなさい」

長谷部監督が入ってきた。映画のパンフレットで見たのと同じ黒いスーツ姿だ。気が付けば、少し厚手の生地の上着が必要な季節になっていた。

「まだ、時間前ですよ」

言いながら立ち上がると、監督はハッとしたように大きな目を見開いた。

「ごめんなさい。こんなに素敵なお店を予約してもらったのに、まったくおしゃれをしてこなくて」

わたしが気合いを入れて来ただけだ。できる女に見せたくて。しっかりした、カウンセリングなど必要ない人間だと思わせたくて。

「わたしと会うのにおしゃれなんて必要ありませんよ。先日はお疲れ様でした」

まだ申し訳なさそうな顔をしている監督に椅子を勧め、飲み物のメニューと別添えのワインリストを手渡すと、監督の表情はさらにとまどったものとなった。

「ごめんなさい。お酒は飲めるんだけど、まったく疎くて。おまかせしていい?」

まかせてもらうのはかまわない。ワインや料理の知識はすべて誰かからの受け売りだ。田舎者でも、一〇年も東京に住んでいれば、必死に頭に叩きこまなくても、自然と身に付けることができる。たとえ、そういうことに関する環境に恵まれていただけだとしても。

監督だって、大きなカテゴリーでは同じ条件のはずだ。いや、むしろ、横浜出身で、わたしよりもはるかに華やかな場に出ることが多いはずの監督が、どうして気取る必要のない相手との外食でおろおろしているのか。

ともあれ、店の人の出入りを最小限にとどめられるよう、ワインと料理をまとめてオーダーした。いちじくを使ったサラダに監督が、懐かしい、とポツリとつぶやいたのに気付いたけれど、弾んだ様子ではなかったので、聞き流すことにした。

笹塚町の名物だったわけではない。

「手紙については、もう少し待ってもらってもいい？　弁護士の先生ならなんでも引き受けてくれるんじゃないかって、勘違いしていた。今度は、支援者の人に連絡を取ってもらっているの」

手紙でさえこれほど難しいなら、面会など不可能ではないのか。

「そこまでして、監督は何を知りたいんですか？　カウンセリングの話を聞いて、やはり、わたしは戸境壁の向こうにいたのは力輝斗ではないかと思いました。精神鑑定に時間が足りなかったとしても、本人が罪を認めているということは、裁判記録に書かれた事件の概要についてはすべて事実でしょうし、力輝斗が何か隠していても、それは第三者が知らなければならないことなんでしょうか？　知った先に何があるんですか？」

自分から打ち切りを勧めるようなことを言ってどうするんだと、耳元でささやきかける自分はいるものの、言葉を止めることができなかった。

「知らないと、前に進めないから。真っ暗な川の水面(みなも)に立っているような感覚なの」

「水の上に立っているんですか？」

「ずっと、そうだと思ってた。でも、そうじゃなかったことが、水の中に落ちてわかった。水面すれすれのところにわずかに頭を出している石の上に立っていたんだって。わたしは今どこにいる？　何故ここにいる？　次はどこへ向かえばいい？　どうすれば、誰も傷つけずにこの川を渡りきることができる？　それには、知るしかなかった。知れば、目の前に一つ石が見えてくる。真尋さんも、知りたいと思わなかった？」

監督の言葉を自分の姿に置き換えて頭の中でイメージしていたところに、突然、ドンと背中を押されたような気分になる。水の中に落ちないように、両手をぐるぐるとまわしてバランスをとり直し、頭の中の自分をしっかりと立たせてから、監督に向き直った。

「何について、ですか？」

「ごめんなさい。千穂ちゃんの活躍を知りたくて調べたら、中学時代までのコンクール結果しか見つけられなくて。それで、佐々木さんなら知ってるかもって」

「どうして、直接わたしに訊いてくれなかったんですか？　せめて、正隆くんでも」

「正隆くんには、会った日にお礼のメールと一緒に訊いた。千穂ちゃんはどうしているの？　って。そうしたら『あいつは元気に世界中をかけめぐっている。それ以上は、俺にも真尋にも訊かないでくれ』って返信がきて」

「それを、詮索しないでくれという意味だと解釈できなかったんですか？」

「忙しくしてるからだと……」

「本気で、一〇〇パーセントそうだと思って言ってます？　身内が語りたくない事情があるんじゃないかっていう、興味がまったくなかったと言い切れますか？」

「ごめんなさい。まったくとは……」

「おまけに、知ったら知ったで、お悔やみでも言うか、それか、ほとんどの人がそうしてくれているように、知らなかったことにして、その話題には触れずにいてくれたらいいのに、心療内科にかかったことがあるのか、だなんて。いるんですよね、こういう人。いかにも心配しているような顔して、他人のプライバシーにズケズケと入り込んできて、踏み荒らしていく人。そのくせ、自分だけが同情してあげているなんて悦に入ってる。知ってることを少し仄めかして、わたしの口から身の上話でも語らせたかったんですか？」

「違う……」

「じゃあ、わたしの頭が一部壊れてるって、本気で同情してくれてたんですか？」

「それは……」

「姉の死を受け入れられず、生きているって思い込んでいるかわいそうな妹だ、って」

「待って……」

「姉が死んだことは、死んだその日から自覚してます。死に顔だって、お葬式の様子だって、頭の中に刻みこまれてる。もちろん、悲しかった。わんわん泣いた。家族全員、悲しんだ。どうして、こんなことになったのか。知れば、一歩先に行けるって、言いましたよね？」

「ええ……」

「姉は高校一年生の夏前、ピアノ教室からの帰り、自転車に乗っているところを車に轢かれました。犯人は……、逃げずに、その場で救急車を呼び、警察に自首しました。人通りの少ない交差点で、姉の自転車が信号無視をして飛び出してきた、と一方的にこっちのせいにするような証言をしても、信じてもらえるタイプの人でした。三〇歳、男性、会社員、勤務態度は真面目、結婚一年、来月には子どもが生まれる予定で、減刑だか、執行猶予付きだかを求める署名が社内で集められたのだとか。人殺しなのに。こっちの知り合いまでもが、『千穂ちゃんは気の毒だけど、相手の人もかわいそうに』とか言ってたし。おまけに、姉の同級生の中には、姉がピアノのことで悩んでいた、なんてわざわざ警察に証言したヤツまでいて、心ここにあらずな状態で自転車に乗っていたんじゃないかとか、自殺するためにわざと飛び出したんじゃないかなんていう、バカな憶測が学校内で流れていたとか。母は、一年以上も前から姉がピアノをやめたいって相談してきたのに、もう少し続けてみるようにと説得したことを、どんなに悔やんでいたか。あの時も裁判は……、あったんでしょうね。父だけが行って、夜遅く、母に伝えているのを、わたしがこっそり聞いていたから、今こうして、ペラペラしゃべっているわけですから。結局、犯人は……、刑務所に入ることなく、会社をクビになることもなく、子どもも無事生まれ、おまけに、その赤ん坊と奥さんを連れて、家に謝りに来ました。弁護士もいましたね。怒れますか?」

「えっ?」

「大事な人を奪った人殺しが目の前にいるんですよ。罵っても、殴りかかっても、気持ちが晴れることなんかないのに、それすらできない。いや、普通はやるのかもしれない。怒りを抑えながらも、非難めいたことは口にするのかも。そうしたところで、責められる立場ではないのだし、向こうもそのくらいの覚悟は持っていたはずだし、むしろ、そういう言葉や行動を受けたかったかもしれない……」

そうだ。赤ん坊を連れてきた犯人、加害者をずっとずるいと思っていた。だけど、本当に怒られないため、同情を得るためにそうしていたのだろうか、などと、今になって疑問が生じる。姉の方から飛び出したとはいえ、人を死に至らしめておいて、何の責任も感じないような人ではなかった。

心の底から謝りたい。そして、許されるなら、新しい人生を送りたい。そう思っていたからこそ、妻も子どもも連れてきたのではないだろうか。二人に危害を加えられるかもしれないというリスクを承知で、それでも、この三人で生きていくことを許してくださいと伝えるために。

「真尋さん？」

監督がわたしの顔を覗き込んでいる。深い黒目に、今のわたしの姿が映っている。そうだ、あれは過去の出来事で、わたしはそれを監督に聞かせているところだった。怒りを伴いながら。お門違いの。

「すいません。本当は、知るということが必ずしも救いになるとは限らないという話をしたかったんです。加害者はいい人でも、悪いヤツでも、姉が死んだという事実は変わらない。むしろ、いい人だと知ってしまったから、法律では何も罰を受けなかったから、こちらは何も報われない。加害者の人となりなんか知らなくてよかった。ただ、女子高生を車で撥ねて死なせた人として、相応の罰を受けてほしかった。ずっと、ずっと、そう思っていたのに、そうなのかな？って。もしかすると、知ったからこそ、続きができたんじゃないかな、なんて、今、自分の中で記憶にある景色の色が変わろうとしています。八つ当たりみたいなことをしておきながら、申し訳ないのですが、もう少し、聞いてもらっていいですか？」

「もちろんよ。わたしに対して申し訳ないとか、そんなことは考えないで、真尋さんが思うことをそのまま言葉にして」

監督と目を合わせると、その奥にスクリーンがあるような、過去のあの日の景色が映っているような感覚に囚われ、それに抗わず、わたしは自分の意識をそこに委ねた。

両親は、弁護士を含めて、彼らを家へは上げなかった。玄関先で、うちの家族とあちらの家族が向き合うような形で、少しの間、沈黙が流れた。

わたしは家の中に一人でいるのが怖くて、勝手に出てきて母の横に立っていたけれど、真尋は中に入っていなさい、などとは言われなかった。

どちらが被害者なのかわからないほど、みんな暗い顔をしていた。赤ちゃん以外は。わたしは一瞬、赤ちゃんと目が合って、すぐに下を向いた。じっと見たら、あの子はきっと泣き出してしまうと思ったから。

そうしたら、自分が泣けなくなってしまう。両親も。

自分の靴先ばかり見ていた。オレンジの蛍光カラーの運動靴。それを履いたら速く走ることができるって、学校で流行っていて、たいして足も速くないのに買ってもらった運動靴。姉のお葬式の時、さすがにこの色は、と手伝いに来てくれていた芳江おばさんに眉を顰められて、母がげた箱の奥から出してくれたのは、姉の黒い靴。ピアノの発表会用の、ピカピカしたエナメルの靴は、それもお葬式には合わなそうに思えたけど、おばさんは何も言わなかった。

あの靴はどうしたのだろう。お葬式のあと、玄関に脱いだままにしていたけれど、母がまたしまったのだろうか。そんなことを考えていた。昔の靴やドレスだけじゃない、ついこのあいだまで履いていた靴は、服は、ピアノは？　姉の物はどうなるのだろうか、と。

　沈黙を破ったのは母だった。

　——わざわざお見舞いに来てくださって、ありがとうございます。

　かすれ声だったけれど、はっきりとそう聞き取れた。姉の死後、母の声を忘れてしまうほど、母は悲しみにくれたまま口を閉ざしていたのに。

　だから、聞き間違いかと、自分の耳を疑った。しかし、面食らっているのは、わたしだけではなかった。驚いた勢いで顔を上げると、おとなたちのとまどった顔が順番に目に入ってきた。

　そして、最後におそるおそる確認した母の顔には、少し笑みが浮かんでいた。その表情のまま、母は続けた。

　——おかげさまでケガも回復し、無事、留学先のパリに送り出すことができました。

　パリ？　留学？　何を言っているの、と喉元まで声が出かかったけれど、発することはできなかった。そうしてはならない空気を、父から感じた。父は演説でもするかのように喉を二回鳴らして、加害者の方を向いた。

　——娘は幼い頃から、ピアノを習っていまして、パリ留学は夢の一つでした。そういうことですので、もうお引き取りください。

そういうことにしたのだと、子ども心に悟った。

加害者は、でも、とか、いや、とか何か言いかけたような気がする。だけど、言葉を切り、深く頭を下げた。土下座もできない、謝罪の言葉も口にできない、もし自分が彼の立場であっても、同じことしかできないだろうと、今なら思える。

赤ちゃんが突然、火がついたように泣き出した。若い夫婦は困った様子でそれをあやしながら、その場を去っていった。だけど、最後に見えた横顔にはホッとした気配が感じられた。

だから、わたしの中には、赤ちゃんを連れてきたことを、ずるい、と思う気持ちがずっと残っていたのかもしれない。

「パリ留学なんてのは、あの人たちを追い返すための、その場限りの言葉だと思っていたんです。だけど、そのあと家の中に入っても、母はその話を続けたんです。夕飯は何にしようかしら。千穂は和食があまり好きじゃなかったけど、そろそろ恋しくなる頃かもしれないわね。やっぱり、おでん？　それとも、肉じゃが？　真尋は何だと思う？　突然ふられて、わたしはどうしたらいいのかわからなくなって、父を見ました」

テーブルに移した視線を監督が追い、空になっていたわたしのグラスにワインを注いでくれた。子どもの頃に知らなかった味は、気持ちをあの頃から現在に戻らせてくれる。

「お父さんは何と?」

「フランスに行ったからって、急に和食が好きになるわけないだろう。それよりも、母さんの作る、ほら、なんだ、あのクリームスパゲティ、あっちの方が恋しくなっているんじゃないか? と。何度も食べているのに、父はカルボナーラを覚えられなくて、それをよく姉にからかわれていました。会話が途切れた時に、クイズみたいにして訊くんです。だからってわけじゃなかったけど、その時のわたしは姉と同じように父に問いました。ベーコンと卵と牛乳で作るクリームスパゲティの正しい名前は何でしょう?」

答えを求めるように監督に向かって少し体を乗り出すと、監督の瞳がうるんでいることがわかった。あの時の父のように。だけど、涙は流さない。代わりに、ゆっくりと微笑んで口を開く。

「カラボ、なんとか、だっけ?」

声を出すのに少し時間がかかった。

「どうして、知ってるんですか? 父の答えを。正確には、ガルボだけど」

「そんなふうに答える方なんじゃないかな、と思って。本当はちゃんと覚えてるけど、千穂ちゃんとのそのやり取りが楽しくて……。ごめんなさい、わたしなんかが勝手な想像をして」

「ううん。そうだったんだと思います。父は勉強熱心で、今は漬物作りに凝っていて、話していると、わたしの知らないなすの種類なんかもポンポン出てくるのに、カルボナーラが覚えられないなんて、おかしいですもん。でも、その時も、父は覚えていないフリを続けて、母に、カルボナーラでしょ、ってあきれたように言わせて、その日の晩は三人でそれを食べたんです。その席でも母は、言葉は大丈夫かしら、なんて言ってて、父は、千穂は耳がいいから大丈夫だ、と答えて、みんなで手紙を書いてみよう、という提案までしたんです」

「実際、書いたの？」

「わたしは頭の固い子どもで、そういうことにしようとしている雰囲気はわかっても、やっぱり、受け取り手のいない手紙を書くことに抵抗があって、母のいないところで父に訊いたんです。何でこんなことするの？　って。そうしたら、人は二度死ぬんだって。一度目は、体の死。二度目は、存在の消えてしまう死。お姉ちゃんがいると信じていれば、信じている人の中でお姉ちゃんは生き続けられるし、真尋もお父さんもお母さんも、お姉ちゃんの存在する人生を送ることができる」

「いいお父さんですね」

「そうなん、でしょうね。わたしはバカなくせに、妙に上から目線の子どもで、父は母のためにそうしてあげている、それに協力してほしいとわたしを説得している、なんて解釈したんです。母は本当に姉が生きていると思い込んでいる、ショックでおかしくなってしまったんだ、なんて。自慢の娘だったから仕方ない。死んだのがわたしだったらこんなふうになっていないのではないか。それならせめて、母を支えてあげられる子どもになろう。そうやって、姉の話ばかりしていました」

「辛くなかった？」

「何がですか？　そりゃ、ドラマとかでたまにある、母がわたしを姉だと思い込んでいるとかだと、辛かったと思います。でも、わたしはわたしだったし、あと、母は喜んでくれたんです。わたしの語る姉の話を。そうしているお姉ちゃんの姿が頭の中に浮かぶ、って」

「そうなの……。真尋さんはお母さんを救っていたのに、辛いだなんて、ごめんなさいね」

「救えていたんでしょうかね。これも、今になってだけど、母が父やわたしを救ってくれていたんじゃないかって気もします。全部わかっていたうえで、ああやってふるまっていた。法事やお墓参りはしていたんですよ。母方の祖父が次の年に亡くなってるから、一緒にして、うやむやにしているというか、グレーゾーンは生じるわけで。でも、その席では絶対に姉の名前は口にしない。父が頼んだのか、妹思いの芳江おばさんが察してくれたのか、正隆くんやおじさんも、話を合わせてくれるようになって。その辺りも含めて、母が本当はどう受け止めていたのか、癌で死んじゃったから、確認することはできないんですけどね」

「お母さんはもう……」

「そこはちゃんと、死んだことを認識しているんです。変ですよね。母が亡くなったのを機に、姉が生きているという設定も解除になるのかなって思ったんだけど、父がそのまま続けていたので、わたしもそうすることにしました。だから、姉宛にメール送ったりして。仕事用のスマホから私用のスマホに。二台持っているんです。私用っていっても、電話番号もメールアドレスも、自分しか知らない。姉宛のメール受信専用。そういった点では、病んでますよね」

「ううん。文字にするかしないかだけで、心の中で誰かに問いかけている人なんてたくさんいると思う。わたしもそうすればよかったのかもしれない。結局は自分で答えを出さなきゃならないのだとしても、誰かの顔を思い浮かべれば、自分の中にある別の答えが導き出せていたかもしれないのに」

監督はわたしの話を聞いてくれながらも、誰か別の人、もしくは出来事に思いを馳せていたのではないか。とはいえ、わたしがこれだけ話したのだから、監督も何かあったのなら打ち明けてくださいよ、などと言っていいものではない。

もともとは、わたしの逆ギレから始まったことだ。

それでも、もしも、監督が何かを語りたいのなら……。

「何か、温かい飲み物を頼みませんか。そうだ、デザートも一緒に。ティラミスとか、実は食べたことがないんですよね」

お茶を楽しむだけの時間でもいいと思っていた。


生まれ故郷の町にあるのに、他の場所に住む人の方が詳しい場所、どーこだ?

そんなクイズをもし父に出したとしたら、何と返ってくるだろう。これは、正隆くんでも思いつかないのではないか。いや、即答されるか。

答えは、宿泊施設。

笹塚町のホテルを調べることになったのは、大畠先生が行きたいと言い出したからだ。関係各所に有能なブレーンがいるとはいえ、実際にあった事件を書くにあたり、何か調べたいことが出てきたのだろうか。

それにしても、交通と宿泊の手配を、同じテーマで脚本を書こうとしているわたしに頼むとは。もちろん、事務所の職員としてのわたしの仕事はこれがメインだと言ってもいいほどだけど。

ライバル認定されていないということか。それとも、現場に行くことを打ち明けて、正々堂々と勝負しましょうと改めて表明されているのか。

しかも、わたしに町を案内してほしいという。

また、あの町に帰るのか。とは思うものの、いい機会のような気がする。むしろ、絶好のタイミングすぎて、監督が大畠先生に何か連絡を入れたのではないかとさえ疑ってしまう。

ちゃんと向き合わなければならない。立石沙良や力輝斗の事件にではなく、姉の死に対して。

もちろん、死んでいることは認識しているし、わかったうえで、姉が生きているようにふるまってきた。だけど、そうすることによって、姉の死にきちんと向き合っていなかったのではないか、ということに気が付いた。

知らなくてもいい。そう思い続けることについても、疑問が生じた。

姉を車で轢いた人物についてはもちろん知っている。だけど、それは姉の死について知っているということにはならない。

本当にピアノをやめたいと思っていたのか。その思いがあったとして、どれほどの重さで姉にのしかかっていたのか。誰か相談できる人はいなかったのか。四歳の年の差は、高校一年生と小学六年生とではとても大きく感じるけれど、わたしは愚痴の一つもこぼせない妹だったのだろうか。

母も、わたしも、父も、知るのが怖かったのかもしれない。加害者が重い刑罰を受けなかったことよりも、自分たちに原因があるかもしれないと考えることの方が辛かった。

そこから目をそむけていたのなら、知った方がいいのかもしれない。

そんなことを思うのは、監督の話が大きな塊のように、わたしの中に残っているからだ。

——あなたも心療内科にかかったことがあるのかの、も、は立石力輝斗ではなく、わたしのことなの。言葉足らずで傷つけてしまって、ごめんなさい。

監督はそう言ってから、中学時代の同級生、仮名としてA、の死について語り始めた。も、が誰を指すのか。それを確認せずに怒った自分を恥じた。

監督の、ごめんなさい、という口癖を鬱陶しく感じていた自分を恥じた。

姉が生きているようにふるまっているわたしを、監督が必要以上に気遣ってくれる理由もわかったような気がした。

そして、知りたい、がなぜ生きる支えとなるのかも。

想像力において大切なことは、まず、自分の想像を疑うことではないのか。

大畠先生は基本、週休二日を心がけるようにしている。

笹塚町への出張が月曜日からなのは、わたしが週末二日を笹塚町で過ごせるよう配慮してくれたのか。それとも、脚本の仕事が減ったとはいえ、シナリオコンテストの審査員やエッセイの執筆など、抱えている案件を考えるとまだまだ忙しい身である中で、丸二日間あけることができたのが、たまたま月曜日からだったのか。

同じ便で笹塚町に行きましょう、とは言われなかった。空港までの迎えも断られ、笹塚駅での待ち合わせとなった。駅舎に併設されたチェーン店のコーヒーショップは、田舎とはいえ、週末の午後ともなるとさすがに込み合っている。

こういう店は予約を入れられるのだろうか、と少し考えたものの、月曜日なら大丈夫だろうと踵を返し、東口へと向かった。

父との待ち合わせは、かつてあった古い映画館地下の喫茶店〈シネマ〉だ。帰省することを伝え、駅まで迎えにきてもらえるかと訊ねると、この店を指定された。何か用事があったらしい。

地下へと向かう階段を下り、重い木製の扉を開けると、カランカランと耳に心地よい音が響き、記憶に新しいコーヒーの香りが鼻先をくすぐった。父はカウンター席にいた。六席あるカウンター席は父よりも年配の男性客で埋まっている。皆、顔見知りなのか、マスターを含め、何やら楽しそうな雰囲気を醸し出している。

わたしに気付いた父は椅子から下りるとわたしの方にやってきて、入り口に近い二人掛けの席に促してくれた。

「ホットケーキでも焼いてもらうか?」

お腹がすいていたのでありがたい提案ではあったけれど、おじさんたちの前で子ども扱いされたことが、落ち着かない。

「コーヒーだけでいいよ。ていうか、人と会ってたなら、タクシーで帰ったのに」

「いやいや、今日の話し合いはもう終わったんだ。コーヒーはシネマブレンドにするか?」

父はそう言って、マスターにブレンドコーヒー二つとホットケーキを一つ注文した。わたしも座ったままカウンター席に向かい、マスターや他の客たちにペコペコと頭を下げた。

父がお世話になっています、というふうに。

「良ちゃん、うらやましいねえ」

父の名を愛称で呼び、笑っているおじさんもいたし、ごゆっくり、などとわたしに声をかけてくれるおじさんもいた。

「話し合いって、どんなお仲間なの?」

「〈シネマ〉の常連の人たちだよ。まだ少し早いけど、来年はこの店の五〇周年だから、また何か記念品を作らないかってね」

「へえ、いいね。また、ってことは、前にも何か作ったの?」

「二〇周年の時にね」

「そんな前?」

「三〇、四〇の記念時には、期間限定のオリジナルブレンドを出してもらったりはしているんだが、形に残る物は、それ以来かな。そんな昔のことじゃないと思ったのに、三〇年も経つんだな」

「もしかして、わたしが生まれた年？」

「そうなるのか……」

父がしみじみとつぶやいた。

「時間を止めてるのは、じじいだけだ。それとも、この店の時間が止まってるのか？」

聞き耳を立てられているわけじゃないのだろうけど、カウンターのおじさんがマスターに向かって言った。

「変わっていないって思ってるのは、自分だけですよ」

マスターが笑っている。それから、カウンターのおじさんたちは白髪だの禿げだのと互いの老いを、仲良さそうにあげつらっていった。

「二〇周年の記念品は何だったの？」

父に訊ねた。

「マグカップだよ。希望者を募って、名前を入れて、店の棚に並べてもらったんだ」

「ボトルキープみたいな感じ？」

「そうそう」

またもや、カウンター側が話を引き継いだ。一番年長者に見える、室内なのにハンチング帽をかぶったおじさんだ。

「俺が提案してね。いや、酒が飲めないもんだから、憧れてたんだよ。コーヒー豆キープってのも考えたけど、豆をねかせておいてもいいことはないしな。それで、カップはどうかって思いついたんだ」

おじさんはそう言って、コーヒーカップを持ち上げた。白地に青と金のラインが一筋ずつ入った、前回、わたしに出されたものと同じデザインだ。名前が入っているふうではない。

「今はもう使ってないんですか？」

「五年続けて、二五周年の年に、各自、もらって帰ったんだ。割れたり、欠けたりする前に、家に飾っておきたいっていう意見もあってな」

そこで、ふと、記憶をかすめるものがあった。

「もしかして、青地に金色でローマ字名が書いてある？」

「ああ、それだ」

父は答えたあと、しまった、というような顔をした。仕方がない。わたしが割ってしまったのだから。父はそのマグカップを毎日使っていた。それを、普段あまり手伝いをしないわたしがゲーム買ってほしさにはりきって洗い、食器棚に戻す手前で落としてしまったのだ。姉に背後から声をかけられ、驚いた拍子に手を滑らせてしまって。

たしか、わたしが小五で、姉が中三の時のこと。

父からは怒られなかったけれど、とても残念に思っていることは顔を見ればわかった。

新しいのを買ってあげたい。そう姉に相談すると、ピアノ教室の近くにおしゃれな雑貨屋があると言われ、休日、二人で買いにいくことになった。

電車で出かけるのは、小学生のわたしにとってはかなりの遠出のように感じた。それと同時に姉が週に五日も、この距離を往復していることを考えると、そりゃあ、ピアノをやめたくなっても仕方ないな、と思ったのだ。当時のわたしは。

姉がピアノに疲れていたことを相談はされていないけれど、薄々は感じ取っていたということか。

考えごとをしていると、目の前から景色が消える。そこに、さっと元の景色が現れたのは、香りによって誘導されたからだ。コーヒーとホットケーキの香り。

「大切なカップを割ってしまってごめんなさい」

「気にすることない。新しいのを買ってくれたじゃないか」

「よく似たのがあってよかったよ」

青地に金でRと入ったものを選んだ。しかし、父は眉を顰めた。

「ネコじゃなかったか？」

誤差と呼べるような記憶違いではない。そういえば、店にはネコのカップがあった。マンガチックなものではなく、茶トラのネコがやわらかいタッチの水彩画で描かれた、おとなの男性が使ってもおかしくはないものだったような気はするけれど。

そうだ、姉は他にも何か買っていた。父のカップを選んだあとは、かわいい文具に気を取られていたけれど、そのあいだに、姉も別の物を見ていた憶えがある。

「そのカップってまだある？」

「大切にしまってあるよ。形見の……、いや」

「形見でいいんだよ。家に帰ったら、話したいことがあるんだけど」

「そうか」

父はそれ以上何も続けなかったけれど、わたしが何を話したいのか察しているのではないか。

「わたしも記念グッズほしいな」

気分を変えるように大きな声で言ってみた。

「二回しか来たことがないのに？」

「いいさ、いいさ」

また、ハンチング帽のおじさんが返してくれた。

「前は一〇〇人分作ったが、今回は二〇人集まりゃいいところだからな」

そう言ったあとで、おじさんが少し寂しそうな顔をしたことには気付かないフリをして、じゃあお願いします、とだけ頼み、温かいホットケーキを頬張った。

自宅に戻ると、父はすぐにマグカップを出してきてくれた。箱に入ったままで、開けるとやはり、ネコの模様だった。

「てっきり、二人でこれを選んでくれたと思っていたんだが」

「いや……、二人で青地に金色でRって書いてあるのを選んで、会計はお姉ちゃんに頼んだから、実際のところはわからないけど、変更するならひと声かけてくれただろうし、店員さんが間違えたか、お姉ちゃんが友だちに誕生日プレゼントだかを買って、誤って入れ替わってしまったとかじゃないかな。マグカップって、中学生のプレゼントの定番だし」

「そうか。おまえたちらしいと思っていたんだが、これじゃなかったのか。千穂に大切にしまっておいてくれと言われたからなあ……」

父は指先でトラ猫の頭をなでてから、箱の蓋を閉め、テーブルの上に置いた。自分のせいでもあるからと、二人でお小遣いを出し合って買ったものではあるけれど、父にとっては、姉からの最後のプレゼントだ。

話を合わせていてもよかったのではないか。いや、これでよかったのだ。たまたま話題に上ったカップでさえ、思い違いがみつかった。こういうことが、他にもあるのではないだろうか。

「お父さん、明日はお墓参りに行こう」

「母さんのか？」

「うん。それと、お姉ちゃんの」

「……何か、あったのか？」

「わたしの想像するお姉ちゃんが、本当のお姉ちゃんなのか、自信がなくなって。ちゃんと死を受け止めた方が、本当のお姉ちゃんに会えるし、そうすることの方が、供養になるんじゃないかという気もして……」

「そうだな。忘れないっていうのは、生きているふうに扱うことじゃなくて、一緒に過ごした時間を思い返すことかもしれないな」

「それでいいと思う？」

「もちろんだ」

「お姉ちゃんの机の引き出しとか、開けていい？」

「それは、千穂に訊いてみることだろう」

「わかった」

仏壇の前に座った。線香を立て、手を合わす。まずは、母に帰省の挨拶をし、次に、姉にも語りかけた。

今更お線香なんて、と怒っていませんか？

二階の奥にある姉の部屋は事故に遭った日のままだ。母が死んでからは、掃除をほとんどしなくなったものの、空気の入れ換えは父がマメにやっているのか、多少ほこりっぽくはあるけれど、どんよりとした湿気を感じることはなかった。

勉強机の上には、高校一年時の教科書が積み上げられている。時々入れてもらえる姉の部屋にあるそれらは、とても難しいもののように見えたのに、そこを通過し、十数年経ったあとでは、若い、まだ社会に片足もかけていない人たちの持ち物、もう自分が触れることもない過去の物のように感じられた。

ピアノは一階に専用の部屋を作っているため、楽譜や専門書もそこに置いてあり、姉の部屋からピアニストを目指しているという気配は漂ってこない。普通の女子高生の部屋だ。

ただ、高校一年生の体育祭や文化祭を迎える前に死んでしまったからなのか、ピアノに専念するため学校の部活動に入らなかったからなのか、背の低い洋服ダンスの上に飾られたフォトフレームに入っている写真は、どれも中学の時のものばかりだった。

死を受け入れるとして、生前のプライベートに踏み込んでもいいものだろうか。そんな抵抗感が湧いてくる。もし、姉が生きていたら、姉の私物をわたしが勝手にさわることは許されないだろう。

たまに、故人である有名な作家の、未発表の原稿が見つかったと公表されることがある。その度に大畠先生は、わたしが死んだら未発表作のデータやボツ原稿は全部処分して、と頼んでくる。ならば自分で捨てておけばいいのにとも思うのだけど、手元に残しているのは、それなりに理由があるらしい。

全体を通しては凡作だけど、その時にしか感じることができなかった言葉や表現が、いつか必要になる時がくるんじゃないかと思って。そんなことを言っていた。

それでも、と勉強机の引き出しに手をかける。知りたい、のだ。

そう思うことを許してください。

胸の内でつぶやいて、ゆっくりと手を引いた。目に飛び込んできた無数の音符とともに、オルゴールの蓋を開けたかのような錯覚に陥る。楽譜には鉛筆書きのメモがいたるところにあり、自室に戻っていても、姉がピアノに向き合っていたことがわかる。

別の引き出しを開けると、海外留学の本やパンフレットが出てきた。母が取り寄せたものなのか、姉がそうしたものなのかはわからない。だけど、本のあいだからいくつか覗いている付箋(ふせん)は、かわいらしいネコのイラストがついたもので、姉が自分で貼ったのではないかと推測できる。

その下の引き出しには文房具やレターセットが入っていた。レターセットもネコの模様のものばかりだ。ネコ好き、イヌ好きなど、さほど親しくない人とでも一度は交わす話題なのに、どうして姉はネコが好きなことをわたしに教えてくれなかったのだろう。

動物だけじゃない。わたしは姉とどんな会話をしていたのか。姉にとってどんな妹だったのか。ちゃんと思い返してみたことはあっただろうか。

お姉ちゃん、お姉ちゃん、と普段は姉のことが大好きで、甘えて宿題を教えてもらったり、ホットケーキを焼くのを手伝ってもらったりするくせに、親が、母が……、姉を褒めたり、余所の人に自慢しているのを見ると、心をとがらせ、意地の悪い言動をとっていなかったか。

姉がコンクールで優勝するのはうれしいのに、優勝できなくなると、どこかホッとするというか、姉を身近に感じて愛おしく思ったことはなかったか。

そんな妹に、何を打ち明けてくれるというのだろう。

一番下の引き出しには、小さなノートが入っていた。ドキリとしたのは、ノートから漂うものがあるからなのか、開いてみるとやはり、日記だった。

読んでもいいのだろうか、と自分に問うのはパフォーマンスだと証明するかのように、目はすでに、文字をなぞっていた。

書き始めは中学二年生の秋、県のコンクールで銅賞という、姉にとってはふがいない結果となった数日後で、日記というよりは、コンクールを反省する内容が、箇条書きで連なっている。

努力型と天才型、千穂は天才型だな。

親戚が集まると、姉はそんなふうに言われていた。それを姉がどう受けとめていたのかはわからない。ただ、ずっと黙ってニコニコと笑っていられたのは、正隆くんの言葉が続いたからだと思う。

努力しない天才なんているわけないだろ。

おとなたちは反論しない。そうだな、えらいな、と二人を褒める。身内に才能豊かな子たちがいることがうれしく、同じやり取りを何度も繰り返したいだけなのだ。

わたしはいつもそれを蚊帳(かや)の外から眺めていた。そうして、自分なりに考えてみたりもした。

努力の成果を出せる人が天才なのだ、と。

努力の意味もわかりもしないで。少しばかりがんばることを努力だと勘違いして。世の中の不公平さをうらめしく思っていた。

一音、一音、厳しく振り返る姉の文章からは、悔しさだけでなく、強さも感じることができた。自分の出したい音が審査員に受け入れられない。コンクールのための音で勝負しなければならないのか。そんな、闘いの記録だった。

しかし、徐々に強さが薄まっていく。

先が見えない、やめたい、普通の生活を送りたい。いっそ、事故にでも遭って、ピアノを泣く泣くあきらめるという状況になってほしい。

だけど、それをくい止めようとする思いもあった。

『普通の女の子になりたい。だけど、ピアノをやめたわたしは普通以下かもしれない。特に、スポーツ。指を大切にするあまり、手を抜いてきたし、それが許される環境にもあったけれど、それが甘さにつながっているのかもしれない。逆上がりができないのはピアノのせいか。都合が悪いことをピアノのせいにしてきたから、ピアノの神様にきらわれたのかもしれない。逆上がりくらいできなくて、どうする！』

それから姉は、ピアノ教室の帰り、鉄棒のある公園に寄るようになった。そういえば、思い当たることがある。姉の私服は九割方スカートだったのに、自転車に乗りやすいようにとパンツを買ってもらうようになったのが、ちょうどこの時期辺りだ。

姉のおさがりがどうにも似合わないわたしが、あれならほしいな、と思ったのを憶えている。

ピアノのスランプから逆上がりに結び付く思考は、わたしには理解できないけれど、姉ならやりそうだ。コンクールのひと月前になると、カルボナーラ断ちをしたり、コンクールで履く靴を毎晩磨いたりといった願掛けもよくしていた。

逆上がりができたら……、その先には、ピアノでの成功があったはずだ。しかし、逆上がりは別な幸運をもたらすことになったようだ。

マジか、と日記を読みながら声を上げてしまったほどの。

『わたしの下手くそな逆上がりは、まさかそれの練習をしているともわからないほど、みっともなかったみたい。何をしているの？　と心配そうに声をかけられてしまった。時々見かける人なので、前から気になっていて、ついに見ていられないと同情されてしまったのかもしれない。それほど深刻な問題ではないというような顔をして、逆上がりの練習をしていると伝えると、その人はわたしが使っている隣の、一段高い鉄棒につかまり、いとも簡単にくるりとまわった。ただの自慢かとムッとしたけれど、得意顔でもわたしをバカにするふうでもなかった。なんというか、無表情。そして、その顔のままでボソリと言った。すごく小さな声だったので、えっ？　と聞き返すと、ごめん、と言って走り去られてしまった。聞き返さなけりゃよかった。ちゃんと聞こえていたのだから。

　太陽を蹴るように。

日が暮れたあとで言われてもなあ。でも、イメージはできる。多分、あの人は小学校の先生か誰かにそう教わったのかもしれない。太陽が頭のてっぺんにくる昼頃の体育の時間に。いっそ、日曜日にでも行ってみようか。できるようになったら、あの人の前で自慢してやろう。いや、あっちはできるのだから自慢にはならないか』

　姉が日記の通り、日中に練習をしていたとしても、わたしは呼ばれていない。そんな一日があれば必ず憶えているはずだ。わたしが軽々と逆上がりできたからだろうか。妹にそんな見栄(みえ)をはる姉ではない。

　公園で、あの人、に出会えることを期待していたのではないか。もしかするとその人もサッカーなどの自主練習をそこでしていたのかもしれない。あの人のことは家族に内緒にしておきたかったのだろう。わたしなら、そうする。

日記はこのあと数日、逆上がり成功までの道のりが綴られている。学校の鉄棒でも練習したいけれど、知り合いに見られるのは恥ずかしい、と書いてあることから、公園は校区外のけっこうさびれたところなのだろうな、とも考えた。そこに、あの人はいつもいたようだ。だけど、姉に声をかけてくることもなかったし、姉から声をかけることもなかった。

まったく、ストイックな二人だ。そして……。

『やった！　ついにできた！　うれしくてあの人にとびついてしまうかと思ったけど、それは頭の中でだけ。だけど、すごい？　というふうに、彼の方をしっかりと見た。そうしたら、おめでとう、って言ってくれた。小さな声だったけど、もう聞き返さなかった。かわりに、その三倍くらいの声で、ありがとう、と言った。すると、あの人はまた走り去ってしまった。大きな声を出し過ぎてしまったことに、反省。

だけど、うれしい、うれしい、うれしい。

あの人にお礼のプレゼントをしたい。何がいいかな。受け取ってもらえるとうれしいな』

さて、何を買ったのだろうと、次のページをめくったら、いきなり、三者懇談のことが書いてあった。志望校は県内にある私立の音大付属高校だと書いている。両親は東京に行ってもいいと言っているけれど、そこの特待生に選ばれたら一年間、姉妹校提携を結んでいるフランスの音楽学院に留学できるらしく、また、講師の一人が、姉がもっとも尊敬するピアニストなのだという。

フランス留学の設定はここからきているようだ。

あの人へのプレゼントはいろいろと悩んだ末、重く受け取られないよう、チョコレートを選んだと書いてある。洋菓子店にあるようなものではなく、スーパーで買った冬季限定の口の中でとろけるというホワイトチョコを、ラッピングもせずに差し出したらしい。

『あの人は驚いた顔をしていた。これ以上驚かれないように、小さな声で、逆上がりのお礼です、と言うと、おそるおそるといったふうに受け取ってくれた。だけど、今度はわたしが驚いた。あの人が目の前でバリバリと箱を開けたのだから。しかも、その箱をわたしに向かって突きつけてきた。

家に持って帰れないから、ここで食べる。でも、多いから半分取って。

ショックだった。家に持って帰れない事情が何かはわからない。他人からものをもらってはいけない決まりになっているのか。でも、そんなことを禁止される年齢ではなさそうなのに。もしかすると、医者からチョコレートを止められている小さなきょうだいがいるのかもしれない。もしそうなら、事情を確認するのも失礼だ。それ以上に、気の利かないプレゼントをしてしまった自分が情けなかった。

わたしは時々、気が利かないとか、無神経だとか言われる。自分ができることを他人もできると思うな、とか。相手の立場にたってものを考えることができない。想像力が足りない。まさにその通りで、泣けてきた。それを相手がどう受け取るかだって考えもせずに。案の定、彼はチョコの箱をわたしに持たせて、走り去っていった。だけど、だけど、あの人は帰ってきてくれた。小さいサイズのペットボトルを二本、両手で持って。そのまま、その手を差し出された。

あたたかいミルクティとレモンティ。わたしはミルクティを選んで、言った。ありがとう、じゃない。それが先に出てくる子になりたかった。いくらですか？　と訊ねた。あの人はいつもの無表情のまま、首を横に振って、小さな声で言ってくれた。

バイトするから。

するから？　してるからじゃなく？　お金を持ってなさそうだから、値段を訊いたと思われたのだろうか。どうすればいいのか、黙り込むしかなかった。そうしたら、あの人はまた急に走り出した。だけど、今度は公園の外にではない。公園の内側、鉄棒に向かってだ。自分のレモンティを近くのベンチの上に置くと、鉄棒につかまり、逆上がりをした。気が付くと、わたしも走り出していた。鉄棒につかまり、ぐるんと回れたらかっこよかったのに、失敗。だけど、二回目で成功した。

この辺に太陽があるイメージで練習しました。

勇気を出して、自分の頭の上の方を指さしながらそう言うと、あの人は優しく笑い返してくれた。今日のことを、あの人の笑顔を、わたしは一生忘れないと思う。

追伸

日記はひとまず、今日でお休み。あの人に手紙を書くから。携帯電話は持っていないのだとか。わたしだって、ピアノ教室に通っていなければ、きっと、持たせてもらえていないはず。でも、手紙の方がなんかいいよね。会って渡せるわけだし。レターセット、どんなのにしようかな』

そうは書いてあっても、また日記に書きたいことが出てくることもあるんじゃないかと、ノートをめくってみたけれど、白いページが続くばかりだった。

姉があの人とうまくいっていた、という証であるように思える。

同じ、日記を書くという行為でも、どういった心境の時に書くのかについては、人それぞれに違う。毎日の習慣としてどんなことでも書く人、うれしかったことだけ書く人、部活の試合や旅行といった特別なことがあった時に書く人、そして、姉のように、苦しい思いを抱えている時に書く人。

あの人、とはどんな人だったのだろう。運動神経がよくて、無口で、優しい人。その人は、姉の葬式に来ていただろうか。悲しすぎて、その気持ちをどう処理していいのかわからなくて、葬式に誰が来ていたのかなど憶えていない。

父になら、心当たりがあるだろうか。

日記帳を元あった場所に戻し、姉の部屋を出た。喉がかわいたので、階下に下りる。父が起きていたら、日記の話をしてみようかと思ったけれど、一階のすべての部屋の電気は消えていた。

月明かりがあり、台所の電気を点けなくても、水を飲むくらいならできそうだ。シンクのグラス立てから、グラスを一つ取り、水道水を注いだ。それを一気に飲んで、袖口で口元をぬぐう。

進学のために上京した初日に思ったのは、水がまずい、ということだった。ドラマの中で、ペットボトルのミネラルウォーターを飲むシーンが出てくるごとに、どうしてわざわざ水など買うのだろう、と疑問に思っていたけれど、ひと口飲んで解決した。

こんなことでも、これまでのわたしなら、窓越しに月を見上げて、『お姉ちゃん、フランスの水っておいしいですか？　硬水のミネラルウォーターを飲むと何故かお腹が痛くなるわたしは、旅行くらいならどうにかなっても、住むのは無理なんだろうな』などと、姉に送るメッセージを考えていたはずだ。

それまでやめる必要はないのかもしれない。ただ、それよりは、明日の朝、新しい水を仏壇に供えようという気持ちの方が大きい。そして、お父さんを見守ってあげてね、と都合のいい頼みごとをするのだ。

薄ぼんやりとした灯(あか)りが目に留まった。炊飯器の予約タイマーのランプだ。父が寝る前にセットしたのだろう。

仏壇を毎日眺めて生活している父は、母に、そしてきっと、姉にも、真尋を頼む、と手を合わせているような気がする。

もしかすると、姉の死を認めることを、わたしから言い出すのを待っていたのかもしれない。


お寺に行くまでの途中に、神池の家はある。素通りするのは気が引けるし、土産も買ってきているので、帰りに寄ることにした。

父の軽自動車でお寺に向かった。細い山道をぐねぐねと上がるのが当たり前だと思っていたのに、東京の霊園は平地にあったと父に伝えると、そりゃあ田舎でも、寺や墓が平地にあるところもあるだろうと返された。

だとしたら、こういう山際にある、町を一望し、海まで見渡せるところがいい。とも伝えると、結婚相手の墓に入ってくれ、と、ぼそっとつぶやかれた。あまり腹が立たないのは、たった二人だけ残された家族だからか。

母が生きていて、姉がピアニストとして活躍する傍ら、幸せな結婚までしていて、真尋も早く、という展開になったら、だから田舎は嫌なんだ、と、ぼやいていただろうか。たらればが重なり過ぎて、もはやフィクションになるけれど。

山際の墓地がいい発言を撤回するにも、息が上がって声が出ない。それでも、親孝行のつもりっぽく水を入れたバケツを片手に持ち、もう片方の手で菊の花束を持って、父の後ろをついて上がった。

父は何かのおまけでもらったような、うさぎの絵のついたトートバッグを片手に持っている。線香などの墓参りセットが入っているのだろうけど、それ以外にも何か入っているようだ。

個別の墓はない。先祖墓があり、その横の石板に、墓に入っている人の戒名が彫られている。姉の戒名もある。それでも、父と母は考えたのだと思う。祖父母の名前の次に姉の名前がくるのを避ける手段を。

父と母は生前に戒名を決めてもらい、まずは赤字で自分たちの戒名を刻み、その横に黒字で姉の戒名を刻んだ。幸せとは何かと問われ、「祖父母、父母、子どもの順に死ぬこと」と答えたのは、確か、一休さんだったか。それをわたしに教えてくれたのは、大畠先生だったか、信吾だったか。

土地柄なのか、この寺の独特の作法なのか、石板の各戒名の前には線香立てと、湯のみが置かれている。曽祖父母から六人分、紺地に白い水玉の、おそろいの湯のみだ。その湯のみを二つ、母の分と姉の分を父は脇にどかして、袋から、新聞紙に包んだ別の湯のみを取り出した。

桜の花模様の、母が使っていた湯のみだ。中学の修学旅行で京都に行った姉が母に買ってきたものだった。そして、もう一つ。湯のみではなく、マグカップ。昨日見たばかりの、ネコ模様だ。それを、父は姉の名前の前に置き、ひしゃくで水を注ごうとした。

「待って、待って。何でそれをお姉ちゃんに？」

「他の相手に贈るつもりのものだったなら、せめて、千穂が使った方がいいんじゃないか？」

昨晩、父にも何か思うところはあったようだ。

「でも、入れ替わったとしても、半分はわたしからのプレゼントだよ。それに、もしお父さんが手放してもいいなら、お姉ちゃんにお供えするより、お姉ちゃんが渡したかった人に届けようよ」

父はしばらく黙り込んだ。海を見て、石板を見て、わたしに視線を戻す。

「相手が誰か、わかっているのか？」

「ううん。でも、お姉ちゃんに好きな人がいたことはわかったの、昨日。……日記を見つけて」

青天のもとで告白するには、少し後ろめたい。

「そうか。相手の名前も書いてあったのか？」

「ううん。でも、もう少し部屋を探してみれば何かまた出てくるかもしれないし、誰かお姉ちゃんの同級生に訊いてみてもいいと思う。急いで渡す必要もないだろうし。お姉ちゃんがどんな人を好きだったのか、知りたいんだよね」

父はまた、海を見て、石板に目を遣った。じっと、姉の戒名を見つめていた。そして、黙ってマグカップを持ち上げて、新聞紙でくるみ、バッグの中にしまった。脇によけていた湯のみを両手に一つずつ持ち、どっちだったかな、とつぶやきながら、一つを姉の戒名の前に、そして、まあいっか、とため息まじりにもう一つを自分の戒名の前に置いて、水を注ぎ始めた。

父の思いに横やりをいれたようで申し訳なく、わたしも花をかえたり、雑草を抜いたりした。父が火をともした線香を墓とそれぞれの戒名の前に立て、父と並んで墓の前に立って両手を合わせて、目を閉じた。

三度目を開け、父の様子を見て閉じ直し、次に目を開けて父を見ると、ばっちりと目が合った。

「千穂と話したか?」

「うん、まあ……」

本当はここにいたんだよね、と語りかけただけだ。日記のことには触れていない。父は誰に何を語りかけたのだろう。

「神池の家に寄るっていうのは、もう伝えてあるんだな」

「うん。よかったら、お昼ごはんを食べましょうって、おばさんから返事ももらった」

父は再び、石板の姉の戒名を見て、海を眺めて、わたしに視線を戻した。

「じゃあ、続きはそこでだ」

父の口調はいつもと変わらない穏やかなものなのに、子どもの頃、放課後、先生に呼び出された時と同じ気分になった。

真面目ではないけれど、小心者がゆえ、特に悪いことをした憶えもない。あれは、何の校則違反をした時だっただろう。

エピソード6

下山兼人が自殺した。自宅の自室で首をつって。発見したのは彼の母親だった。

それをわたしは、一学期の終業式が始まる前の教室で知った。

朝、登校すると、教室はいつも通りの喧騒(けんそう)に包まれていた。受験に追い詰められている雰囲気などみじんもない。朝から暑くけだるく、しかし、翌日からの解放感への期待に満ちた、どうでもいいおしゃべりや噂話が溢れていた。

そんな中、始業の直前にやってきた女子が、教室内を一瞬、静まり返らせた。

「誰か死んだみたいだよ」

彼女は一週間前には提出していなければならなかった課題を、夏休みの許可証をもらうかのように、今朝、職員室に駆け込みで持っていったのだという。立ち入り禁止の貼り紙にも気付かず。

彼女曰(いわ)く、超ピリピリとした空気にビビってあわてて出てきた、らしいけれど、ほんの数秒聞こえたことはしっかりとインプットしていた。

「なんか、うちのクラスの子っぽい」

皆、互いの顔を見合わせたりなどしない。そこにいた全員の視線が一斉に下山の席に注がれた。誰もに思い当たる節があるという証拠だ。そして、誰からともなく聞こえてきたのは、ヤバい、という言葉だった。

ヤバいじゃん、マジヤバい、超ヤバい、などとヤバいは波紋のように広がっていき、やがて大合唱となった。まるで、それしか言葉を知らない動物のように。

しかし、わたしの中からそれは出てこなかった。何の言葉も出ず、自分の胸の中で膨れ上がっている感情の正体もわからず、ただ、呆然としながらヤバいの合唱を眺めていた。怖がっている子、怯えている子、そんな子は少数で、どこか興奮した様子で叫んでいる子が大半だった。テレビで見たことのある、地下の狭いライブハウスで熱狂する人たちの姿を思い出した。

そんな中、いじめの首謀者だった子たちの姿をそっとうかがった。彼らもまたヤバいと言いながら、笑っていた。取り返しのつかないことをした恐怖に抗うためなのか、誰もが自分たちのせいだと認識していることをわかったうえでの、糾弾される前の逃げなのか、恩情かせぎなのか、それとも、ただ、おもしろいと感じているのか。

吐き気を覚えた。トイレに行こうか。そう思ったのと同時に、担任が入ってきた。部活動の指導、たしか野球部だったか、で真っ黒にやけた顔に神妙な表情を張り付けて。そして、教室内を見渡し、大きく息をついた。

「大切な話があるから、黙って座れ」

そう言った担任の口調に、怒りは感じられなかった。悲しみ、そして、疲労。それが伝染するかのように、皆、だらだらと席についた。

そうして、下山兼人の死を知らされたのだ。

担任の前でヤバいと口にする子はいなかった。どうしてですか？　と踏み込んだ質問をする子もいなかった。下山をいじめていた子たちをチラチラと盗み見ている子はいた。いじめていた子たちはもう笑っていなかった。俯いたり、窓の外に目を遣ったり、床の一点に視線を集中させたり、誰とも目を合わさないようにしていた。

本来は朝のショートホームルームのあとは、体育館に移動する予定だったけれど、わたしたちのクラスのみ、教室待機が決まった。

担任は生徒を咎めるような口調ではなく、クラスメイトを突然失って動揺している子どもたちを慮(おもんぱか)るように、言葉を選びながら今後のことを話し始めた。

下山のお通夜や葬儀のこと。これは、下山家の意向で家族葬をおこなうことになり、生徒だけでなく、教職員も出席を遠慮してほしいと言われている。ただし、皆の中で下山の仏前に線香だけでも供えさせてほしいと思う者がいれば、個人で訪問するのではなく、学校に相談するように。

新聞やテレビ局等の取材には絶対に応じないように。

下山の自殺の詳しい原因については、学校側もこれから調査をおこなうことになるため、登校日や補習の時間を利用して、皆にもアンケートや聞き取り調査に協力してもらうことになるかもしれない。日時は、未定である。しかし、それ以前に報告や相談したいことがあれば、いつでも担任に連絡するように。

また、夏休み期間中ではあるが、心のケアが必要だと感じた場合は、スクールカウンセラーの先生に来校してもらう手配をするので、遠慮なく申し出るように。

そういった連絡事項を、誰一人涙を流すことなく聞いていた。担任が声を詰まらせることもなかった。これが、下山ではなく、別の子の自殺なら、クラスの子たちは違う反応をしていただろうか。下山が自殺ではなく、交通事故などで亡くなったのであれば、もっと皆、本当の気持ちを表に出していただろうか。

沈黙はそれぞれの鎧のように感じた。誰しもが、心に後ろめたいものを抱えている。程度の差こそあれ、自分も加害者の一人であることを自覚している。だから、下山の死についてよりも、これから自分に降りかかるかもしれない火の粉について考えることに精一杯なのだ。どうやってかわすのか。どうやって避けるのか。

このあと、個別面談でもあったらどうしよう。誰とも作戦会議をひらくことができない。自分はどう答えればいい？　皆は何を話すのか。

最低だな、と思った。いじめによる自殺の報道など、何度も目にしている。加害者や傍観者に対して、最低な人間だと感じ、憤りを抱いたことがある。そういう人たちが、今自分のすぐ隣にいるのだ。

そんなことをしても意味がないとはわかっていても、一人ずつ順番に、下山への謝罪を口にするべきだと思った。自分が何をしたかを打ち明けるべきだと思った。それぞれが、自分の犯した罪と向き合うべきだ、と。

そんなことをしなくても、下山のいじめについては担任も把握しているのだから、それを踏まえた話を最後にしてくれるのではないかと期待した。そうしなければ、皆、夏休みのあいだに下山のことなどすっかり忘れてしまい、下山が自ら死を選んだことが無になってしまうではないか、と。

まるで、最後まで自分だけが下山の味方であったかのように、胸の中に怒りをたぎらせた。それが、映画の誘いを断った罪滅ぼしであるように。汚い言葉を投げつけたことを帳消しにするかのように。

担任はいじめについて何一つ言及することなく、寄り道をするな、取材に応じるな、と何度も繰り返しながら、生徒たちを教室から追い払うかのように下校を促した。

わたしだけを残して。委員長だから、だと思っていた。再度、いじめの調査をおこなうのだろう、と。下山が命を犠牲にしてもなお、クラス内には加害者をかばう子たちがいるはずだ。そうして、傍観者だった自分に対しても嘘をつく。何も知りませんでした、と。そんなことをしても意味がないと担任はわかっているのだ。だから、クラス内の様子を包み隠さず話すであろうわたしだけを指名した。

わたしは下山に償うことができる。いや、償わなければならない。そんな覚悟を持って担任のあとに続き、立ち入り禁止の貼り紙をされた会議室に入った。

校長、教頭、学年主任、そして、担任。男の先生ばかりに囲まれたことを、怖い、と感じた。それでも、ちゃんとわたしは先生たちに向き合った。

質問をしたのは学年主任だった。学校のことを知らない人が見たら、警察と勘違いするかもしれない強面（こわもて）の先生に、わたしはギロリと睨まれた。

「下山くんとのことを話しなさい」

「下山くんは、クラスでいじめに遭っていました……」

「そういう話ではない」

話し始めだというのに、すぐに遮られた。

「きみと下山くんの話だ。きみが教室内で下山くんに親切にしてあげていたことは知っている。塾も同じだったんだろう？」

学年主任は彼なりに優しい口調で話し、自分は味方だというように頷いた。下山は塾のことを気にして自殺したのだろうか、と考えた。Sクラスから落ちてしまったことを気にして。それを家の人にも言えなかったのではないか。

わたしは塾のクラスの仕組みと、下山が一年生の時からSクラスだったのに、つい先日のテストで、ついにAクラスへ降格になったことを話した。

何故か、先生たちは、わたしの話を聞きながらイライラしているように見えた。

「それで、きみは下山くんをはげましてあげたのか？」

「いえ……」

「二人きりで話そうなどと誘われなかったのか」

「……いえ」

どうしてそれを知っているのか。頭の中から消し去ろうとしていた出来事からまだ二四時間も経っていないことを思い出した。一番に震え始めたのはどこだったのか。指先かそれとも、下山につかまれた感触が残っている肩か腕か、胸か、唇か……。

息の仕方がわからなくなった。担任が、やめましょう、と声を上げたのが聞こえた。

結局、その日はわざわざそのために呼び出された女性の体育教師に保健室まで運ばれ、タクシーで迎えに来てくれた祖母とともに帰宅した。祖母はクラスメイトが自殺した直後に、わたしだけに聞き取り調査がおこなわれたことに対して、学年主任や担任に厳しく抗議した。

だから、祖母に言ったのだ。

「大丈夫だよ」

その時は、まだ、本当に大丈夫だったのだ。

後日、担任と学年主任が家に訪れるまでは。今度は養護の女性教師まで来ていた。

どうして香にばかり。そう不満をもらす祖父母も話し合いの場に同席することになった。

どうしてわたしばかり、という思いはわたしにもあった。それとも、たまたま一番が自分だっただけで、先生たちはこうして全員のところに訪れるのだろうか、とも。

しかし、やはり、用があるのはクラスの中ではわたしにだけだったようだ。

理由は、遺書にわたしの名前があったから。高校受験の参考書が積み上げられた下山の自室の勉強机の上には、遺書が残されていたという。

下山の遺書は便箋にではなく、ノートに書かれていた。

真新しいノートの一ページ目の一行目に、赤のボールペンで『長谷部香さん、許してください』と書いてあった。そのページはそこだけで、次のページから最終ページまでは、行間などは無視して、白いページを塗りつぶすように『ごめんなさいごめんなさい』と書き連ねられていた。

実物は見ていない。警察が持っているのだと言われた。

ノートに登場している名前は、長谷部香、のみ。お父さん、お母さん、といった文言もない。姉がいるらしいけど、それもない。ただ、長谷部香に対して謝っている。ならば学校も、二人のあいだに何があったのかを調べなければならない。

香さんを責めているのではない。そう言ったのは、担任だったか。

ただ、下山くんの保護者の方のためにも、何があったのかを教えてほしい。そう言ったのも、担任だったか。

「遠慮もなくズケズケと」

そう声を荒らげたのは、祖母だった。祖母は想像しうる最悪の状況を思い浮かべたのかもしれない。いや、その場にいる誰もが、その遺書の文言を知った段階で、思い描いていたかもしれない。ならば、男性教師が問い詰めるというのは、矛盾しているのだけど。

わたしはそれを否定しなければならないと思った。

「塾のあと、近くの公園に呼び出されて、映画に行こうと誘われました」

男性は席をはずせ、と苦言を呈している祖母の隣で、ぐちゃぐちゃになった体の中から声だけを選んで出したせいか、全員、よく聞き取れなかったようだ。その後、同じ台詞を三回繰り返した。

「映画……」

あっけにとられた声が誰のものだったのかは思い出せない。それで、と続きを促したのも。そんなのは、誰でもよかった。

「断りました」

「どうして？」

嫌だと思ったからだ。

「受験生だから……」

「それで、下山は納得したのか？」

これは担任だった。わたしが首を横に振ると、祖母がわたしの肩を抱き、担任を睨みつけた。

「大丈夫」

わたしはその場でもまだそう口にして、教師たちを見た。はずなのに、それぞれがどんな顔をしていたのかは、思い出すことができない。全員が、下山に見えた。

わたしは悪くない。それをわかってもらわなければならない。

「勉強しないといけないからって、ちゃんと言いました。でも、下山くんは納得してくれなくて、腕や肩をつかんできて……、キスをされました」

最後の、キスをされました、は早口で、自分でさえも本当にそう言ったのか自信がなかった。しかし、これだけは、繰り返すことはできないと、問い返しや質問のタイミングを与える間もなく、すぐに、次の言葉を出した。

「それが、怖くて、下山くんを突きとばして……、逃げて家に帰りました」

言い終えた途端、嗚咽が溢れ出した。胸をさわられたとか、それ以上は何も言葉にできなかった。涙も溢れ出した。忘れてしまいたかったことを、口にしたことにより、二度、同じ目に遭ったような恐怖が込み上げてきた。自分を抱きかかえるように両腕を組むと、指先に鳥肌のざらざらとした感触があり、それを平らにならすように、二の腕を強くこすった。

なのに、という表現が正しいのかどうかわからない。

「本当に、それだけなの？」

訊ねたのは祖母だった。わたしが頷くと、祖母は安堵の息をついた。その感覚は、おとなになった今ならわかる。たとえば、自分に娘がいて、性被害に遭ったかもしれないという状況になった時、キスをされただけだと知れば、同じ息をつくだろう。

だけど、一五歳のわたしにとってはとても重大な出来事だったのだ。下山に触れられた部分をすべて刃物で削り落としてしまいたいほどに。そのうえ……。

「下山を突きとばしたんだな？」

わたしの呼吸が落ち着いたタイミングを見計らって、担任はその部分を確認してきた。耳がつまったような感覚になっていたわたしは、えっ？　というように担任を見返したのかもしれない。

「突きとばされた下山は、後ろによろめいたのか？　それとも、尻もちをついたのか？」

まるで、いじめの加害者への尋問のようだった。わたしが突きとばしたせいで、下山が自殺したかのような。

「少し、よろけたくらいだと思うけど、憶えていません」

嘘をついた。それに加勢するように祖母が、いい加減にしてください、と一喝し、教師たちは帰っていった。

「香さんは、何も悪くないのよ」

祖母はそう言って、わたしの背中をなで続けてくれた。

「フラれて突きとばされたくらいで自殺するもんですか。他にも絶対に理由があったはずなのに、それを書く勇気もなく、ただ、好きだった女の子にごめんなさいだなんて、いい迷惑よ。自分の弱さを他人のせいにして死ぬなんて、最低の行為だわ……」

わたしを慰めてくれていたのか、長谷部家に泥を塗られたと腹を立てていたのか、祖母の気持ちはわからない。ただ、勢いのある口調が徐々に弱まり、最後には消え、代わりに涙が出てきたのは、自分の息子の死もまた自殺だったことを思い出してしまったからだろう。

でなければ、怒りながら涙を流したりなんかしない。

自分でも何が起きたのか把握しきれず、下山が死んだという実感も湧かず、祖父母に迷惑をかけたことは申し訳なかったけれど、それでも、わたしの中に罪悪感はそれほど生じていなかったように思う。

むしろ、被害者のように捉えていた。下山は最後に謝ってくれたのか、とさえ。

長い夏休みをわたしはほぼ自宅で過ごしたけれど、その夜以降、家で下山の話は一度もしていない。学校側から呼び出しを受けることもなかったし、教師たちが再訪することも、警察がやってくることもなかった。

下山の自殺は新聞等で大きく報道されることもなかった。

勉強に手がつかず、塾もやめ、祖父が買ってきてくれた映画のＤＶＤを、一日中ぼんやりと眺めながら過ごしているうちに、夏休みは終わってしまった。

教室に行くのは気が重かったけれど、休みたいとまでは思わなかった。余計なことは考えず、高校入試のために通うのだと半ば開き直り、付き添いを申し出てくれた祖母に対してまたもや、大丈夫、と答えて一人で家を出た。

校門が近付くと、門の横に女性が一人、立っているのが見えた。夏休み中、ほとんど外出していないわたしよりも白い肌のその人は、長い髪もぼさぼさで、ひどく疲れているように見えた。

一瞬、母か、と心臓が跳ね上がり、顔がまったく違うじゃないかと、小さなため息をついた。

しかし、その女性はわたしと目が合うと、そのまま逸らさず、まっすぐこちらに向かってきた。やつれた様子なのに、そのスピードは速く、わたしが数歩も動かないうちに目の前までやってきた。

「長谷部香さん？」

「……そうです」

気後れしながら答えると、女性はわたしをまじまじと眺めた。そして、おもむろにぐっとわたしの肩を両手でつかんで顔を寄せてきた。

「なんで、映画くらい一緒に行ってくれなかったの？」

今にも泣き出しそうな顔が、四〇日前の下山と重なった。どうしてすぐに気付かなかったのだろうと思うくらい、下山とよく似ていた。気付いていれば、逃げていただろうか。いや、状況は同じだったはずだ。

女性はなおも距離を縮めてきた。

「あの子に優しくしてくれたんでしょう？　消しゴムやタオルもくれて、気を持たせるようなことをしたのは、そっちじゃない。なのに、どうして映画はダメなの？　あなた、映画が好きなんでしょう？　なら、一本くらい一緒に……、隣に座らせてくれるくらい、いいじゃない」

頬に唾が飛んできたのを感じたけれど、それをぬぐうことも、目を逸らすことも許されない気がした。

「そんな憐(あわ)れんだ目で見るなら、何とか言いなさいよ」

目、と言われたからか、鼻腔をかすめた臭いが下山と同じだったからか、無意識のうちに目を閉じて顔を逸らしてしまった。

「何？　気持ち悪いの？　じゃあ、突きとばしてみなさいよ。兼人にやったみたいに。それとも、キスしましょうか。教えてよ、あの子をどんなふうに拒んだのか。どうやって、絶望の淵に落とし込んだのか……」

違う、違う、そうじゃない。打ちのめされながらも、まだ、そんな思いが湧き上がっていたのは、わたしがそれを正義だと思っていたからだ。

「下山くんはクラスの子たちからいじめを……」

「知ってるわよ」

振り絞った声はあっけなく遮られた。

「兼人の様子や洗濯物を見れば、そんなことはすぐにわかった。先生から報告を受けた時は、想像以上にひどい目に遭っていたんだって、ショックだったし、兼人に申し訳ないと思った。でも、あの子はバカからの嫌がらせなんて、どうってことない。むしろ、勉強して、バカたちには手に入れられない良い生活を手に入れてやるんだって、ヤル気になってるよって、笑いながら言ってくれたの。味方もいるんだって……。それって、あなたのことでしょう？」

もう、何も言い返すことができなかった。

「あなた、自己満足のために、兼人をかばってただけじゃないの?」

プツリと何かが切れたような音がした。自分の中から。まっすぐ立つこともままならなくなるような、わたしを支えていた太い何かが、その瞬間に確実に切れてしまった音だった。

その直後、生徒の誰かに呼ばれた教師が三人ほどやってきて、わたしから下山の母親は引き離された。とどめをさされたあとのわたしは、それを助けとは思えず、むしろ、下山の母親が言いたいことを全部吐き出すまで隠れて見ていたのではないかとさえ疑い、自分を助けてくれる人など誰もいないのだと悟った。

大丈夫? そう声をかけてきたのは養護教師だったはずだけど、大丈夫です、と答えることはできず、踵を返して、全力で家に向かって走った。

自室に閉じこもり、制服を着たまま布団をかぶって泣いた。エアコンの効いていない部屋は蒸し暑く、すぐに頭が朦朧(もうろう)としてきたけれど、このまま死んでしまいたいと思いながら目を閉じた。

下山が自殺をしたのは、わたしのせい。父に捨てられたのも、わたしのせい。母が不幸になったのも、わたしのせい。

目が覚めると、部屋は涼しく、頭の下にはやわらかいタオルでくるんだ氷枕(こおりまくら)が敷かれていた。視線を横にやると、祖母と目が合った。泣きはらしたような目は、わたしに伝えたいことがたくさんあるように見えたけれど、祖母はまず、グラスに注いだスポーツ飲料を差し出してくれた。

どこで買ってきてくれたのか。暑い中、急いで坂道を下ってくれたのだろうか。

わたしが死ねば、祖母は、そして、祖父も、息子と孫を自殺で失ったことになる。

だから、生きていなければならない。誰も傷つけずに。


中学三年の二学期以降、ほとんど学校には行っていない。それでも、義務教育とは不思議なもので、卒業もできたし、受験もできた。

映画も封印した。優しさにあふれた物語は皆、偽善。優しさのない物語には、死がゲームのように転がっている。そのどちらにも触れたくなかった。

祖母に連れられて心療内科に通った。あなたは悪くない、と催眠術をかけるように繰り返されるのは、逆に、悪いことをした子へのおしおきのように思えた。ここに連れてこられたくなくて、外に出る努力をしようと決意した。

高校は、祖母の母校である私立の女子校の高等部に進学した。

その後、大学にも進んでほしいと祖母から言われ、系列の女子大に進学した。

どちらも休まず登校したものの、誰の顔も思い出せないほどに、クラスメイトや教師とは深く関わっていない。何かを学び、最低限の日常生活は送っていたはずなのに、記憶の中には何も残っていない。

頭の中にあるのは、今日、やらなければならないこと。やり終えれば、すぐに忘れる。その繰り返し。

大学を卒業したあとは、祖父の勤務していた貿易会社に就職した。

電車通勤のため、坂の下の駅までは自転車で通う。淡々と生きていても、自転車を押しながら坂を上がる時には汗をかいた。日が長くなると、背中に西日を受け、意思とは無関係に、足を止めて振り返ってしまう。

空が赤い。色を意識したのは、いつ以来だろうか。

父が人生最後に乞うたかもしれない景色……。

ふと、下山を思い出した。彼と夕日を見た思い出などないのに。

父から映画へと繋がったせいか。

下山はわたしと何の映画を見たかったのだろう。

下山の家のドアフォンを鳴らすのに、それから二年の月日を要した。母親はわたしの顔を見るなり、両手で思い切りわたしを突きとばして、玄関ドアを閉めた。尻もちをついたわたしの腕を引き上げてくれたのは、下山の姉だった。無言で憐れむような目を向け、家の中に入っていった。

その姉から手紙が届いたのは、下山の家を訪れた翌週だった。定形サイズの茶封筒の中には、映画の前売り券が一枚と破り取ったノートが一ページ、あとは、折りたたんだ白い便箋が一枚入っていた。

映画はとっくに上映期間が終わった、夏休み定番の人気アニメ作品だった。

ノートには……、母親への感謝と謝罪の言葉がページいっぱいに書き連ねられていた。無数の涙が落ちた跡と一緒に。

便箋には、短い文章が綴られていた。

『弟がごめんなさい。母がごめんなさい。自殺の原因が自分にあることを母はきっと受け入れられないと思い、ノートの一ページ目を破りました。二ページ目のあなたへの謝罪は弟が書いたものです。三ページ目以降の「ごめんなさい」は全部私が書きました。憎しみが原動力でもいい、母に生きていてもらいたい。そう願って。今は後悔しています。弟の最期の思いを母に届けていればよかった。それでももう渡せません。浅はかな私たち家族を許してください』

それから五年間、わたしは下山兼人の最期の一時間を描くことを許してもらうために、下山家に通い続けた。

第六章

祖父母がいた頃は、神池の家の呼び鈴を鳴らしたことはない。玄関の引き戸を勢いよく開け、「おじいちゃん、おばあちゃん」などと大声で呼びながら、靴を脱ぎ散らかしてどたどたと上がっていった。その靴を揃えてくれていたのは、母だったのか、姉だったのか。

祖父母のいない家は、たとえ勝手を知っていても、そこは他人の家で、父とわたしは呼び鈴を鳴らして家人が出てくるのを待った。それでも、何十年も変わらない芳江おばさんの明るい声を聞くと、懐かしい場所に帰ってきたような気分になる。

昼食前だからと、お茶だけ淹れてくれたおばさんに、今回は脚本の準備のために帰ってきたことを伝えた。大畠凜子先生を案内する予定だ、と。

「すごいじゃない。また笹塚町が舞台なの？　ラブストーリーに合いそうな場所なんてそんなにあったかしら。真尋、あんた知ってるの？」

興奮した様子で訊いてくるおばさんに、今回の作品はラブストーリーではなく、ミステリなのだと伝えた。

「実在の事件を元にした話。『笹塚町一家殺害事件』を憶えてる?」

おばさんは眉を顰めた。期待していたのに。週刊誌ネタが好きなおばさんにしては、意外な反応だ。あれね、と自分が集めた情報をペラペラと話してくれるのではないかと期待していたのに。

いや、正しい反応かもしれない。無責任に語れるのは、どこか遠い世界での出来事で、自分の住む町で起きた殺人事件など、不名誉で早く忘れ去られてしまいたいものではないのか。たとえ、自分が当事者でもなく、また、被害者、加害者の知り合いでなくとも。

「憶えてはいるけど、似たような事件は日本中にありそうなのに、どうして笹塚町の事件なの? もしかして、真尋が提案した?」

内緒話を暴露したことを責められるようなニュアンスだ。

「違う、わたしじゃない」

おばさんに映画監督の長谷部香が幼少期にこの町に住んでいたことを話した。父の眉がピクリと動いた。

「それなら、正隆から聞いたわ。幼稚園の同級生だったって。あんた憶えてるの? って訊いたら、昨日のことのように思い出せる、って。まあ、あの子はそうかもしれないけど、監督にも何か特別なことがあったの? 監督がこの町にいた時期と、殺人事件が起きた年って、全然違うじゃない」

「あの一家の隣の部屋に住んでいたんだって」

「まあ、そうなの」

おばさんは納得したように頷いた。心なしか、目に好奇心が宿ったようにも見える。

「そうだ、これを」

ずっと黙っていた父が、墓参りセットを入れていたバッグから、ジッパー付きのナイロン袋を取り出した。なすの糠漬けだ。

おばさんは喜んで受け取り、台所に向かいがてら、少し早いけれど食事の準備をするわ、と、わたしを振り向いた。手伝えという合図だ。手早いおばさんはほとんどの場合、人の手を借りようとしない。呼ばれるのは、何か用事がある時だ。きっと、ドラマのことに違いない。

「大畠凛子先生はどんな脚本を書く予定なの？」

わたしに蕎麦(そば)の乾麺をゆがく指示を出し、天ぷら鍋(なべ)に向かいながらおばさんは口を開いた。それ、わたしにもわからない。自分も書いて先生と競うのだ、と打ち明けたら、おばさんはどんな反応をするだろう。

「監督は、加害者の方にスポットを当てたいみたいだけど」

当たり障りのないことを答えてみた。

「ああ、お兄さんの方ね。だとしたら……、久保坂直樹くんが合いそうじゃない？」

おばさんは今期の朝ドラに出演している俳優の名を挙げた。戦隊もの出身の、背が高く華奢で色白な俳優だ。確かに、全体的に細長いシルエットは立石力輝斗と共通するけれど、久保坂くんのウリは、はにかんだような優しい笑顔だ。

　週刊誌に載せられた力輝斗の写真は、大概が中学の卒業アルバムの写真ではあるけれど、どれも暗い目をしている。久保坂くんが殺人犯役に選ばれたとなれば、いくら有名監督の作品とはいえ、やめてくれ、とネットでひと騒動起きるのではないか。

「明るすぎるよ。演技は上手いから、殺人犯役だってできるんだろうけど」

「そうかしら。まあ、そうよねえ。殺人犯なんてねえ……」

　思いがけず、おばさんはあっさり引き下がった。原作ものの作品では、おばさんの俳優的中率はかなり高い。外れた場合でも、企画の段階で挙がっていた人もいて、いつもわたしが感心するものだから、おばさんも得意げになっていたのに。

「長谷部監督は今回、来ないの？　女優さんみたいにきれいな人だし、一度会ってみたいわ」

　いつものはしゃいだ口ぶりになったおばさんに、正隆くんは監督に会ったことを伝えると、しきりにその時の正隆くんの様子を聞きたがった。まるで、わたしが二人の見合いに立ち会いでもしたかのような勢いだ。

　残念ながら、監督の気持ちは正隆くんにはない、はずだ。安易に男性に心を許すような人ではない。だけど、唯一、監督がそれを望む人がいるとすれば……、おばさんに伝えることではない。

育ちざかりとは無縁のおとな三人分の昼食の準備など、一五分もあれば充分で、雑談をしているうちに、居間のテーブルの上には盛り蕎麦と天ぷらが並んだ。

「真尋が世界的に有名な監督と仕事をするなんて知ったら、佳奈子も喜んだでしょうね。ちゃんと、報告してきたの？」

さつまいもの天ぷらを箸で持ち上げたまま、おばさんが言った。

「うん……」

「義姉(ねえ)さん、今日は、二人で千穂に会いにいったんだ」

父が静かにおばさんに言った。妹のことを誰よりも心配していたおばさんには、それだけで、父とわたしの今後の在り方が伝わったようだ。目頭を指で押さえ、大きく頷いてくれた。

「そりゃあ、千穂も喜んでくれたでしょう。佳奈子が死んだ時にそうするのかと思ったのだけど、簡単に割り切れるものじゃないし。何か、きっかけでもあったの？」

おばさんの視線と同時に、父の視線も受けた。

「長谷部監督が、自分の現実ときちんと向き合って生きている人だからだと思う」

父もおばさんも納得したようだ。

「縁なのね。縁が、引き寄せたのかもしれないわね」

感慨深げに、おばさんはわたしの顔をじっと見つめて何度も頷いた。

「千穂のことで、知りたいことがあるんじゃないのか?」

父がわたしに言った。そりゃあ、姉のことなら何でも知りたい。でも、ここで言う、知りたいこと、とは、先ほどの墓地で話したことを指すのではないか。それを、おばさんが知っている?

「お姉ちゃんは、中二の後半くらいから好きな人ができたみたいなんだけど、おばさんは心当たりがあるの?」

いいのか? と問うようにおばさんは父を見た。父は黙って頷いた。もしかすると、この件について知らないのはわたしだけではないのか。

「どこの誰、というわけじゃなくて、千穂が男の子と二人でいるのを一度、見たことがあるのよ。町内会の寄合いから帰ってきたところに、そこの山道を二人が下りてきてね。千穂からは口止めされてたんだけど、つい……」

「お母さんにバラしちゃったの?」

「感じのいい男の子だと思ったから、佳奈子も喜ぶんじゃないかと思って。だけど、まさか、千穂が音大付属じゃなく、笹高に行きたいと言い出して、あの子ともめていたなんて知らなくて」

「それで、どうなったの?」

わたしは父に訊ねた。ここからは、家庭内での出来事だ。

「父さんは、何が何でもピアニストになってほしいとは思っていなかった。千穂の人生だ。だけど、将来の夢やそれに続く進学を、好きな男ができたからという理由で変えるのには賛同できなかった。目先の楽な道に流されているだけじゃないか。男なら、離れ離れになっても、相手の夢を応援するものじゃないのか。そんな気持ちもあって……、黙って見ていたんだ。母さんが千穂を叱るのを」

「お母さんは、何て？」

「母さんは千穂には才能があるとずっと信じてサポートしてきた。その分、ゆずれないところがあったんだ。許さないの一点張りで、千穂は千穂で、笹高に行かない限りピアノには指一本触れないとか言い出して、似た者同士だったんだろうな」

　確かに、母と姉のあいだにピリピリとした空気を感じることはあった。しかし、それはわたしが物心ついた頃からで、対立し合うというよりは、高い壁を共に乗り越えようとする叱咤激励のように見え、自分に対してはそんなふうに接してもらった憶えのないわたしとしては、うらやましく感じることもあった。

「お姉ちゃんは結局、笹高に行ったよね」

「母さんも、正隆くんが笹高を受けるとなっては強く否定もできないし、笹高は公立だけど、個性を重視した教育に定評があったから、納得したんだ。その後は、ピアノを続けて音大を目指すと千穂の方から約束してきた」

芸能活動を禁止する校則もなかったということか、と姉ではなく、立石沙良のことを思い出した。だから、学校で大っぴらにオーディションの結果を言い触らすことができた。

最終的には、両親は姉の意思を尊重したことになる。ピアノを続けたのも姉の意思だ。だけど、ピアノ教室の帰りに交通事故に遭ってしまったあとでは、さまざまな後悔が残ったに違いない。

ちゃんと説得して、音大付属に行かせていれば、留学させていれば。逆に、短い人生だったのだから、ピアノに縛りつけず、好きな男の子がいたのなら、もっと自由な時間を与えてやってもよかったのではないか。

「それで、二人は、お姉ちゃんの相手がどこの誰だか知ってるの？」

「いや、そこまでは知らない。もめてしまったもんだから、千穂も隠そうとしていたし、詮索するのもな……」

父が答えた。おそらく、母はどこの誰かと一度は問い詰めただろう。姉が口を真一文字に結んで母を睨み返す表情を、容易に思い浮かべることができた。

そうだ、姉はそんな顔をするのだ。悔しさで込み上げた涙を押し留めようとするかのようにカッと目を見開いたり、自分を殴りつけるかのように拳を強く握りしめ、大きな黒目を震わせていたり。

なのに、わたしの中で生きていた姉は、いつもフワフワとした笑みを浮かべていた。ピアノに対する苦悩も葛藤も何もない。恋をしても、ただ楽しいだけ。

姉を生かしていると信じていた行為は、むしろ、本当の姉を思い返すことなく、葬っていたことになる。

「おばさんは直接会ったんでしょう？　近所で見たことある顔じゃなかったの？」

「日が暮れたあとだったからね」

おばさんはそう言って、それぞれの湯のみを確認し、急須にお湯を足すために席を立った。二人で鉄塔に夕日を見にいった帰りだったのかもしれない。

「どんな人だったのかな……」

静まり返った空気が重く、わざと口に出してみた。脇に置いていたバッグの中でスマホが振動した。大畠先生から『明日はよろしく』という短いメッセージとキメ顔の一枚が届いていた。

そうだ、姉の携帯電話は当時にしては高価な、カメラ機能付きだった。指の形を撮るために、とピアノの先生に言われて、母が率先して最新型を選んだのだ。わたしの写真も撮ってもらった。あれに、二人の写真は残っていないだろうか。

大畠先生のメッセージにより、自分が今、何を調べなければならないのか、脚本家としての仕事を思い出させられたはずなのに、やはり、わたしの頭の中は姉のことでいっぱいだった。

大畠先生と待ち合わせをしている駅舎に併設されたコーヒーショップに寄る前に、携帯電話の専門店に足を運んだ。

昨夜、ピアノの部屋の棚に置いてある、事故当時に道路脇に飛ばされて無傷だったという、姉のピアノ教室用カバンから、携帯電話を探し出すことはできたものの、充電器を見つけることはできなかった。姉が生きているようにふるまいながらも、携帯電話の解約はさすがに父がしたようで、充電器と一緒に持っていって本体だけを返してもらったような気がする、と言っていた。

——千穂が生きていても許される範囲に留めたらどうだ。

父はボソリとそう言った。非難めいた口調ではなかったものの、多分、日記を読んだこともよく思っていないのだろう。もう許してもらえないところに足を踏み入れている自覚はある。

それでも知りたいと思う自分のエゴに対する嫌悪感は、そう遠くない前に、長谷部監督に対して抱いた感情と似ている。監督がいつも謝っているのは、過去に自分が傷つけた(監督はそう思っている)相手に対する罪悪感からくるものだけではなく、他人が隠しておきたいことに、自分が立ち直るという大義名分をかかげながら、土足で踏み込んでいくことを自覚しているところからも来ているのではないか。

お姉ちゃんゴメン、と心の中でつぶやくことも、わたしのエゴでしかない。

自宅から駅まで父の軽自動車で向かう道中、そんな言い訳を心の中で繰り返しながらも、わたしは携帯電話に保存されているかもしれない写真を期待していた。スポーツマンタイプの男の子と姉が笑顔で写っている一枚があることを。

しかし、期待はあっけなく裏切られた。専門店だからといって、一七年前の機種の充電器が置いてあるとは限らない。とりあえず預かってもらったものの、一〇〇パーセントの保証はできないと言われた。

やめておけ、と頭の奥で父の声が響いたような気がした。


大畠凛子が業界内ではトップを争う人気者であったとしても、脚本家という職業に関心のある人は、世の中にどれほどもいない。たとえ、ちょこちょこテレビに顔出ししていてもだ。脚本家の大畠凛子だと気付く人など、コーヒーショップの客だけでなく、町全体の人たちの中にもほとんどいないだろう。しかし、誰かはわからないけど有名人かも、とチラチラと見ている人はいる。

以前、わたしも、この人は有名人かも、と思う人とすれ違ったことがある。あとになって、宝塚のトップスターだったとわかり、そのオーラに感服した。同じオーラを大畠先生もまとっているようだ。

とはいえ、大畠先生の出で立ちは、いつも見慣れているものとはまるで違う。事務所で脚本を書くだけの日でも、先生はドレスと呼んでもいいようなワンピースを着ている。もちろん、長い髪をきれいに巻いているし、メイクもばっちりしている。足元はハイヒールだ。訊いたわけではないけれど、わたしはそれを大畠凛子の戦闘服だと解釈している。

しかし、今日の先生の服装は、デニムのジーンズに黒いフードつきのパーカーといったシンプルなものだ。髪も一つに束ねている。靴もスニーカーだ。

先生はわたしに気付くと、片手を上げて立ち上がり、スポーツメーカーのリュックサックを背負った。リュックなんて持っていたのか、という驚きにプラスして、それが使い込まれたものだということも気になった。親戚の子にでも借りてきたのだろうか。そんな子いたっけ？　それよりも、笹塚町を未開の地だと誤解していないか、なんて。

先生はコーヒーショップでわたしと話す気はないらしく、手早く会計を済ませて店を出た。

「さあ、事件現場に案内してちょうだい」

挨拶も何もない。しかし、わたしが言葉を返せなかったのは、挨拶をとばされたからではない。

「正確な場所を……」

わたしは知りません。先生は知っているのですか？　と最後まで言えなかった。先生が眉を顰めて、わたしをマジマジと見ているからだ。

「もしかして、まだ行ったことがないの？　脚本の依頼のあと、二回も帰省しているというのに。週末は何をしていたの？」

勉強をしていない受験生といったところか。大畠先生のあきれ顔を見て、負けたくないとか、認められたいといった思いは、所詮口先だけで、「笹塚町一家殺害事件」にどれだけも向き合っていなかったことを思い知らされる。とはいえ……。

「事件現場となった立石家は力輝斗が放火したため、全焼しています」

「だから？」

「いえ……。パーキングに車を停めてあります」

大畠先生を車に案内した。事件現場のだいたいの場所はわかっている。つまり、正確な番地までは知らない。そんなことはお見通しだと言わんばかりに、助手席に乗った大畠先生はB5サイズのノートを開いて、運転席のわたしに差し出してきた。手書きで住所が記してある。

車にはカーナビがついていないため、わたしはそれを自分のスマホに打ち込んだ。地図を確認して、車を発進させる。大畠先生は酔ってしまうのではないかと心配になるほどに、前後左右の窓に目を遣り景色を眺めていた。

先生の頭の中では今、カメラが作動しているのだろう。

一五分ほどで目的地に到着した。海辺に建つ八島重工の造船所が間近に見え、ゴウン、ゴウン、と一定の間隔で重い音が響くのが聞こえた。

小学生の頃に一度、社会科見学でこの造船所を訪れたことがある。その時は、作業用の大型車が行き交い、もっと賑やかだった印象があるけれど、その面影はどこにもない。マイナーなチェーンのハンバーガーショップや弁当屋も見当たらない。

古い家が歯抜けの状態で建ち並んでいる。

スマホに打ち込んだ番地の箇所に建物はなく、雑草の生い茂る空き地の片隅には、隣接する工場の資材置き場から転がり落ちてきたような錆びた鉄柱が、無造作に数本転がっていた。ここに一軒だけおしゃれな家が建っていたとは考え難い。

イツカさんから聞いた、沙良が男友だちのおばあさんの家に入りびたっていたエピソードを思い出した。普通の人が見れば、少し古い建物というくらいの家だったとしても、沙良の理想の家ではなかったのではないか。

反対側の隣は畑だ。大根と白菜がまだ収穫には早い大きさに葉を茂らせている。

「四〇坪くらいかしら。こんな狭い土地でも、一軒屋が建てられるものなのね」

大畠先生はリュックから小型のデジタルカメラを取り出して、数回、シャッターを押した。

いるのか。

「事件の前から周囲がこんなふうだったとすれば、家の中で口論があっても、隣近所までには絶妙に届かない距離ね。虐待があったとしても。どこの家もそう。これが計算されたものならすごいけど、ここ一〇年のうちに取り壊された家もいくつかあるんでしょう」

大畠先生はただ思いついたことを口にしているだけなのか。わたしに聞かせようとしているのか。

写真を撮り終えると、先生は今度はリュックからA4サイズの紙を取り出した。家の見取り図だ。それを広げたまま、ここが玄関で、などと言いながら空き地の中に足を踏み入れていく。わたしもあとに続いた。

一階は居間と台所、トイレ、洗面所、浴室、一番奥の一室で、両親が焼死体でみつかった。二階は二部屋。手前の四畳間が力輝斗の部屋。奥の六畳間が沙良の部屋。

液体の残ったペットボトルを踏みつけても、大畠先生は足を止めない。

「二階には廊下がないから、沙良は毎回、力輝斗の部屋を通って、自分の部屋に出入りしていたのね」

大畠先生の声に導かれるように、頭の中の映像が修正されていった。力輝斗に自室はあったものの、そこに籠ることはできなかった。大切なものを隠しておくこともできなかったのではないか。だから、公園でネコと戯れていた？

大畠先生はしばらく周辺を歩き回った。作物の世話も毎日する必要はないのか、人の姿は見えず、ぽつんと二人、世界に取り残されたような気分になる。

「物語には、頭の中だけで作っていいものと、自分の目で確認してから作らなければならないものがある。たとえ、フィクションでも」

歩く足を止め、大畠先生がわたしの方を向いた。

「そして、他人のリアルをネットで簡単に見られる時代に、頭の中で考えただけの物語は追いつかなくなっている。自分の足を使って、目で確かめて、リアルに追いついて、そこからさらに想像力で追い越す。そうしなきゃ、次の一〇年は生き残れない」

何も答えることができない。

「なんて、えらそうに言ってみても、こうやって見知らぬ土地を取材のために歩き回るのなんて久しぶり。ましてや、殺人事件が起きた現場なんて、初めて」

「わたしは……、今でもここで殺人事件があったなんて信じられません」

「こういう普通の場所で起きるってことは、日本全国、どこでも起こりうるってことなのよね。だけど、似たような、ありがちな事件であっても、背景にはそれぞれの物語がある。隣の家の人でさえも気付かない。もしかすると、当事者ですらすべてを把握しきれていない」

「それを、どうやったら全部知ることができるんでしょうか？」

裁判記録を読み、カウンセリングをおこなった医師にまで会いに行ったけれど、沙良と力輝斗が互いをどのように思っていたのか、力輝斗に殺意が芽生えるまでの心の流れがわからない。

「無理よ」

「えっ？」

「だからこそ、わたしたち脚本家は想像する。こういう物語があったのではないかと、他の人たちに提示する。三億円事件を扱った作品なんて山ほどあるけど、どれが正解なのか、誰にもわからないことでしょう？　それでも、実際に起きた事件に、心を寄り添わせることはできる。興味を持つこともできる。長谷部香監督は、何を見せようとしているのかしらね」

見せよう、とはしていないはずだ。監督は自分が知りたいのだ。立石力輝斗のことを。いや、戸境壁の向こうにいた、幼い自分をはげましてくれた子のことを。

それを、大畠先生に伝えるべきか。

少し悩み、先生に断ってメールを一本送らせてもらった。

歩き続けていると、造船所の正門に続く広い通りに出た。個人経営の飲食店が数軒並んでいる。先生が突然、ラーメンを食べたいと言い出し、ちょうど店員らしきおばさんが入り口にのれんを出している中華料理店に入った。

それぞれラーメンを注文する。

「ご当地ラーメンかしら」

先生はうきうきした様子で店内を眺めながら言った。取材が久しぶりなように、こういった古びた店に入るのも久しぶりで、かえって新鮮なのだろう。多分、魚介ベースのしょうゆラーメンが出てくるのだろうけど、それをご当地ラーメンと呼んでいいのか、この町出身のわたしでもわからない。

「お客さん、東京から？」

声をかけたのは、カウンター内で作業をしている店主らしきおじさんだ。

「そうです。ちょっと、仕事で」

先生は普通に答えている。

「あの、殺人事件の取材かい？」

わたしがドキリとした。何で？　と声が出かかったものの、一五年前の事件とはいえ、東京の人でこの店を訪れるのは、事件の取材関係者くらいなのだろう。

大畠先生は肯定の意を表すように、うふふ、と笑って水をひと口飲んだ。

「精神鑑定が不充分だったんじゃないか、という声が上がっているんですけど、お父さんは立石力輝斗さんに会ったことはありますか？」

「それがね、何度も訊かれたんだけど、あの一家にもう一人子どもがいたことを知らなかったんだ。いつも、親子三人、女の子だけが来ていたからね」

「沙良さんですね。彼女はどんな子でした？」

「元気のいいかわいらしい子でさ。他人が食ってるもんがおいしそうに見えるんだろうな。いっぺんにそんなに食えるのかってくらい注文して、大概はひと口ずつ食べて、もう充分って残すんだ。それを、父親も母親も怒りもせず、仕方ないな、とか言いながら食べてやってるんだ。特に、父親の方が甘くてな。まあ、娘の方だけが血の繋がった子だったんだろ。そうなるのもおかしくないよな」

慣れた口調でペラペラとしゃべりながらおじさんはラーメンを完成させ、わたしたちの前に置いた。

「そうですね」

相槌を打ちながら大畠先生は割り箸を取って両手を合わせ、豪快に麺をすすった。

「でもよう、えこひいきがあったり、もしかしたら暴力を振るわれていたかもしれなかったりしても、あんなかわいい子を包丁で滅多刺しにして、両親まで焼き殺したヤツに、今さら精神鑑定が間違ってましたっつっても、やったことは変わらねえのに、情けをかける必要なんかないと俺は思うけどね。写真も見たけど、血の通ってねえ死神みたいな面して たじゃないか」

大畠先生は大きく頷き、再び豪快に麺をすすった。わたしはどのタイミングで食べていいのかわからず、まだメンマしか食べていない。

「実物はもっとかっこよかったわよ」

声のした方を振り返ると、空になったジョウロを片手に入り口から入ってきたおばさんが立っていた。

「なんでテレビも週刊誌も、あんな人相の悪い写真を使うんだろうね。確かに、愛想のいい子じゃなかったけど、きれいな顔をした子だったよ。長い前髪で大抵は目元が隠れているんだけど、いつだったか、走ってどこかに行っててね。風が強かったもんだからしっかり顔が見えたんだけど、ぱちっとした二重の男前だった。妹はアイドルを目指してたらしいけど、お兄さんの目と同じだったらよかったんじゃないかねえ」

わたしも力輝斗の顔はおばさんの言う、人相の悪い、ものしか見たことがない。

「誰か、芸能人に似た人がいますか?」

わたしはおばさんに訊ねた。

「そうねえ……。似た子がいたような気もするけど、最近の子の名前はよく知らなくて」

「そうですか」

少しがっかりしながらカウンターに向き直ると、大畠先生のどんぶりは空っぽになっていた。スープまで飲み干している。あわてて追いつこうとしているあいだも、おじさんとおばさんは事件の話をしていたけれど、どれも週刊誌に載っていたことばかりで、新しい情報は得られなかった。

それでも、沙良が力輝斗をよく思っていなかったのではないかということは想像できた。すっかり路上駐車してしまった立石家のあった場所まで戻ると、今度は笹高に行ってほしいと頼まれた。そこなら住所なしでも行くことができる。

母校かと問われ、首を横に振った。

「そっか」

大畠先生は残念そうにつぶやいた。取材の申し入れをしたものの、断られたらしい。わたしに馴染の先生がいることを期待していたのだ。正隆くんかイツカさんに相談すればどうにかなったかもしれないのにと、ぼやぼやしていた自分を悔やむ。

姉と同じ学校に通えば、事故に遭ったという現実をつきつけられるかもしれない。姉のことを知る教師からお悔やみを言われる可能性もある。そういった理由もあり、隣町にある私立の女子校に進学したのだ。両親はまったく反対しなかった。周りの子たちを見習って少しは女の子らしくなればいい、と軽口を叩かれただけ。

当然、学校の中にも入れない。グラウンド沿いの道端に車を寄せて停めた。

「進学校なのよね」

校舎の方を眺めながら大畠先生が訊ねる。

「田舎なので、都会のそれとは違います。普通科は中学校で上位三分の一に入れていれば大丈夫で、特進科のトップの一握りに賢い子がいる感じです」

「そうはいっても、ちょっとしたステイタスなんでしょう? 力輝斗は中卒、沙良は地元のエリート校。ラーメン屋にすら連れていってもらえず。同情はするけど、同じような境遇の子はたくさんいる。だからといって、力輝斗が短絡的だったとマスコミのようには捉えたくない。何かあったんじゃないかしら」

先生はそう言って、車に戻った。


次に指定されたのは、名前を聞いたこともないカフェだった。またもや住所を提示され、わたしの実家からそう離れていないことがわかったけれど、憶えのないところだった。

徐行運転をしながら近づくと、入り口に木製の看板を出した古い民家が見えた。

「古民家カフェって一度行ってみたかったのよね」

先生はそう言って車を降りたけれど、お茶を飲むことが目的なわけがない。梁を残したまま板の間の部屋に改装したと思われる空間は、古いよりもレトロの方が似合う佇まいで、バターの甘い香りが漂っていた。

コーヒーとワッフルがウリのこの店は、ランチメニューはおいていないらしく、おやつにはまだ早い時間のせいか、客はわたしたちだけだった。縁側に近い四人掛けの丸テーブル席に、大畠先生と向き合うかたちで腰掛けた。

注文を取りにきてくれた女性はわたしより少し年上に見える、感じのよさそうな人だ。

先生に倣って季節のジャムをトッピングしたワッフルとオーガニックコーヒーを注文した。

「フェイスブックで見つけたの。あの人、橋口陽菜さんがここのオーナーなんだけど、笹高の八七期生だって」

大畠先生がスマホ画面を提示してくれる。八七期と聞いてもピンとこなかったけれど、それが何を意味するのか、橋口さんの見た目で察することができた。おそらく、立石沙良と同級生のはずだ。

脚本家の大御所である大畠先生なら、長年築き上げてきた人脈を以て、入手困難な資料を手に入れたり、会いたい人物と即面会ができたり、簡単に情報を手に入れたりすることができるのだろうと思い込んでいたのに、フェイスブックとは。

先生と比べてわたしに力がないのではなく、ただわたしが手を抜いていたことをまたも思い知らされる。

ほどなくして、焼きたてのワッフルと淹れたてのコーヒーが運ばれてきた。正直、ラーメンでお腹いっぱいだけど、香りが胃のスペースを広げてくれる。

大畠先生はワッフルをナイフで半分に切ると、またもや大きな口をあけて頬張った。話ができる時間を確保するためだろう。取材が目的だとわかっていても、自分が作った料理が手を付けられないまま冷めていくのを見るのはいい気がしないはずだ。だけど、気持ちよく食べているのを見たら、心を開いて話してくれるかもしれない。

わたしもワッフルを頬張った。できたてを堪能する幸せが込み上げてくる。大畠先生はそれでも、出先での解放感に浸っているだけのように見える。

コーヒーの入ったマグカップを片手に橋口さんがやってきた。失礼します、と言いながら、縁側に背を向けるようにして、先生とわたしのあいだの席につく。

どうやら、取材をしたいということを伝えていたようだ。気付かなかったけれど、もしかすると、貸切の看板でも出してくれているのかもしれない。

「立石沙良ちゃんのことですよね」

橋口さんの方から口火をきった。大畠先生はリュックからノートを取り出して、お願いしますと頭を下げた。わたしもあわててそれに倣う。

「高校一年で同じクラスだったけど、ほとんど口を利いたことがありません。向こうは陽気なクラスで目立つグループにいたけど、わたしは地味グループだったから」

「沙良さんには友だちがたくさんいたんですか？」

わたしが訊ねた。イツカさんから聞いた中学時代の沙良のエピソードから、沙良には孤立したイメージを持っていた。

「同じ中学だった子たちの評判はそんなによくなかったんだけど、入学早々サッカー部のリーダー的な子と付き合い始めて、彼の人気のおかげで、沙良ちゃんの陰口を言う人たちの方が悪者って感じになっちゃって」

沙良なら使いそうな手段だ。どんな嘘をついてその男の子に近付いたのだろう。それよりも……。

「その、サッカー部の男の子は大丈夫だったんですか？」

「どういう意味？」

「ケガとかしませんでしたか？」

「沙良ちゃんの疫病神（やくびょうがみ）伝説ね。マスコミの人にはそんなエピソードも知れ渡っているんですね」

「あ、いや」

大畠先生の視線を感じた。先走るなと無言で制している目だ。

「なんか、沙良ちゃんと仲良くなった子は、ケガをしたり、ノイローゼになったりするって噂、聞いたことがあります。でも、その男の子は引退するまで普通に活躍していましたよ。県大会でベスト4までいったんじゃないかな。あれ、でも沙良ちゃんとは二年の途中で別れたのかな。オーディションの邪魔になるからフッたとか。噂ですけどね」

県大会のベスト4もすごいのだろうけど、突き抜けた才能とは言えない。だから、助かったのではないか、などと懐疑的な見方をしてしまう。

「でも……」

橋口さんが持ち上げかけたマグカップを置いて、少しのあいだ何かを思い出そうとするように空の一点を見つめた。

「わたしたちが一年生の時に、交通事故で亡くなった子がいて」

いきなり冷水を浴びせられた感覚になり、飛び上がりそうになった。名前を出されなくても、それが誰なのかわかる。橋口さんの話を途切れさせないように、ゆっくりと唾を飲んで、向き直った。

「二人が一緒にいるところを何回か見たことあるんですよね。出身中学も違うし、同じクラスでもないのに、めずらしいなって。わたし、その子と友だちってほどじゃなかったけど、すごくピアノが上手で憧れてたので、沙良ちゃんとはあまり親しくならない方がいいよって忠告したんです。そうしたら、そんなこと言っちゃダメ、いい子だよ、なんて言われちゃって。わたしが嫌な子って思われたかもしれないって後悔して、謝らなきゃいけないって思ってたのに、勇気が出せないうちに事故が起きてしまって。その子と沙良ちゃんが仲がいいってことは他の子は知らなかったみたいで、疫病神伝説に結び付ける子はいなかったし、今、こんなふうに結び付けるような言い方してたら、何も成長してないじゃんって、その子にあきれられてしまうだろうけど、なんだろ……、ヘンな話しちゃってすみません」

橋口さんは顔を隠すように、マグカップを口に運んだ。わたしは、頭の整理が追い付かない。同級生だったことはわかっている。だけど、沙良と姉を結び付けて考えたことなど一度もなかった。

沙良のことを知っているわけではない。姉のことでさえ知らないことばかりだ。それでも、直感を安易に否定する気にはなれない。姉は沙良と合わない。沙良がどんなに嘘を重ねても、姉なら見抜けたのではないか。

「その子が亡くなった時、沙良さんはどんな様子だったの？」

助け舟、ではないはずだけど、大畠先生が橋口さんに訊ねた。

「自分のショックが大きくて、他の子の様子なんて憶えてないですけど、お葬式には来ていませんでした。だから、やっぱり何か用があっただけで、そこまで仲良くなかったのかな、と思ったような気がします。あ、でも、その年の文化祭の自由ステージで、ピアノを弾いた子がいるんです。そうしたら、沙良ちゃんが過呼吸を起こして、救急車で運ばれたんじゃなかったかな。わたしはあの子のことを思い出したからかもしれないって思ったんだけど、そんな噂をしている子は誰もいなかったから、それも勘違いかなって」

「ちなみにその曲とは？」

沙良のことを訊かなければならないのに、確認したいのはやはり、姉のことについてだ。

「わたしでも知ってる結構有名な、タラララ、タラララ、っていう」

「『子犬のワルツ』ですね」

「そう、それ。中学の音楽の時間に先生が、そのピアノが上手い子に一曲弾いてもらいましょうってなって、『子犬のワルツ』を弾いてくれたから、文化祭でも、あっ、と思って」

音楽の時間、多分、姉はいやいや弾いたに違いない。自分の音と他の人の音の区別がつく人の前以外では弾きたくない、とぼやいていたことがある。

「でも、沙良さんはその子と同じ中学ではなかったのだから、その子は高校でも、学校で演奏したってことですよね」

「それは、なかったと思うな。あれば、絶対に評判になっていたはずだし、ピアノをやめたっていう噂も流れていたくらいだし」

ならば、沙良が過呼吸を起こしたのは、ピアノと関係ないところにあったのかもしれない。インターネットの動画サイトなどにも、姉の演奏はあがっていない。

姉の演奏が記録として残っているのは、我が家のホームビデオと、ピアノ教室で毎回録音していたMDだけだ。CDなら、時折聴いていたかもしれない。MDという今ではほぼ使用されていないものに触れるのは、姉の時間がその時代で止まっていることを突きつけられるような気がして、自然と避けていた。

そんなものに頼らなくても、姉の音は頭の中で再生できる。わたしに才能があるとしたら、脚本ではなく、音を聴き分けられることかもしれない。姉もそれをわかっていたから、わたしにそんな愚痴をこぼしてくれたのだ。

「沙良さんが学校でお兄さんの話をすることはあったの?」

大畠先生が訊ねた。軌道修正、というところか。

「わたしは事件が起きるまで、沙良ちゃんにお兄さんがいることも知りませんでした。事件のあとに、同じ小中学校だった子たちが、いつも公園にいてヤバい感じだったよね、と言っているのを聞いて、もっと早くに何か対策が取れなかったのかなと思いました」

新情報でもないのに、えっ？　と胸の内でつぶやいてしまったのは、わたしの中で、力輝斗はいい人、沙良は悪い子、というように天秤が傾いてしまっていたからだ。

「沙良さんはアイドルを目指していたらしいけど、あなたから見てどんなふうに思った？」

大畠先生が訊ねた。橋口さんはまた少し空の一点を見つめ、大畠先生に真剣なまなざしを向けた。

「受かってもいないオーディションに合格したって言ってたことが大きく取り上げられて、おおかみ少年みたいな扱いになっているけど、少なくとも、わたしは沙良ちゃんが受かったって言っているのを直接聞いたことはありません。オーディションでの審査員の反応がよくて、結果が出る前に、仲のいい子に、受かったかも、って言ったのが、一人歩きしたかもしれないし、週刊誌が勝手にそういう見出しをつけただけかもしれません」

「ずいぶんと庇うのね」

「だって、嘘つきだから殺されてもいいなんて、おかしいじゃないですか。それに、沙良ちゃんは夢が叶わなかったんじゃなくて、努力している最中に、不当に未来を断たれたわけで、生きていたら、アイドルになれていたかもしれない。わたしだって、自分の店を持ちたいっていう夢を高校生の頃から持っていたけど、去年までに死んでいたら、叶えられなかったことになる。お葬式で、おせっかいな誰かが、自分の店を持つ夢を持っていたのに、なんて言ってしまったら、昔のわたししか知らない人から、あんな暗い子が無理にきまってるじゃん、って胸の内で笑われていたかもしれない。現実に気付く前に死ねてよかったとか、平気な顔して言う人だっている。そもそも、沙良ちゃんばかりをかわいがっていたのは両親で、沙良ちゃんは何も悪いことをしていないじゃないですか。友だちじゃなくても、同じ高校で同じ時間を過ごしていた同級生が理不尽に命を奪われたことには、怒りを覚えますし、沙良ちゃんには心から同情、いや、お悔やみ申し上げます」

橋口さんの言うことは何一つ間違っていない。イツカさんではなく、先に橋口さんに会っていたら、戸境壁の向こうにいた人物を沙良で充分に思い描くことができたかもしれない。

おやつの時間も近付いたため、大畠先生とともにお礼を言い、席を立った。

「あの……」

橋口さんがわたしをじっと見ている。

「何か？」

「いえ、知り合いに似ていたから」

わたしはできる限りの笑顔を作り、頭を下げた。事前に取材の申し込みをしていた大畠先生は、店を訪れてから名刺を渡したりはしていない。わたしのことは東京から来た大畠先生の助手だと思い、この町に縁があるとは想像もしないから、少しばかり面立ちが似ていても気付かれなかったのだろう。

名乗ることなく、店を出た。

次に大畠先生に指定されたのは、「笹塚町一家殺害事件」とは関係ないところだった。わたしのオンエア初作品の一場面で、ここ笹塚町でロケがおこなわれた場所に行きたいというのだ。

「あのラストの夕日が沈む場面ですよね。山の途中の何もないところですよ」

「海に沈む夕日が見られる特等席じゃない」

「確かに、この町に先生をご案内できるような観光施設はないけど、だからってわざわざ夕日なんて見なくても。おいしいワインが飲める店があるんです」

「そんなの日が暮れてからでいいわよ。それに、おいしいワインはこれまでにいくらでも飲んだことがある。でも、海に沈む夕日をじかに見たことは一度もないの」

「またまた。ハワイに何度も行ってるじゃないですか」

「雲がかかってたわ。天気がよくてもね。もしやと思ってたけど、やっぱりそう。海に沈む夕日なんかめずらしくないって自然に言えることが、どんなに贅沢なことかわかってないでしょう。逆に考えれば、ハワイに行かなくても見れているってことよ」

「まあ、ねえ……」

　先生はお世辞を言うような人ではない。それでも、手放しで喜ぶことができない。

　太陽が昇って沈むのなんて当たり前じゃん。ああ、こんなことを思うのは今日が初めてではない。姉は夕日が好きだった。この町の人だったのに。

　そう思うと、なんだか夕日が恋しくなってきた。

「わかりました。ちゃんとご案内します。少し山道を歩くことになりますが、それでも、夕日にはまだ早いので、その前に、一カ所、ご一緒してもらっていいですか?」

「喜んで」

　車のエンジンをかける前に、わたしはスマホを取り出した。カフェに入る前にその情報が届いていることは確認済みだ。その場所も、このカフェやわたしの実家からそれほど遠くなかった。

　当たり前だ。そこに住んでいた人は姉や正隆くんと同じ幼稚園に通っていたのだから。しかし、その建物が今でも残っているという保証はない。なければないで、その場所の空気を感じ取るだけでもいい。

　スーパー〈はるみストア〉と坂を挟むようにして、その建物はあった。老朽化、とまではいっていないはずなのに、その三階建てのアパートだけ古びて見えるのは、そこを取り囲むように、カラフルな戸建てが並んでいるからに違いない。

アパート前の路肩に車を停めた。

ここです、と大畠先生に声をかけて、二人で車を降りる。

「真尋ちゃんの家？」

「違います」

一瞬ムッとした思いは、そのままわたしがこの建物をどんなふうに思っているかに繋がっている。三〇年前はもっときれいだったはずだし、周りに新築の戸建てが少なかったとしても、ここに住んでいることに満足できない気持ちも多少は理解できる。

「立石家が昔、住んでいたアパートです」

「そうなの？」

大畠先生が目を見開き、アパートを眺めた。

「立石家は二〇四号室、そして、二〇三号室は長谷部家でした」

まばたきを放棄した目をわたしに向ける大畠先生に、長谷部監督から聞いた話を、かいつまんで話した。先生の視線を受けながらも、わたしの視線は自然と、二階の部屋へと向かった。六部屋並んだ真ん中が二〇三、二〇四号室だろうけど、どちらもベランダに洗濯物などもなく、その向こうのガラス戸にはカーテンもかかっていない。空き部屋のようだ。

戸境壁は思っていたよりも薄っぺらく（そういえば監督は最初、板と言っていた）、ベランダから少し身を乗り出せば、壁の向こうにいる人物の顔など容易に見ることができそうだ。

そう思うのは、わたしがおとなだからということもわかっている。おとなから見れば、ベランダに数時間出すことなど、よほど寒い日や雨の日などを除いては、軽いおしおき程度にしか思わないのだろう。車も他人も野良犬もこない。危険な目に遭うおそれなど何もないのだから。

だけど、子どもはそんなふうには感じない。安心できる空間から切り離された場所。見捨てられた場所。どこにも逃げ場のない場所。孤独と闘う場所。悲しみと恐怖がまざった場所だったはずだ。

戸境壁だって、牢屋（ろうや）の壁のように見えたかもしれない。

「始まりの場所ってわけね。むしろ、わたしにここを教えずに、何を書かそうとしていたのかしら、信吾ちゃんは」

先生は言ったあとで、しまった、という顔をしたけれど、不思議と何も思わない。一〇年前の知り合いの名前を聞いたような感覚だ。つまり前世か、その前か。

「空き部屋が多そうだけど、どこかの部屋を訪ねてみる？」

はい、と同意しかけ、いや、と思いとどまった。

「立石家が住んでいたことを知らなかったら、縁起の悪いことをバラしただけになりません?」

「まあ、ここで殺人事件が起きたわけじゃないとしてもね……」

「ちょっと!」

背後から声をかけられた。六〇歳は過ぎていると思しき女性だ。路上駐車を注意しにきたのだろうかと、自然に肩をすくめてしまう。

「あんたたち、雑誌社の人かい?」

「いいえ。映像関係の者です」

大畠先生が答えた。おばさんの顔がパッと輝いたような気がする。

「立石家の事件かい?」

「ご存じなんですか?」

「知ってるも何も、あの一家はここに住んでいたからね。それ以外に、何の取材があるのさ。まあ、そうはいっても、事件直後にだって、ここまで来た記者は一人、二人しかいなかったんだけどさ。そのうえ、わたしが話したことなんて、一行も記事にしなかった。でも、あれだろ? 精神鑑定が手抜きだったとかで、子どもの頃のことを調べにきたんじゃないのかい?」

おばさんが精神鑑定の件について知っていることに驚いた。判決が出たあとも、納得できない思いが残っていた人がここにもいたということだろうか。おばさんは一〇四号室の住人で、おばさん宅用の駐車場にわたしの車を移動させ、部屋で話を聞かせてもらうことになった。

おばさんは一人暮らしで、週に四日カラオケスナックに勤務しているらしい。今日は定休日で、あんたたちは運がいい、と言われた。

試供品でもらったという缶のお茶をキッチンテーブルに座る大畠先生とわたしの前に置いてくれ、おばさんは真上の部屋に住んでいた立石家のことについて話し始めた。

立石家が越してきた日から、父親の怒声やドシンと何かが床に強くぶつかる音が聞こえていたという。

「両隣の人たちはよく黙ってるもんだと思ったんだけど、どうやらこの建物は、横向きには音が響かない造りになってるらしいんだ。それでも、真冬にベランダに出されてりゃおかしいって思うもんだろうけどさ、誰も注意しにいく気配がないんだよ。まあ、柄の悪そうな父親だったからね、逆恨みされちゃたまんないから、黙ってたのかもしれない。昔は、児童虐待なんて言葉は知らなかったし、子どもが怒られているくらいで、警察や役場に通報するなんて考えも及ばなかったからね。でもさ、ある時、仕事帰りの真夜中に、やせ細った子がベランダに立っているのを見ると、ほうっておけないと思ってね。意を決して注意しにいったんだけど、余所の家のしつけに口を出すな、って追い返されちゃったよ。だからさ、こっちもささやかな抵抗として、怒鳴り声や大きな音が聞こえたら、物干しざおで天井をドンドン突いてやったんだ。ほら、そこ、穴が開いているだろ」

見上げると、確かにそれらしい跡があった。

「まあ、ここは八島の社宅としても何部屋か借り上げられていたから、入れ替わりも早くてね。仮住まいのように思ってる人にとっちゃ、同じ屋根の下とはいえ、住人に興味はないし、もめ事も起こしたくなかったんだろうよ。挨拶も何もないまま、新しい人がやってきては、知らないうちにいなくなって、別の人が住んでいる。立石家もここに住んでいたのは二年くらいだったかねえ。そういや、静かになったなと思ったらいなくなってた。それから一〇年以上経って事件は起きたけど、わたしは驚かなかったよ。むしろ、よくそれだけ堪えたもんだ」

「虐待を受けていたのは、兄の力輝斗さんだということですか？」

大畠先生が訊ねた。

「当然じゃないか。妹は毎日、きれいな服を着せてもらってさ。お兄ちゃんがあんな酷い目に遭ってるのに、ケラケラとベランダを指さして笑ってたんだから、親以上の性悪に育ったんだろうよ」

戸境壁の向こうにいたのはどちらか。謎（なぞ）はあっけなく解決された。謎と呼べるものでもなかったかのように。

「事件直後に警察にこの話をしなかったんですか？」

大畠先生が質問を重ねた。

「警察には話してないね。雑誌社の取材でも、今日のように具体的には言ってない。立石家がこのアパートにいた時にわたしが通報してりゃ、事件は防げたんじゃないかなんて、こっちのせいにされたらたまったもんじゃないからね」

「じゃあ、どうして今日は？」

「死刑判決が出たからだよ。わたしがちゃんと話していたらと思うだけで、寝覚めが悪いじゃないか。あんなかわいい子が、かわいそうだよ」

おばさんの頭に浮かんでいるのは、幼い頃の力輝斗の姿なのだろう。その指先の向こうにいたのが、長谷部香監督。戸境壁の反対側の景色がようやく見えた。


夕日の場面を撮影した鉄塔に向かうため、神池の家の庭に車を停めさせてもらった。おじさんかおばさんにことわりを入れておくつもりが、家の中にも外にも、どちらの姿も見当たらなかった。先生はスニーカー、わたしはローファーだ。しかし、どう考えても汚れたら惜しいのは、先生の靴の方だった。

家の裏手にまわり、畑の脇を通って舗装されていない山道へと進んでいく。自動車の立ち入りは禁止となっているけれど、業務用の車は通行可だ。ロケの際は、神池の家を拠点に、機材のみを軽トラで運び、スタッフと役者は歩いて登った。つまり、それくらいの道だ。

一〇〇メートルも行かないうちに、大畠先生の息があがっていった。

「大丈夫ですか？」

声をかけると、先生は両手を膝に載せて、肩で息をした。

「けっこう動けると思っていたのに、運動不足はやっぱり、こういう登り坂で出るものなのね」

先生はそう言いながらも、足を前へと進めた。あまり話しかけないほうがいいかもしれない。黙って先生のペースに合わせて歩いていたものの、足を止めた。

倒木が連なり、その少し先では、崩れた土砂が道を塞いでいた。

「そういえば、去年の大雨で山道に被害が出ていると、おばさんが言っていたのに、思い出さなくてすみません。越えられないことはないと思うのですが、その先もどうなっているか……。どうします？」

「残念だけど、あきらめるわ。登った分だけ、下らなければならないし、夕日を見たあとじゃ、ここも暗くなっているでしょう」

わたしの一二歳の誕生日、姉が亡くなるひと月前に、初めて鉄塔に連れていってもらった際、姉が懐中電灯を用意していたことを思い出した。そんなことまで抜け落ちていた状態で、先生を案内していたなんて。

「準備が至らず、すみません」

「気にしないで。ここは、事件とは関係ない場所じゃない」

そう言いながらも、先生は残念そうに山道の先を見つめて、踵を返した。

夕日は神池の家の庭からも見える。太陽が沈む位置によっては、海に落ちるところまで見えるけれど、今日は海上に少し雲がかかっていた。

それでも、夕焼けは美しく、海と山に挟まれた細長い町をオレンジ色の光で温かく包み込んでいた。

「あとは一人でやれそう？」

夕日に目を遣ったまま、先生が言った。どういうことだ？　とわたしは先生を見たけれど、先生の視線は動かない。

先生はわたしが「笹塚町一家殺害事件」の脚本を書けるよう、フォローするために、ここに来てくれたのだろうか。

「先生は、初めから、わたしに脚本をまかせてくれるつもりだったんですか？」

わたしに発破をかけるため、信吾と話を合わせて、自分が依頼を受けたとわたしに嘘をついたのかもしれない。

大畠先生はゆっくりとわたしの方を見た。しばらく見つめて、プッと笑い出す。

「愛されて育ってきた子の台詞だわ。自分がダメ人間だということを知っている。周りの人がそれを支えてくれていることにも、ちゃんと気付いて、感謝している。でもね、それじゃ、あなたの目指している世界ではプロになれない。ダメだという自覚があるなら、それを自分の力で乗り越えるのよ。ハッタリでもいいから、自分には才能があると言い聞かせるの。大畠凜子を支えているのは、視聴者でも制作スタッフでもなく、わたしなのよ」

「はい……」

「わたしは書くわよ。『笹塚町一家殺害事件』の脚本を」

「わたしも書きます」

「知ってるわ、千尋さん」

その名で呼ばれたのは、いつぶりか。海の上にかかっていた雲が少しずつ上がっていき、雲と海のあいだに隙間ができる。ちょうど太陽がはまるくらいの。

「ちょっと、ちょっと、あれは何よ」

先生がはしゃいだ声を上げた。線香花火の赤く丸い玉が、早々に地面に落下したのをなげいていると、そこから最後の火花が上がり、ゆっくりと消えていく。そんな日の落ち方だった。

大畠先生を夕飯に誘ったところ、今日中に仕上げて送らなければならないエッセイがあるからと言って断られた。ホテルまで送り届けると、明日の見送りも固辞された。

まっすぐ家に帰ると、自分の夕飯しか用意していない父に気を遣わせそうだ。イツカさんと会った店〈だるま〉に行ってみようか。帰りは代行サービスを頼んでもいい。一人打ち上げだ。

何の？

わたしにはまだ訪れていない、現場、があることに気が付いた。明日、出直すという手もある。しかし、どうせ行くなら、事が起きた時刻に近い方がいいのではないか。ならば、そこを訪れる手段も同じ方がいい。

車を駅のパーキングに停めると、駅構内を横切って、東口から外に出る。未だに、「通りゃんせ」のもの悲しい音楽が流れる横断歩道を渡り、看板の文字が消えかかった土産物屋に入った。たいしたものは置いていないし、まんじゅうや羊羹を買うことが目的ではない。「レンタサイクル受付」という貼り紙をしているのは、父と喫茶店〈シネマ〉に行った時に目に留めていた。

申し込みをすると、土産物屋のおじさんに、午後八時までに返却だが大丈夫かと確認された。時計を確認する。午後六時五〇分、充分だ。料金は一日二〇〇〇円と、半日一二〇〇円の二種類だけど、おじさんは五〇〇円にまけてくれた。

ママチャリタイプの一台を借りて、通りに出た。

父にメールを一件送ってから、スマホで地図を出す。姉はこの駅から電車に乗って、隣町のピアノ教室に通っていた。駅から自宅までは自転車だ。駅周辺の公園を検索する。自転車で行ける範囲の公園は、三カ所。近くから、一カ所ずつ行ってみることにする。

自転車にまたがり、勢いよく一歩を漕ぎ出した。

全カ所に鉄棒があったら断定できなくなるな、という心配は、一つ目の公園では杞憂に終わった。入り口に公園の看板は出ているものの、鉄棒どころか、遊具は何も見当たらない。だだっぴろい空き地を金網で囲っているだけだ。同じ金網でできている出入り口の扉も閉められ、南京錠がかかっている。静かで寂しい空気が漂っているものの、日中は、少年野球などで賑わっているのではないか。

次の場所に向かうため、上着のポケットからスマホを出すと、いきなり着信音が鳴り出した。この町の市外局番から始まる憶えのない番号からの電話だ。おそるおそる出ると、耳当たりのいい、女性の業務用の声が聞こえた。朝、姉の携帯電話を預けた専門店からだ。充電ができたという。

今すぐ向かいたいところだけど、閉店時間を確認すると、午後九時まで開いているということなので、自転車を返したあとにすることにした。

二カ所目の公園に向かう。住宅地の中にポツンとあるその公園には、砂場とベンチだけがあり、日中、母親が未就学の子どもを連れてきている様子が想像できた。

となれば、と胸が高鳴った。そこに鉄棒があれば、確定ということだ。

　自転車を思い切り走らせて到着したそこに、鉄棒はあった。頭の中で、商店街の福引で当たりが出た時のような鐘が鳴り響いてもおかしくないはずなのに、わたしの頭の中には夜気の流れるシーンとした音が漂っている。

　それでも、公園の奥の方から聞こえる音楽に導かれるように、足を進めた。水の涸れた噴水の前でおそろいのTシャツを着た女子高生らしき五人が、ダンスの練習をしている。そのまま視線をさらに奥へと移すと、少し高台になっているところにある東屋に、彼女たちのものと思われるリュックなどの荷物が置かれていた。

　わたしは以前、この公園を訪れたことがある。子どもたちだけで校区外に出かけたことが小学校にバレてしまい、先生から怒られた。

　鉄棒に手をかけて、地面を思い切り蹴り上げた。が、重力におしりが引っ張られる。あの子たちに見られただろうかと、恥ずかしさが込み上げる一方で、これは得意だったじゃないか、と意地のような闘志も湧いてきた。

　手を逆手に持ち替えて、鉄棒から大きく一歩分下がり、勢いをつけて足を振り上げた。体がくるりと回り、鉄棒の上に乗った。スマホがゴトリと地面に落ちたけれど、そのまま連続前回りを二回して、鉄棒から下りた。太陽を蹴るように、なんてアドバイスはわたしには必要ない。

スマホを拾い上げる。割れても欠けてもいない。父からメールが届いていた。それを確認して、入り口付近に停めている自転車のところに向かった。

前回は一目散で走り去った公園を、今度はゆっくりと一度振り返り、あとにした。

その場所は、鉄棒のある公園からそれほど離れていなかった。その交差点は、まだ夜の八時前だというのに、車の通りはほとんどなかった。それでも、信号があるのだから、それなりに交通量の多い時間はあるのだろうか。たとえば、造船所が栄えていた頃には、賑やかな通りだったのだろうか。

かつては、この一角に、多くの花が手向けられていたのだろうか。

南北に走る道と、東西に走る道。どちらの道をどの方向に進んでも、家に着くことはない。東に向かって駅へと一旦戻らなければ。

事故の日、公園で好きな男の子と会っていたとしても、そこから家に帰るのに、この交差点は通らない。ならば、公園から、別の場所に向かっていたということか。

姉一人で?

太陽が昇っているか、沈んでいるかで周囲の様子は違って見えるし、停まってゆっくり眺めたわけではなく、通過……、本当に何も気付かず、知ろうと決意したその後も調べはせず、ただ通り過ぎただけではあるけれど、わたしはこの交差点を訪れるのは初めてではない。

青信号だったのをいいことに、ブレーキを踏むこともなく、今日、車でこの交差点を西、海辺に向かって走り抜けた。助手席に、大畠先生を乗せて。

こめかみのあたりがズキズキと疼き出した。両手の中指の先で、疼く場所をぐっと押さえながら、交差点を凝視した。

自転車に乗った姉の姿が現れる。少し先から赤信号を確認し速度を緩めるものの、車の気配を感じなかったため、そのまま直進してしまう……。

姉は誰かと一緒にいる。相手も自転車で、姉の前を走っている。目の前の信号が黄色から赤に変わったけれど、相手はかまわず直進し、姉もそのままついていった……。

車のブレーキ音が響き、相手は自転車を停めて振り返る。自分のつれの女の子が事故に遭っている。恐ろしくなって、逃げた……。

それとも、わざと見捨てた？

ピアノが「子犬のワルツ」を奏でる音が響き、心臓がギュッと縮んだ。交差点にあった姉の姿が消える。

ポケットからスマホを取り出した。一九時四五分にアラームをセットしていたのだ。ここに留まっていれば、姉の他の姿が見えるかもしれない。しかし、どんな流れであっても最後は車に轢かれてしまうのだ。

両手を合わせて目を閉じ、今度はお姉ちゃんの好きな花を持ってきます、とつぶやいてその場をあとにした。

自転車を返却し、携帯電話の専門店に行った。

折り畳み式の携帯電話を開くと、目の粗い画面に、でたらめな日付と時刻が表示されていた。姉の亡くなった日時ではない。しかし、時刻が変わるのを目の当たりにすると、この機械が息を吹き返したことを実感する。

店員の女性に頭を下げてお礼を言った。しかし、充電はできたものの、その先を開くためには、四ケタの暗証番号が必要らしい。その場で姉の誕生日を入れた。自分が初めて携帯電話を買ってもらった時、母からそうしろと言われたのだ。

あんたたち姉妹は単純なものほど忘れやすいんだから、と。

しかし、違っていた。

家に帰ってためしてみます。そう言って店を出て、パーキングに向かった。父なら思い当たる数字があるだろうか。もういいじゃないか、とわたしを諭すだろうか。千穂だって、死んだあとでも知られたくない秘密があるだろう、と。

好きな相手が誰だったのか調べるのはもうやめろ、と。

一瞬、とんでもないことを思いついた。いや、少し前から、そうだったらどうしようと考えてはいた。それを認めたくないから、こめかみの疼きはすでに頭痛へと変わっているのかもしれない。

好きな相手が誰だか家族に知られたくない姉は、番号を変更したのではないか。なら、どんな番号にする？　好きな相手の誕生日、とか？

わたしはその番号をどうすれば知ることができる？　あきれられることを前提に、大畠先生に電話をかけた。先生の取材ノートの、彼の基本情報の中に、生年月日があるかもしれない。

そうして、わたしは姉の携帯電話を開くことができた。

公園にいる野良猫の写真、好きな人と二人で撮った写真、高校に入って新しくできた友人、友人からのメール――。


昨夜は一睡もできなかった。

これまでに、「笹塚町一家殺害事件」について、聞いたこと、見たこと、調べたこと。姉について新たにわかったこと。それらが頭の中で、ごちゃまぜになり、わたしの中でさまざまな形になっては崩れていった。

明け方できあがった形は崩れはしないものの、小さな衝撃でこっぱみじんに砕けてしまいそうなもろさがある。何かが足りない。

それを補充することになるのか、新たな形を作ることになるのか、結局、何も形を成さないままになるのか確証が持てないまま、日の出と同時に家を出た。非常識な時間だとわかっているけれど、いてもたってもいられない。

神池の家の庭に車を停めると、ちょうど芳江おばさんが新聞を取りに外に出てきていた。長袖のパーカーとチノパン、リュックを背負い、軍手をはめた手には大きなスコップを持っているわたしの姿を見て、目を丸くして驚いたものの、気を付けるのよ、としか言われなかった。

わたしは鉄塔に行くと言っていないのに。

「知ってたんだよね、おばさんは」

おばさんの後ろ姿に訊ねた。おばさんが振り返る。

「調べて教えてくれたのは、佳奈子よ。わたしたち姉妹だけの秘密」

おばさんはそう言って、家の中に入っていった。

倒木や土砂崩れがあったのは、昨日、大畠先生と引き返したところだけだった。三〇分ほどで、鉄塔に到着した。

「お姉ちゃん、来たよ」

わたしにとってはこの鉄塔が、姉の墓標のようなものだった。

姉の携帯電話にあった樹の写真を出して、似た場所を探すと、スコップを力いっぱい差し込んだ。ほどなくして出てきたのは、二重にしたビニル袋の中に入れられた、クッキーの缶だ。

蓋を開けると、ビニル袋に包まれたかたまりが出てきた。手紙の束だ。

これを読むことを許してくださいと、山側からほんの少し姿を見せたばかりの太陽に両手を合わせた。

そして、一時間後。鉄塔の土台に腰掛けて手紙を読み終えたわたしは、長谷部香監督にメールを送った。

『物語が完成しました』

わたしの書く「笹塚町一家殺害事件」は、監督が求めているものとは違うかもしれない。

それでも、これを書けるのは、脚本家、甲斐千尋しかいない。

わたしの書く「笹塚町一家殺害事件」の主役は、立石力輝斗でも、沙良でもない。

甲斐千穂という、ピアノが得意な一人の少女だ。

そして、それを書き上げるまでの道のりは、わたし自身、甲斐真尋の物語だとも言える。

エピソード 7

山と海に挟まれた小さく細長い町、笹塚町に甲斐千穂という少女がいた。生まれながらにピアノの才能に恵まれた彼女は、家族や周囲の期待を受けながら、一流のピアニストとなる夢を叶えるべく、日々の大半の時間をピアノに注ぎ込んでいた。

しかし、そんな彼女にもスランプは訪れた。彼女が中学二年生の時である。

彼女には自分の出したい音がある。しかし、その音で奏でると、これまでもらえるのが当然だったトロフィーが、別の誰かの手へと渡ってしまうのだ。

自分の音楽を追究するか、コンクールで賞を取れる演奏をするか。ピアニストなど目指さず、ピアノが得意な普通の女の子でいいのではないか。

それでも彼女はピアノ教室に週五日、通い続けた。中学校の授業を終えて、自転車に乗って駅まで行き、電車に乗って隣町の先生のところにまで。先生は彼女を支えるどころか、スランプに陥った彼女の横で、どうしちゃったのかしら、とため息をこぼし、彼女を追い詰めていくばかりだった。

彼女がピアニストになることを一番期待しているのは、彼女の母だった。ピアノをやめたい、いや、ピアニストになる夢をあきらめたい。そう伝えると、母がひどく落胆するだろうことも彼女にはわかっていた。

彼女は自分を鼓舞しようとする。苦手なことが克服できたら、ピアノのスランプからも抜け出すことができる。彼女は、駅から近い鉄棒のある公園を探し、逆上がりに挑戦することにした。

その公園は夜になれば閑散とするようなところではなく、街灯の明かりの下、水を湛えた噴水の前で、ダンスを練習する少女たちもいた。

賑やかな場所から少し離れ、逆上がりの練習をしている彼女に声をかけてきた少年がいた。

太陽を蹴り上げるイメージで。少年のアドバイスに従い、頭の中でイメージして足を蹴り上げると、クルリと体が鉄棒の上へと乗った。彼女は快哉の声を上げ、少年も自分のことのように喜んだ。

その後も、夜の公園で二人は会うようになった。ピアノの相談にも乗ってもらった。彼女はピアノ教室に通う際に携帯していた小型のMDデッキで、自分の演奏を少年に聴かせた。少年は彼女が出したい音で演奏している方を褒めた。

少年の一番好きな曲は「子犬のワルツ」だった。少年は動物好きで、中でもネコが一番好きだった。タイトルを知らずに聴いた「子犬のワルツ」も、ネコがじゃれているような曲だと思い、好きになったのだ。

公園には野良猫が数匹いた。二人がベンチに腰掛けると、決まって、少年の足元にネコたちがすり寄ってきた。エサをやっているわけでもないのに。

少年は見慣れた人間だった。少年は毎日、夕方前から日付がかわる直前まで、この公園で過ごしているのだから。何をするわけでもなく、近寄ってきたネコたちをあやしたり、少し高台になったところにある東屋からぼんやりと景色を眺めたり。

少年にとって家は安らぎの場所ではなかった。アルバイトを何度かしたこともあったが、コミュニケーションがうまくとれず、長く続けることができなかった。

携帯電話を持っていない少年に、彼女は手紙を書くことを提案した。長くなくてもいい。メモ帳に一行でもいい。互いに伝えたいことを書いてみよう。

彼女は二日に一度、ネコの模様のレターセットを用い、便箋二、三枚にびっしりと彼に伝えたいことを書いた。家族構成、学校での席替え、定期テスト、好きな食べ物、友だちへの誕生日プレゼント、もちろんピアノのことも。

少年も二日に一度書いた。初めはレポート用紙を半分に切った大きさだった。次第にレポート用紙一枚に、つたない文章ながら、自分の思いを乗せられるようになっていった。Rと書かれた青いコーヒーカップをありがとう。きみのピアノが好きだ。自分もアルバイトをがんばってみようと思う。きみもピアノをがんばって。

　彼女からの手紙が一〇〇通に達した時、少年はこれまでに彼女にもらった手紙を全部、袋に入れて持ってきた。妹が部屋に入ってくるので、家に置いておくことができないけれど捨てるのは嫌だから、きみに持っていてほしい。

　彼女は二人の手紙をどこかに埋めることを提案した。景色がきれいな場所。少年は東屋のすぐ横にある樹の下を思いついた。夕日がきれいに見えるところだから。少年がこの町を出たことがないということを、彼女は初めて知った。

　夕日を眺めると嫌なことを忘れることができる。そう言う少年に、彼女はとっておきの場所があることを伝えた。この町の山の中腹にある鉄塔だ。二人はそこに互いの手紙を埋めにいった。いつかまた二人で掘り返すことを約束して。目印の写真も撮った。

　その帰り道、彼女は少年といるところを伯母に見られてしまう。それはたちまち、両親の知るところとなり、彼女は母から強く叱責(しっせき)される。

　身を引いたのは少年の方だ。いつもの公園に一時間早くやってきたのは、彼女の母だった。母は彼女を尾行して、少年とこの公園で会っていることを突き止めた。どうか、一流のピアニストになる娘の夢を邪魔しないでほしい。

　その夜、彼女が公園を訪れると、少年の姿はなかった。かわりに近寄ってきたのはネコだった。ピンクのリボンを巻いていた。リボンには油性ペンでメッセージが書いてあった。

『ピアノ、おうえんしています　R』

リボンはダンスを練習している子が揃いで頭につけているものだった。訊ねると、いつもいる人に少し譲ってほしいと頼まれた、とニヤニヤしながら、まるでキューピッドを引き受けた様子で言われた。

彼女にはこれが別れの言葉だとわかった。彼女はいつか自分の音が認められるようになったら、再びこの公園に来ようと決意する。

彼女は地元の公立高校に進学した。

自分の音を追究しながら、音大を目指すことを決意して。

ある時、彼女は同級生の少女から声をかけられた。

兄からあなたのことは聞いている。あなたの「子犬のワルツ」をわたしも大好きよ。

少年の家庭については深く聞いていないものの、妹のことなど一度しか聞いたことがなかった。きっと良好な関係ではないはずだ。

妹を信用することはできないが、少年のことは気になった。

妹とメールアドレスの交換をし、つかずはなれずの距離を保っていたところ、ある晩、妹から、メールが届いた。

『お兄ちゃんが家で自殺未遂をした。駅まで自転車で迎えにいくから、家に来て！』

『わかりました』

それが彼女の携帯電話に残っている、最後のメールのやり取りだった。

少年の家に向かう途中、彼女は交通事故に遭い、帰らぬ人となった。

交差点の信号が黄色から赤にかわったものの、妹は自転車で直進した。その直後、車の急ブレーキの音が鳴り響いた。

事故現場から逃走した妹は、幸い誰にも目撃されることなく、家に帰った。

加害者が自ら通報し、罪を認めたことから、目撃者探しの看板は出たものの、情報提供者が現れないうちに撤収された。

少年はようやく馴染めてきたアルバイト先の金属加工工場で、事故から三日後に、自宅と公園のちょうど中間地点にある交差点で交通事故があったことを知った。さらにその一週間後、工場主の奥さんが作るまかないのカレーを食べながら、亡くなったのはピアニストを目指していた女子高生だと聞き、工場の事務所にある新聞を遡って、彼女がもうこの世にいないことを知る。

少年は彼女が自分に会いにこようとしていたことなど知らない。そのうえ、自殺未遂もしていない。妹の虚言だった。仕事から帰った兄が、自宅で彼女を見たらどんな顔をするだろう。おもしろそうだ。そんな意地の悪いいたずらが事故を引き起こしていたことも。

意気消沈した少年は、仕事でミスを繰り返すようになった。次第に仕事を休みがちになり、気が付けば、家に引きこもるようになっていた。

少年が幼い頃から彼に暴力を繰り返していた父親は、めっきりとそれをやめた。少年が父親の背を追い越したということもあるが、妹がアイドルを目指すためオーディションを受け始めたという理由の方が大きい。

最終選考に残ると身辺調査がおこなわれるらしい。娘がネットで拾ってきた情報を鵜呑みにし、両親はできるだけ娘の意に添えるようにと、彼らなりに仲の良い中流家庭を演出するよう努力した。息子は無視しておけばいい。

妹は兄に、引きこもりをやめて仕事をするか、通信教育で高校卒業資格を取るかしてほしい、と繰り返した。

そして、事件の日が訪れる。クリスマスイブの夜だ。

妹のもとには、最終候補まで残っていたオーディションの不合格通知が届いていた。両親は知り合いのスナックのクリスマスパーティーに出かけていた。妹は昔から、整った顔をした兄のことがきらいだった。どんなに自分の方がかわいがられても、兄のような顔に産んでやれなかったという罪滅ぼしを受けているようで、えこひいきされる分、みじめな気分になっていた。

今回の最終選考は、歌もダンスも完璧(かんぺき)で、面談の際も、もう合格が決定したかのような質問ばかり受けていた。それなのに不合格だったのは、兄が無職の引きこもりだということを知られたからではないかと考えた。それしか、理由が思い浮かばない。

友人とのパーティーの席で、オーディションの結果を訊かれた妹は、ただ笑い返しただけだった。滾る怒りをこらえながら。

帰宅後、冷蔵庫にあった缶酎ハイを一気飲みした妹は、母親が用意していたホール型のケーキの入った紙袋と包丁を持って、二階の自室に戻る際、兄の部屋で足を止めた。

この家はそういう造りになっている。だから、兄が女の子と手紙のやり取りをしていることも、プレゼントをもらったことも、「子犬のワルツ」を録音したMDを小型デッキごと借りていることも知っていた。高校に入り、その相手と思しき子が同じ学年にいると知った時には、小躍りしたものだ。兄をいじめる材料を確保した。

兄の部屋で足を止めたのは、ケーキを一緒に食べるためではない。妹は包丁を片手に、兄に詰め寄った。オーディションに落ちたのはあんたが引きこもりのせいだ。

兄は謝りもせず、のらりくらりとかわす。妹は怒りのたけをさらにぶちまけた。

自分がこれまでにどれだけ努力してきたと思うのだ。

その顔だよ。

兄はポツリと言った。常に誰かを貶めてやろうとたくらんでいる、その裏の表情を、何万人もの少女を見てきた選考委員のおとなは見抜くことができるのだ。

自分より美しい兄に顔をけなされた妹は逆上した。

自殺してよ。あんたの好きだった彼女のところへ行ってよ。

妹がどうしてそれを知っているのか。

あんたの大切な人を、わたしが殺してやった。どんくさいあんたはそれに気付かず、ただ悲しみにくれているだけ。

妹は嘘が得意だった。得意な嘘に真実をまぜながら、あんたが自殺未遂をしたと伝えて彼女を呼び出し、交差点で彼女を自転車ごと車に向かって突きとばしてやった、と兄に言い放った。本当は、自分のせいで彼女が死んだことに対する、恐怖と罪悪感に苛(さいな)まれていた時期もあったのに、そんなことはおくびにも出さず、兄の大切なものを自分の手で葬ったと主張した。

本当にそうしたような気分になっていった。ざまあみろ。

妹が恍惚(こうこつ)の表情を浮かべたのと、兄が自分に向けられていた包丁を奪って彼女の胸を突き刺したのは同時だった。

彼は何度も刺した。

妹がピクリとも動かなくなったあとも、彼はそのまま自分の部屋で、呆然と座り込んでいた。頭の中では「子犬のワルツ」が流れていた。彼女との楽しかった日々がくるくると蘇っていた。暗記は苦手なはずなのに、彼女からの手紙はすべて、一言一句抜けることなく思い出すことができた。それらを埋め、鉄塔から沈む夕日を眺めた映像が消えた瞬間、彼の頭の中も真っ暗になった。

妹の死体を妹の部屋のベッドに寝かせた。ケーキの箱の入った紙袋には、ろうそくと一緒にライターも入っていた。彼はケーキを箱から出し、妹の部屋の中央にあるテーブルに置いてからろうそくを立て、火をつけ、そのまま家を出ていった。

泥酔して帰ってきた両親が一階の奥の部屋で寝ていることにも気付かずに。

足は自然と公園に向かっていた。公園の東屋で夜を明かし、日の出とともに、彼は警官に任意同行を求められた。

彼には裁判などどうでもよかった。彼女のいない世界で生きている意味などない。誰の言葉も聞こえない。すべてに、はい、と答えて死刑が確定した。

彼は独房の床に座り込み、片手でリズムを刻んでいる。看守はそれを「子犬のワルツ」のメロディだと思っている。以前、彼から直接そう聞いたからだ。

しかし、指先で床を叩いているうちに、彼の中に、何か懐かしい感情が湧き上がってきた。それが何だか、今はまだ、はっきりと思い出すことができない。遠い日の記憶。一人ぼっちだと思っていた暗闇の中で、指先に感じた体温。その向こうにいた人の声が聞こえたような気がした。

真っ暗になった彼の世界に、新たな柔らかい光がともされようとしている。

これが、真尋さんが描く「笹塚町一家殺害事件」の物語――。

＊

立石力輝斗と養子縁組をしているという支援者の方を、制作会社ドラマラスの佐々木信吾さんから紹介してもらうことができた。からくりは、テレビ屋の人脈です、としか明かしてもらえない。

支援者の方は力輝斗さんの親戚など血縁関係の人ではなく、死刑制度に反対するグループの人だった。そんな人と養子縁組をするのなら、力輝斗さんには生きたいという意思があるのではないか。そう期待したものの、彼は何に対しても肯定しているだけらしい。

わたしと力輝斗さんの関係を訊かれ、幼い頃にアパートの隣人同士だったことを伝えると、手紙を届けてもらえることになった。

他人の目が入る手紙に多くを書かず、質問事項は「ベランダの戸境壁という板の向こうでわたしをはげましてくれたのはあなたですか？」のみにとどめた。

その返事を心待ちにしていたところに、実家のある笹塚町に帰っているはずの真尋さんからメールが届いた。幼い頃のアパートの住所を教えてほしい、とあった。住所はまったく憶えていなかったものの、アパート前の通りを挟んで向かいにあった個人経営らしき小さなスーパー〈はるみストア〉の名前を送った。

物語が完成した、と連絡が来たのは翌朝だ。

追送があったのは同じ日の夕方で、戸境壁の向こうにいたのが誰かわかったし、自分の解釈する事件の全貌も骨格ができあがった、と書いてあった。前者の方だけでもすぐに答えを聞きたくて電話をすると、真尋さんからは会って直接伝えたいと言われ、東京で会う日時を決めた。

しかし、翌日、今度は真尋さんから電話があり、笹塚町に来てほしい、と言われた。わたしが来るまで笹塚町で待機していると言われ、それほど重要ではない打ち合わせを先延ばしにしてもらい、電話の二日後、笹塚町を訪れた。

空港まで車で迎えにきてくれた真尋さんは、自宅の最寄駅だという笹塚駅のパーキングに車を停めると、わたしには簡単な手荷物だけでいいと言い、自分はリュックサックを背負って車を降りた。スポーティーな服装だけでなく、表情も、わたしの知っている真尋さんとは違って見えた。

賑やかな駅構内を通過して、人通りの少ない道に出ると、真尋さんはそのまま少し寂れた様子の町を案内してくれた。その代表格のような商店街の切れ目となった入り口が見えたところで、そこには入らず、手前のこれまた古びたビルの地下へと続く細い階段を下りていった。

真尋さんと東京で打ち合わせをした際も、レトロな佇まいの喫茶店だったけれど、ここはさらに輪をかけた、古き良き時代、という言葉がぴったりな喫茶店だった。

名前は〈シネマ〉。

重い木製の扉の向こうに客の姿はなく、品の良いマスターがカウンターの中から迎えてくれた。真尋さんは慣れた様子で一番奥のテーブル席にわたしを促し、二人でシネマブレンドという店の名前がついたコーヒーを注文した。

緑色のグラスに入った冷水をひと口飲み、真尋さんは口を開いた。

「戸境壁の向こうにいたのは、立石力輝斗です」

そうであってほしいと願っていたし、そうだろうという予感もあったし、早く知りたいと強く思っていたのに、あっけなく答えを聞いたあとでは、力輝斗さんから手紙で知らされたかった、と残念な気持ちになってしまう。情報源が同じアパートに住んでいたおばさんだと聞き、その思いは更に強くなった。

また顔に出てしまっていたのか、真尋さんも同じことを思ったのか、本人からじゃなくてすみません、と苦笑交じりに言われたものの、素直に笑い返すことができた。

コーヒーが運ばれてきたあとで、真尋さんはリュックからA４サイズの紙を入れたクリアファイルを取り、わたしに差し出した。

「『笹塚町一家殺害事件』プロット0号です」

わたしは黙って受け取り、コーヒーに口をつけないまま、読み始めた。

甲斐千穂ちゃん。わたしの記憶の中にもその姿はある。彼女が事件に関わっていたことに驚き、もやもやと込み上げてくる思いが嫉妬であることも、すぐに気付いた。それでも、真尋さんは、わたしへと向かうラストにしてくれている。

わたしが希望の光であるように。

プロットをファイルに挟んでテーブルの端に置き、湯気の消えたコーヒーを飲んだ。

「これで書いてみたいんですけど。もちろん、事件名も登場人物名も架空のものにします。フィクションなので。でも、『笹塚町一家殺害事件』がモチーフで、沙良の虚言には他者を陥れる側面があったこと、沙良殺害の動機が別のところにあったことを明確にしたうえで、裁判の辺りは、精神鑑定の問題提起をしつつ、力輝斗がただ流されていく様子がわかるようにするつもりです」

真尋さんがまっすぐわたしを見て言った。いつも、喉仏のあたりに感じる彼女の視線がこんなに高かったことがあっただろうか。反対する理由はない。

「これがどんな脚本になるのか、早く読みたいし、もうすでに、撮ってみたい場面がいくつかあるわ。それに、わたしのことも入れてくれてありがとう」

わたしはついに力輝斗さんへ手紙を書けたことを真尋さんに打ち明けた。

「返事が来て、直接、力輝斗に会えるといいですね。姉との関係を知ったあとでも、今の力輝斗を支えてあげられるのは、監督、香さんだけだと思ってますから」

「ありがとう。でも」

「何ですか？」

「どうして、この喫茶店なの？　もちろんステキなところだけど、どうしても来てほしいと呼び出されて、このプロットを読んだあとでは、何で鉄塔じゃないんだろうって思うわ」

「それは、香さんに渡したいものがあったからです」

真尋さんはそう言って、カウンターを振り返った。マスターがカウンターの下に体をかがめて何かを取り、こちらに持ってきてくれる。

「どうぞ」

白地が黄ばんでしまったボール紙でできた箱を差し出された。喫茶店ということもあり、箱の大きさから中身はカップではないだろうか。

「わたしにですか？」

マスターが頷いたので、おそるおそる受け取って箱を開けた。青いマグカップが入っている。取り出すと、金色のアルファベットで文字が書いてあった。

『H. Hirotaka』、これは……。

「どうして、父の名前を？」

「正解でよかったです」

真尋さんはそう微笑んで、このカップが、来年五〇周年を迎えるこの店の、二〇周年記念として常連客用に作られたものだと教えてくれた。

「子どもの頃、父のをわたしが割ってしまって、似たようなのを姉と一緒に買いにいったのに、手違いか、直前になって姉の気が変わったのか、それが力輝斗のところに行ってしまって。今なら、ネットでもっと似たものを注文できるんじゃないかと思って、マスターに自分用のを見せてほしいってお願いしたんです。そうしたら、自分用は作ってないけれど、ずっと、渡せないままになっているお客様のならあるって、出してくれたんです。そうしたら」

「驚いたよ。真尋ちゃんが、知り合いのお父さんのかもしれないって言うんだから。海で悲しい事故に遭った人だって言うと、多分そうだって。住所を知らなかったとはいえ、調べることもできただろうに、後ろめたい思いもあって、こうして、ずっとここに置いていたんだ。すまなかったね」

マスターはわたしに頭を下げた。

「いえ、大切にとっておいてくださり、感謝しています。父がこの店の常連だったことも知りませんでした。でも、後ろめたいって……」

マスターは、座っていいですか？　と断って、横の二人席の椅子を引き寄せて腰掛けた。
「このビルは昔、映画館で、裕貴くんは映画のあとに、よくここに来てくれていたんです。常連の方々はほとんどが彼より年上で、そのうえ、この町でずっと過ごしている人たちだから、いろいろ教えてあげたいおせっかい心があったんでしょう。安くておいしい飲み屋から、しだれ梅のきれいな一般の人の家まで、あれやこれやと教えてあげていました。裕貴くんも人当たりのいい、素直な人で、教えた場所に足を運んでくれるもんだから、みんなも喜んで」

しだれ梅を見にいこう、と、ある日の夕飯時に、父が言ってたことがあるような気がする。都会生まれのあなたにはめずらしいものでしょうけど、わたしにとってはわざわざ見にいくものでもないわ。母はそんなふうに答えていた。だから、父は紹介された場所に一人で足を運んでいたのかもしれない。

行ってきました！　と陽気に報告する父の姿も想像できる。
「それが、あの日、裕貴くんの方から、夕日がきれいな場所ってありますか、って訊いてきたんです。それで、ここにいた連中、あの日は三人だったかな、山の中腹にある寺や、神社や公園を提案していたんだが、釣りの好きな人が、笹浜海岸の先に、引き潮の時だけ顔を出す岩場があって、そこから見える夕日は、両手を伸ばすとこう、自分の手のあいだに落ちていくように、夕日を抱きかかえることができるように見えるんだ、って。一人で行くのは足をすべらせた時に危ないから、今度、有志を募って行こうってことになったのに……。二日後だったか、そこにいた一人が新聞を片手に血相を変えてやってきてね。きっと、みんなに自慢したかったんじゃないかな……」

「父は一人で行ったんですね」

マスターは無言で頷いた。真尋さんも泣きそうな顔でわたしを見ている。だけど、わたしは悲しいとは思わない。むしろ、目の前に差し込んできたのは、光だ。

「父は、自殺ではなく、事故で死んだということですよね」

そうだ、と同意するように、真尋さんが大きく頷いた。

「自殺ということになっていたんですか？　信じられない、あの裕貴くんが。来週は『スター・ウォーズ』のリバイバル上映に行くんだってはりきっていたし、あの作品は全九部作だという情報があることを、得意げに教えてくれたのに。楽しみだ、楽しみだと言って……」

マスターは心から驚いているように見える。

「行ってみますか？　その場所に。ちゃんと、靴やロープも準備しますよ」

真尋さんの口ぶりは頼もしい。

「知れて、よかった。知ることができて」

溢れる涙をぬぐっていたら、真尋さんがリュックからタオルを出してくれた。彼女は何のために、このタオルを用意してくれていたのだろう。

来週は、という言葉が引っ掛かり、わたしはマスターに、父が最後に見た映画を訊ねた。今はなき映画館で上映された、古き良き時代のコメディ作品。上映中に腹を抱えて笑ったという父は、ここでコーヒーを飲みながらも思い出し笑いをしていたという。

小学生の時にパソコンで調べたものと違う答え。ここに来なければ知ることができなかった真実は、はるかな希望をわたしに与えてくれる。

父が最後に見た景色は、わたしをその向こう側、次の世界へと導いてくれるに違いない。

そして、いつか、わたしの描いた景色で、次の世界に行くことができる人が、それを希望と感じる人が、一人でも多く現れてくれればいい。

そうなればわたしは、この世に自分が存在していることに、誇りを持つことができそうだ。

映画を撮ろう。撮り続けよう――。

解説

瀧井朝世

湊かなえというと「イヤミス」の作家だという印象を持つ読者は多いだろう。それもあって、本書の『落日』というタイトルを見て、夕陽と同時に「没落」「落ち目」といった否定的なニュアンスを感じ、この作品もイヤミスだろうと想像する人もいるかもしれない。

しかし単行本刊行当時にインタビューした際、著者はこんなことを語ってくれた。

「私は舞台『屋根の上のヴァイオリン弾き』の劇中歌の〈サンライズ・サンセット〉が好きで。日が昇って日が沈む、人の営みはその繰り返しだという歌です。再生に繋がる一日の終わりもあるんじゃないかと思ってこのタイトルにしました」

そう、本書のタイトルには、非常に肯定的な思いがこめられているのだ。

主人公は二人いる。一人は脚本家の甲斐真尋。師匠である大畠凜子は恋愛ドラマの脚本でヒットを連発したが最近仕事は減っており、当然真尋も世に出るチャンスがなかなかない。そんな彼女に連絡を寄越し、協力を求めてきたのがもう一人の主人公、長谷部香だ。

初監督作「一時間前」で国際的な評価を得た新鋭映画監督である。香は幼い頃に一時期、真尋の故郷、笹塚町に住んでいた。次作の題材としてかつてこの町で起きた一家殺害事件を取り上げようと考えており、当時の現地を知る真尋に連絡してきたのだった。

物語は章立てで真尋の現在進行中の物語が進み、その間にエピソードとして香の幼少期から今に至るまでが語られていく。真尋のパートでは故郷に戻って笹塚町の事件を調べる様子や、大畠との関係、家族の事情などが描かれていく。一方香のパートでは、少女時代の厳しかった母親との関係、ベランダでの隣人の子どもとの顔の見えない出会い、父の死、思春期の苦しい思い出や映画との出会いが時系列で綴られ、彼女が映画監督を目指した経緯が見えてくる。

世間からの評価の違いはあれど、二人ともクリエイターとしては駆け出しである。真尋は主役のキャラクターが一辺倒だと言われており、香はまだ監督作品は一作だけ。かつ、真尋から見るとどことなく落ち着きがなく、自信なげな様子だ。そんな若手の二人だが、対照的なのは、香は「知りたい人」で、真尋は「見たいものだけを見たい、見せたい人」である点だ。双方がどうしてそのようなスタンスになったのか、それは少しずつ作中で明らかにされていく。彼女たちがそんな自分自身と格闘する姿を通して、謎解きだけではなく、人はなぜ創作と向き合うのか、というテーマに迫っていくのが本作だ。

「知ろうとする／しない」という立場に関しては、真尋以外にもさまざまな人間が登場する。自分の現実から目を背けているのか「虚言癖がある」と言われる少女、事実を確認もせずに勝手に解釈する親戚のおばさん、事件についてスキャンダルな要素だけ報道するマスコミ、それを鵜呑みにする消費者——事実を知ろう、あるいは認めようとしない姿は、時に愚かに見える。だがそれだけでなく、本作には真実を知ってしまうことの残酷さも盛り込まれていく。真尋はある事情により〈知ったところで、救われないどころか、気持ちの遣り場を見失って、いつまでもその悲しみを抱えていなければならなくなることだってある〉と考えているが、そういうことは実際にあるはずだ。また、知ろうとしないケースでいえば、大畠凜子はエゴサーチを一切せず、ネット上の意見を知ろうとしないというのだが、その理由がなんとも格好いい。確かに、知らなくていいことも世の中にはある。

創作においてはどうか。真尋は受け入れがたい事実から目を背けて空想の世界を作り、香は真実を知るために映画を作っている。では真実と事実とは何が違うのか。二人で裁判を傍聴した際の香の言葉が印象的だ。

「この認識が合っているかわからないけど、実際に起きた事柄が事実、そこに感情が加わったものが真実だと、わたしは認識している。裁判で公表されるのは事実のみでいいと思う」

確かに裁判などは、主観的な解釈を避けて事実のみで客観的な判断を下さなければならない場であろう。その裏に当事者たちのどんな思いがあったのか、香が知りたいのはそこだ。そんな彼女と行動を共にするうち、真尋は少しずつ心を動かされ、こんなふうに思う。〈自分で事実を確認することなく、自分で深く考えることもなく、賛成も反対もあったもんじゃない〉
〈想像力において大切なことは、まず、自分の想像を疑うことではないのか〉
表面的な事実の欠片(かけら)だけで想像できることには限界がある。だが、埋もれてしまった誰かの思いは、真剣に向き合った時、見えてくるものがあるはずだ。そして、それができるのが、物語なのだ。安易な感動物語に仕立てたり、刺激的な面だけ抽出して扇情的な内容にするフィクションもあるかもしれないが、それは真実とはまた違う。そうではなく、生身の誰かの真実に迫ろうとするには、時に覚悟が必要である。彼女たちは、懸命に事実を集め、想像力の限りを尽くして真実に迫り、死者の痛み、傷ついていった人たちの思いを受け止め、忘れ去られていく人々の人生と思いを再生させる。そしてまた、彼女たちは次の一日を生きていく。やはり『落日』というタイトルは本作にぴったりだと思わせる。
ところで件(くだん)のインタビューの際、意外な話を聞いた。著者は新作に取り掛かる際、よく編集者から投げてもらった一言から話を考えていくのだという。たとえば『往復書簡』の時は〝手紙〟、『望郷』の時は〝島〟、『豆の上で眠る』の時は〝誘拐〟などという言葉が鍵となったそうだ。本作の場合はというと、

「今回は、版元の社長から〝裁判〟、担当編集者から〝映画〟という言葉をいただき、なら裁判シーンのある映画を作る話にしようと思いました」

とのこと。そんな出発点から、ここまで複雑に絡み合う人生模様を描き切ったのかとびっくりした。本書を読み終えたみなさんも、きっとそう思うはず。作家の想像力と構築力、恐るべしである。

（たきい・あさよ／フリーライター）

本作品はフィクションであり、実在する場所・個人・団体とは無関係であることをお断りいたします。

本書は二〇一九年九月に小社より単行本として刊行されました。

ハルキ文庫

落日（らくじつ）

著者 湊（みなと） かなえ

2022年 8 月18日第一刷発行
2023年 10月18日第十刷発行

発行者 角川春樹

発行所 株式会社角川春樹事務所
〒102-0074 東京都千代田区九段南2-1-30 イタリア文化会館

電話 03（3263）5247（編集）
03（3263）5881（営業）

印刷・製本 中央精版印刷株式会社

フォーマット・デザイン 芦澤泰偉
表紙イラストレーション 門坂 流

本書の無断複製（コピー、スキャン、デジタル化等）並びに無断複製物の譲渡及び配信は、著作権法上での例外を除き禁じられています。また、本書を代行業者等の第三者に依頼して複製する行為は、たとえ個人や家庭内の利用であっても一切認められておりません。
定価はカバーに表示してあります。落丁・乱丁はお取り替えいたします。

ISBN978-4-7584-4508-5 C0193 ©2022 Minato Kanae Printed in Japan
http://www.kadokawaharuki.co.jp/［営業］
fanmail@kadokawaharuki.co.jp［編集］ ご意見・ご感想をお寄せください。

湊 かなえの本

新装版 サファイア

あなたに、いつか「恩返し」をしたかった――「二十歳の誕生日プレゼントには、指輪が欲しいな」わたしは恋人に人生初のおねだりをした。「やっと、自分から欲しいものを言ってくれた」と喜んでくれた彼は、誕生日の前日、待ち合わせ場所に現れなかった……(「サファイア」)。人間の不思議で切ない出逢いと別れを、己の罪悪と愛と希望を描いた珠玉の物語。表題作他「真珠」「ルビー」「ダイヤモンド」「猫目石」「ムーンストーン」「ガーネット」全七篇。

（解説・児玉憲宗）

ハルキ文庫